举杯向天笑

余光中 著

中国友谊出版公司

目录

第二辑

第三辑

第四辑

第五辑

第六辑

正论散评皆文心

《举杯向天笑》像是诗集或散文集的书名，但是里面收集的三十八篇文章，有的可称正论，有的看似序言实为书评，有的却是文类的探讨、艺术的赏析，不过大体上都可以泛称评论。紧随《蓝墨水的下游》之后，十年来我的正论散评大致都收罗在此了。

此书之编排以文章之性质为经，而以发表之时序为纬，因为如果全依时序，必定会显得驳杂不堪。所以分辑是求其性质分明，而每辑的文章则依发表的先后排列。

第一辑十二篇论析的是诗、绘画、翻译、语言、文化地理，往往更涉及其间的关系。有不少段落如果当散文甚至美文来读，也许更好。例如《边缘，中心，跨界》的第四大段，或是《李白与爱伦·坡的时差》和《捕光捉影缘底事》的全文，如果收入我的散文集中，该也不致显得唐突。正常的论文照理不可以“感情用事”，应该做到 cerebral；我的评论不守帮规，时常出轨，演为 figurative，但是后面仍是有知性支撑的，要说的道理还是传过去了。另一项出轨，便是不列批注、不附书目，正文之后没有“随员”，欠缺正式论文的格局。其实多加批注、详列书目虽然是学术论文的“基本功”，并不是什么难事。一篇评论真正可贵的是有洞见，与根据这些洞见得来的评断甚至评价。

艾略特不但是二十世纪的大诗人，更是影响深远的批评大家。他的许多评论文章都没有这些批注或书目，但凭了他的高瞻远瞩，凭了他恢宏的文学史甚至文化史观，凭了他清明的分析与畅达的文笔，他的见解往往深入浅出，令人折服。更重要的是：他虽然不用系统严密的理论，更少乞援于烦琐的术语，但身为重要诗人，仅凭当行本色的创作经验，说话自然就有权威，至少比一般纯学者更有权力。十八世纪的约翰生博士也是如此，短短一段文章，比较朱艾敦与蒲柏的长短得失，字斟句酌，说理透彻，比喻鲜活，评价精准，一席话胜过百页的论文。之所以能够如此，除了他博学深思之外，还因为他自己就是一位杰出的作家，在诗、散文、小说三方面都有贡献，因此创作之道能窥其虚实，手既能高，眼必不低。何况一篇评论如果高明得能够传后，应该不愁没有人来批注：杜甫的《戏为六绝句》，刘勰的《文心雕龙》，都是显例。

第二辑十三篇全是序言，加上其后第三、第五、第六各辑性质各异的序言，此一文类在本书中共得二十一篇，分量之重已经超过书的一半。其中自序占了三篇，“他序”最多，占十六篇，“群序”

也有两篇。他序指为他人出书作序，受序之书从诗集、散文集、评论集到画册、译书和词典，性质很杂，都是应作者、画家或出版社之请而写，可见在《井然有序》一书之后，我的“序债”仍有多重，而文坛学府似乎早有共谋，成了我的讨债公司。至于群序则是指为一群作者的庞大选集作序，头绪就更纷繁，论述也更不易，幸好只有两篇。

这些序言如果逐一道来，恐怕比写一篇长序更加辛苦，但是其中有三篇不妨一提。陈幸蕙穷十年之功研究我的诗文，六年来先后由尔雅出版社推出了两本《悦读余光中》，分别是诗卷和散文卷，所费心血不下于一部博士论文。我戏称她似乎成了“余光中的牧师”，热心传播“余道”，令我感愧。所以《悦读余光中》两卷出版，义不容辞，我当然得写序以报。不过两书所论原是我自己的作品，因此我出面为之作序，有点像母鸡跟蛋贩一起推销鸡蛋：他序变成了半自序。

另外一本是李炜的《书中书——一个中国墨客的告白》。此书是以英文写成，英文写得很漂亮，但是英文本迄未出版，却由余珊珊先译成中文，先后已在台湾和大陆问世。我的序言是根据他的英文原文写的：这种反常的做法实为出版史上所罕见，若非仅见。

其实十年来我写的自序、他序、群序还不止这些。其中自序还应包括王尔德四出喜剧中译本和在大陆各地出版的各种选集之前言后语。甚至此刻，我已经答应而迄未兑现的“虚序”，仍有债未清，思之惴惴。我别无他法，只能告诉未来的索序人说：“暂不收件。”

为了庆我八秩生日，今年活动颇频，其中所谓学术研讨会已有两场：在徐州的一场由香港大学和徐州师范大学合办，另一场在台北，则由政治大学文学院主持，因此论我的文章忽然出现了好几十篇。在徐州的研讨会上，我在致答谢辞时大放厥词，说什么在文学的盈亏账上，作家是赚钱的人，而评论家是数钱的人。众学者一时不解。我进一步说明：作家每写一篇作品，原则上都为民族的文化增加了一笔财富，但是其值几何，就需要评论家来评估，也就是数钱了。那一笔“进账”也许很值钱，也许并不值什么钱。也许交来的是一笔贷款，是向别的作家借的，甚至是赃款，向人偷的，也许根本是一把赝币，一沓伪钞，更不幸的，也许竟是一堆过时的废票或者冥钞。同时这一笔钱，币制混杂，一个人数了还不算，还需要更多人来共数，都肯定了才能定值。所以一位作家仅会赚钱还不够，最好还能认钱、数钱，不但数别人赚来的钱，更要能数自己赚来的钱。

余光中 二〇〇八年八月于左岸

第一辑

举杯向天笑

——论中国诗之自作多情

1

诗人描写的对象，不是人间世，便是大自然。即使所写多为人事，其活动的背景也往往是天象地理，草木虫鱼，也就是大自然了。涉及自然界的万事万物，若只是写实况，只究道理，不带感情，也无文采，那便是科学，不是文学了。诗则不然，无论直接或间接，万事万物总是带有主观，其中有个“我”在。“寒波澹澹起，白鸟悠悠下”，似乎是“无我”之境，其实是静观自得、刹那的忘我出神；“我”已经泯入万物了。至于“平林漠漠烟如织，寒山一带伤心碧”，第一句还是纯景，第二句就有“我”了。接下来的“暝色入高楼，有人楼上愁”，那个“我”就更确定了。

写景出现在中国文学里，一般认为是从魏晋以后，亦即所谓

“庄老告退，而山水方滋”。论者认为谢灵运不但是山水诗的大家，也是山水游记的奠基人，而大谢以前，中国诗中也尽多写景佳句。我们可以从曹操的《观沧海》一路追溯到《九歌》的“袅袅兮秋风，洞庭波兮木叶下”，甚至《小雅》的“伐木丁丁，鸟鸣嘤嘤，出自幽谷，迁于乔木”。

大自然在中国诗中的形象多彩多姿，难以尽述。如以可畏与可亲来区分，则出现在早期诗中的大自然颇有可畏的面目，尤以《楚辞》弥漫巫风的祭祀篇章为甚。例如《招魂》《大招》《招隐士》等篇就极言四方异域如何蛮荒险恶，不可久留。《招隐士》是这样结尾的：“虎豹斗兮熊罴咆，禽兽骇兮亡其曹。王孙兮归来，山中兮不可以久留。”《大招》警告亡魂：“东有大海，南有炎火，西有流沙，北有寒山。”《招魂》最为紧张，不但四方不可以止，连上下也很危险。巫阳把冥府称为幽都，警告亡魂说：“魂兮归来，君无下此幽都些，土伯九约，其角觺觺些！”这话可以理解。但她竟说：“魂兮归来，君无上天些，虎豹九关，啄害下人些！”就令人不解了，不知所谓“天国”究竟何处可寄托。天上有虎豹噬人的凶象，直到近代的龚自珍，还在《己亥杂诗》中用来影射君侧。

李白的杰作《蜀道难》极言四川山岳的险阻可畏，至于“扪参历井仰胁息，以手抚膺坐长叹”的地步，令人不禁想起“三招”的描写。李白将乐府的《箜篌引》变调为《公无渡河》，最后几句也骇目惊心：“有长鲸白齿若雪山，公乎公乎挂罥于其间！箜篌所悲竟不还。”

直到清初，苦命的才子吴汉槎坐科场弊案，远放宁古塔二十余年，吴梅村送行的《悲歌赠吴季子》仍出以相似的超自然风格：“人生千里与万里，黯然销魂别而已。君独何为至于此，生非生兮死非死，山非山兮水非水……八月龙沙雪花飞，橐驼垂腰马没耳……前忧猛虎后苍兕，土穴偷生若蝼蚁。大鱼如山不见尾，张鬐为风沫为雨。日月倒行入海底，白昼相逢半人鬼。”

2

不过中国古典诗中的大自然，仍以可亲的形象为常态。《诗经》虽有“何草不黄”之叹，也有“桃之夭夭，灼灼其华”之咏，“溯游从之，宛在水中央”与“江之永矣，不可方思”的浪漫柔情。只是《诗经》所咏，毕竟多为北方背景，不像南国温暖而多水，草木茂密，风光明媚。所以丘迟那封流传千古的招降书中，“暮春三月，江南草长，杂花生树，群莺乱飞”的名句，只能在南渡之后，从南朝才子的笔端绣出。

儒家早将大自然人文化，久有“仁者乐山，智者乐水”之说。儒者而兼修道释的柳宗元，以《永州八记》奠下中国山水游记的基础。他说西山：“悠悠与颢气俱，而莫得其涯；洋洋乎与造物者游，而不知其所穷。”柳宗元将西山提升到哲学与宗教的高度，成了具体而微的大自然：所谓“造物者”，就是大自然。柳宗元说自己上了西山，“心凝形释，与万化冥合”。前一句是“忘我”，后一句是“入神”，正是人文与自然融合的最高境界。

面对天地，能够“心凝形释，与万化冥合”，是中国哲人最可贵的精神。但此情哲人往往心领神会，却说不出来，或者说得不美，只好让诗人说了。在中国最好的写景诗中，大自然不但蔼然可亲，甚至能与诗人心心相印，彼此交感。西方诗学亦有“拟人格”（personification）之说，其中还包括一项修辞格，让诗人以第二人称直呼不在现场的神、人、物，甚至像死亡、懦弱之类的抽象观念，即所谓“径呼法”（apostrophe）。尽管如此，西方诗中物我相忘之例虽多，天人互动之例却罕见。在基督教的文化里，天人呼应几乎不可能，因为物我之间，不，物我之上还有一万能之神，不容“我”擅自做主，能像狄金森那样向上帝偶尔撒娇，或像邓约翰那样向吾主冒昧诉苦，已经是到僭越的边缘了。

李白《独酌青溪江石上寄权昭夷》前八句说：“我携一樽酒，独上江祖石。自从天地开，更长几千尺。举杯向天笑，天回日西照。永愿坐此石，长垂严陵钓。”李白不愧是诗仙，醉中竟然举杯笑邀西天共饮，西天竟然回落日之目、晚霞之脸报他一笑。帅呆了吧！更帅的是：晚霞满天，还可以联想成天也喝醉了，脸都红了。

这样的李白才写得出“暮从碧山下，山月随人归”“春风不相识，何事入罗帏”的妙句，才能写出“众鸟高飞尽，孤云独去闲。相看两不厌，只有敬亭山”的妙诗。辛弃疾把此意借去，将本生息，写成更得意的妙句：“我见青山多妩媚，料青山见我应如是。”“不厌”

变成“妩媚”，更见自作多情。值得注意的是：辛弃疾《贺新郎》上半阕这两句与下半阕的名句“不恨古人吾不见，恨古人不见吾狂耳”，是相反相成的。举目见青山，可喜；回首不见古人，可恨。足见青山常在，而人事多变。辛弃疾之狂态古人见不到，却幸有青山见证，更幸青山所见，不是狂态而是妩媚，足见青山青睐，才真是诗人的知音。《贺新郎》要这样读，才有味道。

3

乐山乐水而山水亦有响应，这种天人默契之境，宋代以来大盛，尤以苏轼最为生动、最富谐趣。他的名句“水是眼波横，山是眉峰聚”与“欲把西湖比西子，淡妆浓抹总相宜”，有隐喻也有明喻，但都止于比喻，山水仍然是客，并未反身成主。倒是《法惠寺横翠阁》之句：“朝见吴山横，暮见吴山纵。吴山故多态，转折为君容”，吴山不再安于客体之描述，更反过来变为主动，反作用于人身了。另一首《六月二十七日望湖楼醉书五绝》之句：“水枕能令山俯仰，风船解与月徘徊”，也把自然写成与人亲狎的玩伴，说人卧船上，本是船在起伏，相对地，却像是山在俯仰；船在风中，本来是船在漂荡，相对地，却像是月在徘徊。这种相对互应的动感，苏轼妙笔写来，却像是大自然以逗人为乐。

苏轼最擅七古，《越州张中舍寿乐堂》开头八句妙喻相接：“青山偃蹇如高人，常时不肯入官府。高人自与山有素，不待招邀满庭户。卧龙蟠屈半东州，万室鳞鳞枕其股。背之不见与无同，狐裘反衣无乃鲁。”其中第二、第四两句，青山不但拟人化了，而且反客为主，倒过来对人有迎有拒，到人事里来插一脚。第五句是自然介入人文，第六句则是人文依靠自然，互应相当密切。

苏轼诗中的谐趣，多在日常生活之中，悟出人与万物的微妙关系，透出一份静观自得之乐。下面的摘句足见他如何善友万物，不择细小：“山人睡觉无人见，只有飞蚊绕鬓鸣”“夜深风露满中庭，惟有孤萤自开阖”“岂惟见惯沙鸥熟，已觉来多钓石温”“桥下龟鱼晚无数，识君拄杖过桥声”。

王安石的名联“一水护田将绿绕，两山排闼送青来”，也是把山水无意的现象写成人情有心的响应。西方把这种手法叫做“陌生化”（defamiliarization），其实可译为“去习求新”。其实，西方有一个更早的术语：“人情化”（anthropomorphism），可以用来解释宋诗这种“移情万物”的亲切诗艺。

在宋诗中，杨万里也是善于移情万物的大家。他一生成诗四千二百首，像下面这些妙句几乎俯拾皆是：“水吞堤柳膝，麦到野童肩”“儿童急走追黄蝶，飞入菜花无处寻”“酴醾蝴蝶浑无辨，飞去方知不是花”“城里万家都睡着，孤鸿叫我起来听”“却是竹君殊解事，炎风筛过作清风”“风亦恐吾愁路远，殷勤隔雨送钟声”“好山万皱无人见，都被斜阳拈出来”“老夫渴急月更急，酒入杯中月先入”“闭轿那知山色浓，山花影落水田中。水中细数千红紫，点对山花一一同”。

敏感又博感的诗人，莫不多情，而且“自作多情”。正因“自作多情”，才会“误会”“幻觉”万物皆有情，不但领诗人的情，而且以情报情，有所回应。一般诗人能赋万物以人性，已属不易，但真正“自作多情”的诗人，才能更进一步，使万物受而知报，领而知还。李白的“举杯向天笑，天回日西照”之所以伟大，正因诗人将自身提高到“与自然莫逆，作造物知己”的博爱与自信。这原是圣人的境界，但只有诗人入而能出，说得出来。

康德曾谓：“有二事焉，常在此心，敬而畏之，与日更新；上则为星辰，内则为德性。”此语清醒而庄严，洵为哲人气象。相比之下，我还是觉得李白这两句更生动，更自然，更有趣。

西方诗中不是没有李白、苏轼、杨万里这种天人相应、万有交情的境界，但是能做到布朗宁在《海外乡思》中这三句妙想的，却属难能：

> 那是聪明的画眉；每首歌他都唱两遍，
> 怕你会以为他再也赶不上
> 第一遍妙而无心的欢狂！

雪莱的《西风颂》借用但丁的连锁诗体，层层逼近，气势壮阔，叫来了西风的巨灵，也叫醒了自我的灵魂，但通篇只见诗人向风灵呼喊请愿，诚然动人，却不见风灵有何回应。相比之下，李白呼天而天回应，却自信得多。比起基督徒诗人的原罪意识与一切荣耀皆归于主的自然观来，中国古典诗人“纵浪大化中，不喜亦不惧”的自若，与“万物皆亲、众生如友”的自喜，实在是中华诗艺的可贵美德，值得一切现代诗人深加体会而长保勿失。

曾赋诗人以如许灵感、如此恩情的大块自然、多彩众生，正面临愈演愈烈的文明浩劫。人类不知自爱之余，更祸延自然，连累众生，势将沦为双重的“罪人”。弗洛伊德曾说：“文明的主要任务，其存在的真正理由，端在保护人类，抵抗自然。”面临科技进步引来的大劫，这句话只怕是说不通了。为了对自然感恩惜福，诗人的笔该为环保而挥了吧？否则不幸，只怕有一天诗人下笔，要悲叹“我见青山多憔悴，料青山见我应加倍”了。

——二〇〇三年十一月十日

李白与爱伦·坡的时差

——在文法与诗意之间

1

时间这东西虽然看不见、摸不着，却固执而顽强，没有力量能挽回或阻挡。它最大的美德是民主：贫富之间最大的差别在空间的分配，但时间的分配却一视同仁，再贵的金表一分钟也没有六十一秒。所以美国喜剧演员马克思（Groucho Marx）说："没有人的脚后跟不被时间踩伤。"时间逼人，逼出了马尔服（Andrew Marvell）的名句：

在我的背后我不断聋听
时间的飞车愈追愈逼近。

苏格兰的作家林克莱特（Eric Linklater）却把它改成了："在我的背后我时常耸听／时间的飞车换挡的声音。"这一改，化古为今，真是绝顶聪明。

海拉克赖忒斯曾叹："抽足再涉，已非前流。"孔子在川上，也感慨："逝者如斯夫，不舍昼夜！"所谓逝者，一去不回，就是时间。"时不我予"的感慨，无论是西方或东方的圣人，都是心同戚戚。但是在日渐全球化的所谓地球村里，对于时间的感受，"隔球"毕竟还不就像"隔壁"。譬如，中国人去美国，飞过了半个地球，他必须改用当地的时间；反之，美国人来中国，也必须调表。所以对一位远客说来，"易地"就等于"易时"。前年我去西雅图华大演讲中国的诗画，题目正是 *Out of Place, Out of Time*。我取这个题目，用意正在强调：中国古典画所用的不是西方的空间，而中国古典诗所用的也非西方的时间。

时间与空间乃现实世界之两大坐标，其间的关系十分奇妙，或许写诗比用散文较便于表达。我只觉得，两者的关系是相依互补的。例如地球这只大瓜，若按二十四小时分成二十四瓤，则每片的空间得十五度，因此，说上海距纽约大约是十二瓤，跟说两者相距是十二小时，不过是同一银币的两面而已。这件事当然取决于太阳与地球的关系。超过这个关系，星际的距离就要用光年来计算，于是空间的度量竟要用时间来标明。

2

跨越经线作长途旅行，时差加减只要调表就行了。更有趣的，是中国与西方对时间观念的差异和由此而来的语言之分歧。中文与西文的一大差异在文法，在于西文多词尾变化（inflection）而中文没有。词尾变化可分人称、宾主、数量、性别等类，已经够麻烦了，但是最大的梦魇还在动词的“时态”（tense）。英文的时态在欧洲的语系中幸好是“一切从简”的了；换了拉丁语系、斯拉夫语系与日耳曼其他语系，动词时态的变化动辄三四十种，如果再由动词结尾的什么 ar, er, ir, are, ere, ire 等变化来旁生枝节，再加上什么反身动词之类，那就不是一个孙悟空拔毛所能应付得了的。

把好好一个动词变化成许多分身，叫做什么现在式、过去式、未来式、完成式、进行式，又再拼组成什么现在进行式、未来完成式等的次分身，这一切，正说明西方的心灵对时间的各殊面貌是多么专注而着迷，务必张设天罗地网，追捕其动态与静观。因此，如果说西方的文明是来自对时间的崇拜，恐怕不为过吧？

更有趣的是：英文的 time 一字源出拉丁文的 tempus，而 tempus 的第一义虽是 time，但其引申义却包括 tense（动词时态）与 calamity（灾难），岂非暗示如此烦琐的分歧会引来灾难？

对比之下，中文的动词千古不变，根本没有词尾变化。例如，一个“去”字，无论这动作发生在过去、现在、未来，由我、由你、由他，或由一群人来做，都无所谓，只用同一个“去”字，别无分身。这在西方语系习于条分缕析的人听来，完全不可思议。不过，动词本身虽然不变，却有一些“助动词”（auxiliaries），相当于英文的 shall, will, have, can 之类，来表时态，例如，“要去”“会去”“去过”便是。用西文的观点来看，中文的动词能通古今、人我、独群、主客之变，简直无所不能，可以不变而应万变。动词而可以一成不变，究竟是拙是巧，是不足或是自由，就看你怎么诠释了。

3

我教英诗已经有四十年，发现若要真正欣赏英诗，基本的甚至起码的功夫在看通文法：文法没有看通，诗意就休想彻悟。许多人把诗译错，多半是因为把文法看走了眼。我常对学生说：“没有人读诗是为了文法，但是不透过文法就进不了诗。文法是守在诗之花园入口的一条恶犬。”学生们听了，似笑非笑，似懂非懂。

英诗之难懂，原因不一。首先，为了押韵，得把韵脚放在行末，所以要调整句法，往往更需倒装。何况句法要有顿挫、有悬念、有变化，顺序往往不如逆序，或穿插有致的半顺半逆。例如莎翁十四行第一一六首之句：Let me not to the marriage of true minds / Admit impediments. 要回逆为顺，理解为 Let me not admit impediments to the marriage of true minds，还不算难。但是遇到像席德尼爵士（Sir Philip Sidney）这样的句子：Thy languished grace, / To me that feel the like, thy state descries. 若非真正的行家，恐怕就难以索解了。

其次，与其他西文一样，英文好用代名词。上一句里的人、物、事，到了下一句忽然不见了，变成了 he, she, they, him, her, them, it, its, their 的分身。冤有头，债有主：回到前文去追认谁是本尊，乃是看通文法的基本锻炼。这一步做不到，就难充解人了。例如布雷克的《人性分裂》一诗，就有这样几句：The Cruelty knits a snare, / And spread his baits with care. / He sits down with holy fears, / And waters the ground with tears: / Then Humility takes its root / Underneath his foot. 细读之下，才发现原来“残酷”是雄性，用的代名词是“他”，而“谦逊”是中性，用的代名词是“它”，真是扑朔迷离，雌雄难辨。读英文作品，不幸遇到一堆抽象名词，偏偏又爱戴上代名词的假面具，就会陷入文法的迷魂阵，还有心情去赏诗意吗？真是可疑。

不过若说文法是严守诗苑之门的恶犬，恐怕又言重了。文法复杂苛细，固然有碍诗意，但如运用得当，也能举重若轻，几乎不落言诠就捉住了美感。在动词的时态转化上尤其如此。例如，爱伦·坡的《给海伦》中段：

On desperate seas long wont to roam,
Thy hyacinth hair, thy classic face,
Thy naiad airs have brought me home
To the glory that was Greece
And the grandeur that was Rome.

《给海伦》一诗的精彩尽在此段。前三行道尽尤利西斯的乡愁与海伦，甚至维纳斯之美，已经诗情洋溢，但高潮却在后面两行，简直是“西风残照，汉家陵阙”的气象。不过这怀古高潮的推动，却只凭一个动词最单纯的过去时态。浑不费力的小小一个 was，就占尽了风流。而这，却是中文无能为力的。翻译的时候，最多只能动用“往昔”“曾经”“逝去”“不再”之类的字眼，但是都太费词、太落实、太复杂，哪像 was 这么直截了当，一字不移。何况这一字可以连用两次而不觉犯重，反而更加气派，可是“往昔”等词却不堪重复。再举史云朋《荒园》（A. C. Swinburne: The Forsaken Garden）的一段为例：

All are at one now, roses and lovers,
Not known of the cliffs and the fields and the sea.
Not a breath of the time that has been hovers
In the air now soft with a summer to be.

史云朋不能算伟大的诗人，他那着魔的音调也不再像当年那么迷人了，但是此段末二行的动词时态却仍然动人。Time that has been 倒还平常，但是 soft with a summer to be 却美极了。单说 soft with summer（夏气轻柔）已经很美，但是 soft with a summer to be 却是说“夏日将至，空气转柔”，就更微妙了。不过中文只能说“夏日将至”“夏天将临”“快到夏季”等，也嫌太落实、太郑重，太平铺直叙，哪像 a summer to be 这么飘逸、轻灵、透亮啊，像是精灵的耳语。英文文法的“不定词”（infinitive）轻而易举的动作，没有动词时态变化的中文却做不到。

但是反过来说，没有动词时态变化的中文，在叙事的效果上，也有英文难以胜任的地方。例如李白的《越中览古》：

越王勾践破吴归，
义士还家尽锦衣。
宫女如花满春殿，
只今唯有鹧鸪飞。

此诗译成英文，动词时态并不难安排：前三句用过去式，末句用现在式就行了。但是前三句既用过去式叙述，读者心中早有准备，知道这是说的从前，所以末句回到现今，顺理成章。中文原诗正相反，古今的事压在同一平面上，所以末句的落差其来也骤。中国诗在时态上无先后，而中国画在物象上无光影，是因为中国艺术不务实吗？值得好好思考。

——二〇〇三年四月八日

捕光捉影缘底事

——从文法说到画法

1

欧洲语文在动词的语尾变化上非常纷繁，为的是要把“时间”当钻石，切割成一个多面体，来表达事件如何发生，事态如何演变。时间乃现实的两大坐标之一。动词时态之精细，强调的不仅是时间，更是现实。同样地，自文艺复兴以来，西方绘画发展的透视法（perspective）与明暗烘托（chiaroscuro），则强调物体在空间的现实。所谓透视，是用物体之间远近距离的关系，来造成纵深感；所谓明暗烘托，则用物体迎光与背光的关系，来造成立体感。两者合用，可以造成幻而似真的视觉。

西方的语文竭力要掌握时间，而西方的绘画竭力要掌握空间。这现象似乎引向一个结论：西方的心灵很重视现实。英文的 space 一字本义是“空间”，但有时又作“时间”解，我一直觉得奇怪。后来才发现space的拉丁文语源spatium就有“时间”“时代”“闲暇”的意义，乃坐实了我直觉时、空之间有“暗度陈仓”之嫌。

对比之下，中国的绘画似乎天真而又自在，并不刻意要掌握西方强调的现实。中国的山水画，以西方的透视看来，往往有双焦点甚至多焦点：远景的尽头可以放大、提高，甚至向前景倾斜，或向后依靠；背景的人物也可以比前景的人物显得更近观者。

至于明暗烘托，中国的古典画中，除了罕见的例外，也没有光源与投影。这当然牵涉到所谓“书画同源”，与中国的特有工具，例如纸、绢、笔、墨有关。英国风景画家康斯特布尔（John Constable）崇奉明暗烘托之法，称之为“艺术之灵魂与利器”。难怪他不满意中国画，说中国人“画了两千年，还没有发现明暗烘托这样东西”。

一百年后，英国的文学家兼艺评家李德（Herbert Read）为中国的艺术家辩护，说中国艺术家在观照自然时，“发现了线条的韵律，而非光影，并且觉得，比起善变而短暂的阳光对物体偶起的作用来，线条重要得多了。中国画家宁可切实掌握基本而稳定的东西”。

古典的中国山水画为了表现山石的肌理、凹凸，甚至明暗，确曾发展出诸如劈斧、乱麻、解索、破网、雨点、米点等皴法，但其作用多在营造山石的结构、体积与质感，而不在光影对照之写实。山石与树丛并不投射在地面，溪桥与扁舟也无倒影在水面。即使皴法所施之累石叠嶂，也看不出光源的方向。

西洋画，尤其是印象派的作品，很少画雨景，印象派的画面似乎连阴天也少见。中国画，尤其是水墨画，却最擅经营云情雨意。故宫深藏的那些山水巨幅，尤其是画在绢上的，经不起光阴的熏染，哪一幅不像阴天呢？若说西方的画家多是嗜光的向日葵，则中国的古代画家根本就不理会这件事情。因此如果说中国画写意多于写实，造境多于写景，应不为过。

2

阳光普照，昼夜轮回，使我们感觉时间的移动。我们的生命是以昼夜来计算，更积而成年。太阳正是万古的巨钟，共赖的光源。明暗烘托正是西方画家对光的敬礼，广义上，也就是对太阳、对时间的崇拜。时间，不但主宰了西方的语文，更君临了西方绘画的空间。相形之下，中国的语文与绘画既不以时间为主宰，乃转而师法永恒，得以不变应万变。中文的动词万变不离其宗，正如英文的 be；不像英文的动词为时间所逼，竟变成了 is, am, are, was, were, been 的万花筒，还生怕动词不堪其变，更加上 -ing 来分担。所以英文的“生命”叫 being，表示不能脱离“时间”的进行式。To be or not to be, that is the question. 不仅是丹麦王子的问题，更是西方语文的问题。如果你去问仓颉，他一定笑答哈姆莱特说：Just be!

阴影是光的孽子，色彩是光的宠儿，其间的兴衰荣辱，正是艺术史最生动的故事。梵高为了欢迎高更来阿罗，特地把住屋绘成艳黄，还嫌不够，更把户内挂满他画的向日葵。印象派要把西方画从深褐的阴影中解放出来，来户外的风里呼吸阳光与色彩。自文艺复兴以来，明暗烘托就成为绘艺的主力。早有卡拉瓦乔（Caravaggio）与林布兰，画面暗多于明。继有荷兰的“小大师”们与英国的双杰康斯太勃尔、透纳，再由戴拉库瓦承先启后，终于传到印象派的手里，其发展显然是“弃暗投明”，而其意义正是葵花追日，逐时间之后尘。印象派追日逐光，甚至发现阴影并不寂寞，反而遍布了色彩。集其大成的莫奈，悟出天地间并无绝对的色彩，有的只是光，光是一切；于是他面对干草堆与大教堂，自晨至昏，要捕捉不同时辰光影在物体上的消长变化。他的《莲池》组画是“好色之徒”的结论，也是“嗜光族”缤纷的葬礼。

但是时间对空间的压力并未放手。毕加索中年“变形时期”，企图在二度平面上表现四度空间，而在立体感之外更加上时间的幻觉，所以他画中的人体将正面与侧面扭合于一瞬，造成画中人回头或转身的错觉。这真是妙想通神，不是像一般画面将时间“点穴”，而是将被点的时间“通脉”了。比毕加索此举早二十年的，是企图表现机器或人体正在运动的未来主义，为了营造速度的幻觉，把火车画成千轮，把小狗画成百足。

3

中国画用的既非西方的空间，也就无须承受时间的压力，另有自己处理视觉的艺术。例如，元朝张舜咨、雪界翁合作的《鹰桧图》，黄鹰以爪握枝，兀立雄视，羽毛鲜明，但所栖的桧树山石则苍古阴郁，退为背景，益发显得整个戏台上只有黄鹰独得聚光灯的专注。又如明朝殷偕的《鹰击天鹅图》，惊见鹰俯袭天鹅，正攫鹅头，天鹅则倒栽而坠，双掌翘天。鹰与天鹅的锦毛明艳如云，但背景的天色虚无茫昧，芦苇瑟瑟，光景全被主角的飞禽占尽。这些技巧也可以算作一种明暗烘托，但其对照乃出于象征，而非写实；那光，是内在所发，而非外在所投。

中国的古典画当然不便直接表现阳光，所以几乎没有一幅画是画正午的，最多只能自称是画晚景，但也绝无艳丽的晚霞。最有趣的是中文有“霞”这个字，但画不出来；英文没有一个字可以译“霞”，但西画里却时见艳霞。梵高后期的《奥维庄》画村道旁两棵梨树，黛绿的浓荫后是满天霞光，上则流金，下则凝紫，连路面也映得亮黄。中国古典画当然没法这么明目张胆地炫耀，但其晚景另有动人的魅力。且看宋朝马麟的《夕阳山水图》与《华灯侍宴图》。前一幅题有王维诗句“山含秋色近，燕渡夕阳迟”，但见几只燕子掠水而飞，远山渺渺，余晖淡抹，暝色逼人而来。画虽减笔，诗却添韵。后一幅烘托的是暮色未去夜色将临，高松背后是远峰，远峰背后是一片昏黄的晚空，气氛十分迷茫。画上题诗，虽有“人道催诗须待雨，片云阁雨果诗成”之句，恐怕只是虚写而已。

再看两幅老妇的坐像。梵高早期的水粉画《缝衣妇》用的是正统的透视与明暗烘托，光从右上角的窗口进来，落在人身与桌面，墙壁与地板则蔽于阴影，深浅不一。缝衣妇正引针穿衣，神情冷肃。李可染的水墨勾勒《白描老人》简单得多，并无阴影，脸上、手上、衣上的皱纹全用精准的细线勾成。她显然是一个农妇，满脸的风霜虽不胜忧患，眼神却饱含毅力，嘴唇也紧抿着坚定。画家神乎其技，寥寥数笔便勾出了深刻的感情。

李可染另一幅杰作《街头卖唱》也是用水墨与淡色画成。衬着空廓的背景，盲妪和瘦女似乎为世所弃，没有人会停下来听唱，更不提投钱。她们唱的是：“月儿弯弯照九州，几人欢喜几人愁？几人高楼饮美酒，几人流落在街头？”唱歌的是愁眉细眼的女孩，手执响板。伴奏的是手抚月琴的母亲。老妪脸上只有七八条皱纹，女孩眼底只添了两抹淡墨，风尘已尽在其中，画家的悲悯也纸上可掬。这幅画令人不由得想到毕加索蓝色时期的《蓝色吉他师》，那苍郁的色调、绝望的身姿，使人难忘。但李可染这幅简笔水墨，不用烘托，也几乎没有着色，不见得就输给毕加索。李可染后来也酌用西法，把峰影倒映在漓江上，甚至在密林中透出水光，固然妙极，可是我不因此看低他的早作。

4

尽管如此，我们的祖先当初为什么会造出动词不分时态、名词不分阴阳的文字，更画出没有明暗对照的画来，仍叫人感到奇怪。因为《易经》一早就出现在中国哲学的源头，要讲的正是“动”为万变之因，而所以会动，正由于阴阳两仪互替互推。阴阳正是乾坤，不但大而可包天地，甚至私而及于男女。但我们的名词却又那么潇洒，根本不分阴阳，而动词也那么通融，根本不分古今。

我们不但把自然的力量叫做“阴阳”，更把时间叫做“光阴”，直译正是 light-shadow。李白不就说吗，“夫天地者，万物之逆旅；光阴者，百代之过客”。一明一晦，一昼一夜，谓之光阴，也就是时间。光阴，是时间最感性最生动的名字了。“时光”与“光景”是它的别名。印象派的画家要是知道这件事，一定十分兴奋。康斯太勃尔若懂中文，一定会懊悔自己失言了。

——二〇〇三年四月十六日

读者，学者，作者

1

不时有人会问我："诗应该怎样欣赏？"

这问题实在难以回答，至少我无法答得圆满。如果问者是一位陌生人，我就会说："那看你对诗有什么要求。如果你的目的只在追求'诗意'，满足'美感'，为自己的生活增加一点'情调'，那就不必太伤脑筋，只要兴之所至，随意讽诵吟哦，击节称赏，在幻想中'自慰'或'自虐'一番，做一个诗迷就行了。"《世说新语》所谓"但使常得无事，痛饮酒，熟读离骚，便可称名士"，恐怕就是这种味道。所谓名士，就是只求尽兴，不必负责的意思。换了王逸，读起《楚辞》来，怕就没有这么洒脱了。李商隐的诗，人称难懂，惹得元好问叹气说："诗家总爱西昆好，独恨无人作郑笺。"试看李商隐的《碧城三首》之一：

碧城十二曲阑干　犀辟尘埃玉辟寒
阆苑有书多附鹤　女床无树不栖鸾
星沉海底当窗见　雨过河源隔座看
若使晓珠明又定　一生长对水晶盘

梁启超在清华演讲的时候却说：“这些诗，他讲的什么事，我理会不着，拆开一句一句地叫我解释，我连文义也解不出来。但我觉得它美，读起来令我精神上得一种新鲜的愉快。”足见像梁启超这样的大学者，面对某一类诗，竟也束手无策，难做解人。“郑笺”的功用，也有时而穷，知性既穷，也只有像梁启超这样，全靠感性了。足见做一个感性的纯读者，也不是一件不体面的事。

“要是我不甘心只做一个纯读者，而要更进一步，做一个学者呢？”那陌生人说。

“那么诗就变成了一门学问，不再是纯粹的乐趣了。诗迷读诗，可以完全主观，一切的标准取决于自己的口味。学者读诗，却必须尽量客观，在提出自己的意见之前，必须多听别人的意见，在进入一首诗的核心之前，更必须多认识那首诗的作者生平、时代背景、社会环境。纯读者可以不理会一首诗的技巧，只要具有‘慧根’，也就是现代所谓的‘敏感’，能充分享受那技巧造成的效果就行了。学者则不然，除了领会效果，还要能追溯技巧，详加分析。一首诗为什么读来悲壮或柔美，身为学者，应该能在音调、意象、语言、结构各方面分析其原因。换句话说，诗之为美，纯读者只需知其然，学者却应该知其所以然。纯读者不对谁负责，学者却应对读者负责。学者对诗的责任，不但在求自己了解，还要帮助别人了解。”

“如果我野心更大，还想做诗人呢？”

“那诗就变成了艺术，不再是学问，也不仅是乐趣。本质上，诗人和学者也是读者，但他们是特殊的、专业的读者，目的不同，所以读法也不同。学者读诗，因为是做学问，所以必须耐下心来，读得深入而又普遍，遇到不配胃口的作者或作品，也不许避重就轻，绕道而过。诗人读诗，只要拣自己喜欢的作品，不喜欢的可以不理——这一点，诗人和纯读者相同。不同的是：纯读者享受到读诗的乐趣，就达到目的了；诗人却必须更进一步，不但读得陶然，还要读得警醒，才能时时触类旁通，活师前人。譬如食物，纯学者只求可口，诗人在可口之外，尚须寻求营养。诗人面对一首好诗，总想见贤思齐，就像徒弟面对师父，总想学点什么手艺，或供眼前使用，或待他日翻新出奇，甚至把师父都比了下去。学者继承了已有的财富，加以清点并评价，诗人却挣来新的财富。”

2

一般纯读者往往在少年时代爱上了诗。那种爱好往往很强烈，但品味十分主观，眼界也十分狭窄。纯读者于诗浅尝便止，欣赏的天地往往只限于三五位诗人的三五十篇作品；因为缺乏比较，也无法鉴别，这几十篇作品便垄断了他们的美感经验，似乎天下之美尽止于此了。这类读者一过了青春时期，对诗的兴趣不再发展，以后阅读所及，遇到不同风格，尤其是更为繁富的作品，总会感到格格不入。许多纯读者对于现代的好作品最为排斥，因为新的佳作需要读者调整自己僵硬的感性，这种挑战是许多人不愿接受或无力应付的。在自尊的心理上，排斥一篇新作总比承认自己感性失调，要好受一些。

纯读者的兴趣往往始于选集，也就终于选集，很少发展及于专集，更不可能进入全集。且以《唐诗三百首》为例，因为未选李贺，所以纯读者往往不读李贺。至于杜牧，因为所选八首之中，七绝占了七首，所以在纯读者的印象之中，他似乎成了专用七绝写纤丽小品的诗人了。小时候，我几乎以为《唐诗三百首》就等于唐诗。后来在其他的选集里发现《秋兴八首》《同诸公登慈恩寺塔》《公无渡河》《把酒问月》等诗，就不免怪蘅塘退士竟然遗漏了这许多杰作。在大学读外文系时，我又几乎以为英诗的精华尽在巴尔格瑞夫所编的《金库》(*The Golden Treasury*)，后来才领悟《金库》所藏，尽是歌行体和抒情体的短诗，根本还没有触及叙事诗、玄想诗、状物诗之类的鸿篇巨制。

要领会一位大诗人的“分量”而不翻一翻他的全集是不可能的。我只是说“翻一翻”，因为逐篇读完一部全集，是极为费神费时的工作，只能期之于专家，不能奢望于一般读者。但是不翻一翻全集，就不会明白为什么豪斯曼不是大诗人，为什么艾略特的主题狭窄，为什么美国诗选里惠特曼的分量应该重于爱伦·坡。不翻一翻王文诰的《苏文忠公诗编注集成》，也难以明白为什么在所有的宋诗选里苏轼的作品入选最多。

纯读者的胃纳不但窄小，而且偏食。因为纯读者大半是青少年，对人生的态度不免理想而浪漫，所以对诗的要求也往往止于“纯情”。譬如辨味，我们在儿童时代欣赏得最早且嗜之无度的，总是甜味。不解喝酒的人，也只能喝点甜酒。一个人要欣赏酸、咸、苦、辣等滋味，总是后来的事。“纯情”的诗，正是一般读者的“糖糖”。元好问讥秦观的作品是“女郎诗”，意思相近。一个人的口味往往从甜发展到酸咸苦辣，但是一个人诗的品味往往就止于甜，因为东西是天天要吃的，诗却不然。许多纯读者乐此不疲的纯情诗，对于资深的读者，只能算是正餐后面的甜点。

当然，同样是甜，也有高下之分。鲜果的清甘比起蜜饯的甜腻，自不相同。而橄榄的酸余有甘，好茶的苦尽甘来，也不是人工的方糖所能比拟。大致说来，唐诗甘醇，宋诗苦涩。在唐诗之中，李白清甘，杜甫就兼有五味而往往在酸苦之中透出甘洌，孟郊酸中带苦，韩愈苦中有辣。诗甜则快，苦则慢，甜如少年，苦则有中年味。比起唐诗来，宋诗便像中年人的诗。李白的诗，能快不能慢，所以读多了觉得有点飘浮；杜甫就沉下气来，能慢，所谓“沉郁顿挫”，就是慢而有味，慢得有力。杜甫在节奏上“反快”正如在味道上“反甜”。在这方面，宋诗主要是跟着杜甫走的。苏轼说陶潜的诗“质而实绮，癯而实腴”，其实我们也可以说“淡而实甘”。陶潜不像杜甫那样以苦咸来抗拒甜味，他超乎五味之上，用淡来涵育清甘。杜甫的诗仍是有为的，陶潜已经无为。

俗语常说“尝到甜头”，人总是爱吃甜的，至于“苦头”，人人都怕吃。可是读诗如果只能尝尝甜头，而不能在苦头里嚼出甜头，那就只算浅尝，而纯读者大半是浅尝辄止的。以诗风而言，浪漫派抑知性而纵感情，甜头最多。以诗体而言，抒情小品比起讽刺诗、玄想诗、状物诗和长篇的叙事诗来，也要甜些。纯读者喜欢的，正是这些。以英诗而言，纯读者最喜欢分段押韵的格律诗，因为它句法单纯，节奏分明，最“像诗”；至于无韵体（blank verse）和自由诗（free verse），就不易领略了。对于纯读者来说，华兹华斯的《亭腾寺上行数里所赋》就远不如他的《水仙花》或《露西组诗》富于“诗意”。中国古典诗体之中，律绝之类的近体也似乎比古风更有“诗意”，所以纯读者对于李商隐的《嫦娥》和《夜雨寄北》容易一见倾心，而对于《韩碑》之类的古风就难以接受了。推其原因，西洋分段押韵的格律诗和中国诗里的近体，形式接近于歌，所以更像“诗”；而无韵体也好，自由诗也好，古风也好，对比之下，都似乎较近于散文。歌的味道不但甜，形式也比较整齐、鲜明，欣赏起来最不伤脑筋。许多人把诗叫做诗歌，对诗的要求也几乎等于歌词，观念实在不太清楚。诗比歌要复杂得多，不少繁富而宏大的诗往往含有一般人认为“没有诗意”的东西。诗要创新，就得把传统所谓的“诗意”不断扩大，把原来认为“散文化”的东西提炼，提升为诗。这原是一部诗史发展的过程，却很少有纯读者能体会。保守的读者在欣赏的趣味上，不但狭窄，而且固定，所以尝来尝去，总是当初那一点“甜头”。

3

原则上，学者读起诗来，一方面要比纯读者更客观更公正，另一方面却要更深入更彻底。学者既是专业的读者，就应该具有专业的修养。在读一首诗之前，他必须尽量熟悉诗人的生平、风格、时代等“背景”。在读的时候，他又必须玩味诗的主题，分析诗的结构，掌握意象、音律、语言、典故和各种修辞上的技巧。也就是说，一首诗的里里外外，凡应该知道的，他都不可错过。世界上有许多好诗，出自生活，发自性情，语言又天然纯真，像《古诗十九首》便是。读这种诗，无须多做准备工作，纯读者和学者同样能够欣赏。但不是一切好诗都这么深入浅出，像杜甫的《诸将》《秋兴》《咏怀古迹》等作，要仔细欣赏，就不免要做一点准备功夫。这当然是纯读者要靠学者的地方。

但是学者是否一定可靠呢？原则上说来，学者做过准备，受过训练，能知纯读者之所不知。但在实际上，学者读诗，领悟的不一定胜于纯读者，有时候就因为蔽于知识，迷于细节，反而看走了眼。

纯读者读诗，往往要乞援于注解和诠释。但传统的注解往往避重就轻，不释题旨，不解句意，反而专在所谓“出处”上大下功夫。如果那出处真的涉及典故或事端，倒也必需，但往往只是前人类似的词句，究竟是否后人所本，颇有问题，即使真为后人所袭，也往往无助于了解该诗。且以杜牧的七绝《泊秦淮》为例：冯集梧所注《樊川诗集注》在“烟笼寒水月笼沙”句下注道：“《淮南子》天之所闭也，寒水之所积也；《庾信小园赋》荆轲有寒水之悲。”在“夜泊秦淮近酒家”句下则是“《晋书·卫恒传》或时不持钱诣酒家饮”。这些“出处”跟诗中的“寒水”“酒家”根本没有关系。谁要是读了这些注才懂这两句诗，那才是怪事。又如苏轼七律《十月十五日观月黄楼席上次韵》的末联：“为问登临好风景，明年还忆使君无？”施元之注作：“王维《林园即事》诗：弥伤好风景。杜子美《江南逢李龟年》诗：正是江南好风景。”其实“好风景”原是极普通的字眼，根本不用追溯出处，何况东坡之句和王维、杜甫并不相干。学者一旦染上这种出处癖，除了矜博之外，对读者并无什么帮助。

滥寻出处，不过是浪费篇幅，徒劳读者，并无大害。学者读诗的大病，在于看到蛛丝马迹，便疑心是微言大义，强把无所用心的写景抒情解成别有寄托的刺时讽世。韦应物的佳句“独怜幽草涧边生，上有黄鹂深树鸣”，赵蕃说成是君子在下小人在上之象。王维的“太乙近天都，连山到海隅”，则被解为“言势焰盘据朝野也”。编注《词选》的张惠言，是这类指鹿扪象学者的代表。他把温庭筠的《菩萨蛮·小山重叠金明灭》说成“此感士不遇也。篇法仿佛长门赋……照花四句，离骚初服之意”；欧阳修的《蝶恋花》（庭院深深深几许），又被他说成“庭院深深，闺中既以邃远也。楼高不见，哲王又不寤也。章台游冶，小人之径。雨横风狂，政令暴急也。乱红飞去，斥逐者非一人而已。殆为韩、范作乎”；至于苏轼的《卜算子》（缺月挂疏桐），则被张惠言引鲖阳居士之说解成“缺月，刺明微也。漏断，暗时也。幽人，不得志也。独往来，无助也。惊鸿，贤人不安也。回头，爱君不忘也。无人省，君不察也。拣尽寒枝不肯栖，不偷安于高位也。寂寞沙洲冷，非所安也”。

这种“泛政治主义”的文学批评，一味捕风捉影，深文罗织，不但曲解原意，难以自圆其说，就算是诠释得句句巧合，头头是道，也把天机浑然的兴到之作丑化成了忸怩作态的怨臣之语。果然如此，一切美好的抒情诗，也就是王士禛所谓的“风雅”，岂不都成了政治谜语？然则我们何不直接去读历史，岂不远胜这种嗫嚅唏嘘的怨词？这样的寄托，不但没有美化君臣的一伦，反而糟蹋了大自然之美。“上有黄鹂深树鸣”本来是多么优美的意象，学者却为我们揭开谜面，说那善鸣的黄鹂原是小人！壮丽华美的世界，原来处处都是危机，草木虫鱼，原来都是妖魔的化装！这样的学者不但误导了读者，而且歪曲了作者，真是帮了倒忙。不过这情形到了现代文学批评里，虽然有了“改善”，有时甚至矫枉过正。自从弗洛伊德的心理分析应用到文艺批评之后，“泛政治主义”似已被“泛性主义”所取代。古人的情诗，曾被传统学者解成政治寓言，到了现代学者手里，不但还它原来面目，而且往往朝性爱的方向推进。诗中的一草一木，以前曾是时局与政情的道具，现在却又变成了性爱的象征。例如，《桃花源记》的源头洞口，有一位日本教授便说它是女性器官的象征。昭明太子读《闲情赋》，已经大惊小怪，叹为白璧微瑕。听到日本教授的奇论，岂不更为震骇?

学者读诗，还有一个毛病，便是吹毛求疵。苏轼《惠崇春江晓景》第一首，有“春江水暖鸭先知”句。毛奇龄在《西河诗话》里挑他的毛病，说水中物皆知冷暖，何必举鸭，又说鸭知水暖，究先于谁?钱锺书斥西河说：“是必惠崇画中有桃竹芦鸭等物，故诗中遂遍及之……西河未顾坡诗题目，遂有此不根之谈。”其实像毛奇龄这种爱抬杠的人，是不可喻于诗的，因为苏诗如果原作“春江水暖鹅先知”，他仍然会说何以鸭不先知：如此纠缠，殆无已时。东坡所说“赋诗必此诗，定非知诗人”，正指这种横人。又如杜牧《赤壁》之句“东风不与周郎便，铜雀春深锁二乔”，原以二乔之不保暗示东吴之不存，从周郎联想到二乔，本是最自然不过的事，《彦周诗话》却说：“孙氏霸业系此一战，社稷存亡生灵涂炭都不问，只恐捉了二乔，可见措大不识好恶。”足见挑剔细节也好，指陈大义也好，都非知诗之人。

古典学者论诗，多半出以诗话的形式。诗话的毛病在于东鳞西爪，浅尝辄止，论断又偏于印象，至其极端，更用形象生动的譬喻。例如，元代诗人虞集论时人之诗，便说“杨载如百战健儿，范如唐人临晋帖，揭奚斯如美女簪花”，他自己则如“汉廷老吏”。苏轼则谓山谷诗“如蝤蛑江瑶柱，盘餐尽废，然不可多食，多食则发风动气”。西方也有这种譬喻式的批评，例如魏尔比（T. Earle Welby）把史云朋譬喻为羊蹄的牧神，笑声刺耳地闯进了一个维多利亚的茶会，比尔邦（Max Beerbohm）则把史云朋形容成“一只无力营巢的歌鸟”。印象主义的批评到了十九世纪末的法朗士，臻于高潮。他说：

> 在我看来，文学批评正如哲学与历史，乃专为审慎而好奇的心灵而设的一种小说。追根究底，一切小说无非是自传。能神游杰作名著之间而记其胜，始足为文评行家。

这样的文学批评诚然是主观的，而实际上，法朗士紧接着又说：“客观的批评并不存在，正如客观的艺术并不存在。”

高明如杜牧，神游李贺之诗后，如何记其胜呢？他是这样说的：

> 云烟绵联，不足为其态也；水之迢迢，不足为其情也；春之盎盎，不足为其和也；秋之明洁，不足为其格也；风樯阵马，不足为其勇也；瓦棺篆鼎，不足为其古也；时花美女，不足为其色也；荒国陊殿，梗莽丘垄，不足为其恨怨悲愁也；鲸呿鳌掷，牛鬼蛇神，不足为其虚荒诞幻也。

这真成了灵魂在杰作中的探胜冒险，不但全凭印象，而且九种印象之间，颇多矛盾。例如：“时花美女”就很难和“瓦棺篆鼎”联想在一起；“水之迢迢”“春之盎盎”，也和鲸鳌牛蛇互相抵触；而既已“明洁”，也不可能“云烟绵联”。读完之后，我们只觉得杜牧是在抒情，不是在评论。在古典传统之中，李贺素有鬼才之称，这当然不太公平。但是李商隐却说李贺之死是应召升天：“帝成白玉楼，立召君为记，天上差乐不苦也……呜呼，天苍苍而高也，上果有帝耶？帝果有苑圃宫室观阁之玩耶？苟信然，则天之高邈，帝之尊严，亦宜有人物文采愈此世者，何独眷眷于长吉而使其不寿耶？噫，又岂世所谓才而奇者，不独地上少，即天上亦不多耶？”照李商隐的说法，李贺实在应该称为仙才，和世人鬼才之说，恰恰相反。杜牧和李商隐同时，去李贺之时不远，而对李贺的“印象”如此不同，也可见“印象”之不可靠。

——二〇〇四年二月

成语和格言

1

一个民族的语文，依其文化的长短深浅，总有不少惯用的语句，泛称成语。其中流行众口的，或称俚语、熟语、谚语、俗话；有籍可考的，可称名言；语惊四座的，可称警句；有理要说的，可称格言，说得道学气的，又称箴言。为了便于归类，我想把这些名称武断地分为成语与格言两种，并且认为成语较短，可以是短句，也可以是词组，而格言该是整句。更认为，成语大半表现事态，而格言大半要说道理。譬如“张三李四”只是成语，但“功不唐捐”便是格言了。

在折旧率愈来愈高的时代，最贵的东西反而是古董，最流行的话反而是成语。古董虽贵，但价高未必有市。成语，也就是古人之言，却出于众口，入于众耳，简直“不可一日无此君”。当代最流行的话并非出自金庸或亦舒，昆德拉或村上春树，而是出自古人之言。例如“一言难尽”或“一言不合”，皆从古代传来，正是成语。

古人之言，或言简意赅，或深入浅出，或音调响亮，或结构匀称，或形象鲜明，历千百年而不衰，反而愈说愈顺口（愈写愈顺手），乃成为成语。目前我们每天出口的成语，有许多早已脱离了上下文，变成了独立的词句，就算不知出处，也无妨碍。许多人没有读过《论语》，照样能说“道听途说”“言不及义”“以德报怨”“以文会友”“文质彬彬”“慎终追远”“见仁见智”“当仁不让”“有教无类”“割鸡焉用牛刀”“小不忍则乱大谋”“人无远虑，必有近忧”。同样地，未读《老子》的人照样会说“天长地久”“金玉满堂”“出生入死”“大器晚成”“受宠若惊”“和光同尘”“玄之又玄”“小国寡民”等四字成语。其实有不少成语本来并不像现在这样顺顺当当的四字一句，例如“和光同尘”，本来是“和其光，同其尘”，而“道听途说”本来是“道听而途说，德之弃也”。但时光如河，语法如沙，日磨月磋，竟把一切都磨去了棱角，只留下光润圆滑的四字语法，那么顺口又那么自然，像满滩的卵石。

很多人以为白话取代了文言之后，文言就全废了。其实文言并未作废，而是以成语的身分留了下来，其简练工整可补白话的不足，可在白话的基调上适时将句法或节奏收紧，如此一紧一松，骈散互济，文章才有变化，才能起波澜。

2

成语既为民族智慧之结晶，人同此心，心同此理，所以世界各国的成语、格言，往往互相巧合，甚至酷似，令人惊喜。且看英文的例子：

Constant dripping wears away the stone.（滴水穿石）

Familiarity breeds contempt.（近之则不逊）

More haste, less speed.（欲速则不达）

Practice makes perfect.（熟能生巧）

Speak of the devil and he is sure to appear.（说曹操曹操就到）

Strike while the iron is hot.（趁热打铁）

He who rides a tiger is afraid to dismount.（骑虎难下）

最后一例不免令人怀疑，因为英国并无老虎。说不定这格言是传自中国。亚里士多德的名言“一只燕子还不算夏天，一个晴日也不能算”，辗转传后，变成了四国的格言。只是英文与西班牙文仍保留“一燕不成夏”的原意，法文与意大利文却变成了“一燕不成春”了。下面依次是英、西、法、意的原文：

One swallow does not make a summer.

Una golondrina no hace verano.

Une hirondelle ne fait pas le printemps.

Una rondine non fa primavera.

有些民族的想法虽然跟我们不同，但他们的成语我们读来仍会发会心之微笑，感到新颖有趣。例如：

客人一小时见到的，比主人一年所见更多。（波兰谚语）

至爱来自母亲，其次来自狗，更次来自情人。（波兰谚语）

小偷成双出动，骗子却是一人。（美国谚语）

波斯古国的谚语充满智慧，尤饶谐趣。最感人的一句是：“我一直抱怨没有鞋，直到看见有人没有脚。”最近伊拉克战争期间，有不少小孩缺手缺脚，若用这句话来注释照片，一定加倍可悯。波斯古谚还可举例如下：

大鼓只能远听。

蛇老被蛙欺。

一朝被蛇咬，从此怕见绳。

一个人头愈大，头痛就愈厉害。

在蚂蚁家里，一滴露就成水灾。

让他见识死亡，就会安于发烧。

死亡是头骆驼，会在家门口躺下。

相信神明，但拴好你家骆驼。

小时偷鸡蛋，长大偷骆驼。

3

成语与格言，就像《天方夜谭》的瓶中巨灵，其魔力正在寓大于小，把哲学的大道理浓缩在如诗的短句之中，令人回味无穷。大致说来，成语的美学有三个条件：简洁、对称、悦耳。

英国有一句格言说：“简洁乃妙想之灵魂。”（Brevity is the soul of wit.）神思妙想，当如电光石火，一触即发，不可犹豫，不容修改，才肯定有力，一言九鼎。若是吞吞吐吐，翻来覆去，就显得只有寻思，未得结论了。凡是格言，必为整数，后面不能拖小数点。何况句子长了，就不好记，也就乏人引用，怎能流传久远？例如“一言难尽”，如果拖成“不是一句话就说得清楚的呀”，就散成一堆沙了。

第二个条件是对称。中国的方块字要营造对称之美，太理想了。对仗，正是中国文体的一大特色。大而至于一篇骈文，小而至于一首律诗、一副对联，都可以在对仗上做到尽善尽美。成语正是这种对称美学具体而微的最精致样品，口头笔下，每天供我们运用自如，真是中文最可贵的遗产，最通用的现金。例如“门当户对”一句，名词对名词，动词对动词，方块对方块，平平对仄仄，一抛一接，一呼一应，无论在意义上、文法上，还是在视觉上、听觉上都充分满足了我们的美感。又例如，古人论画，常有“曹衣出水，吴带当风”之说，真是美极妙极。西方论画，无论是瓦沙瑞（Giorgio Vasari）的名著《意大利建筑、绘画、雕塑名家列传》或是德拉库瓦的《日记》，有这么生动、高雅的美文吗？

西方语文当然也可以追求对称之美，不过拼音文字长短不一，文法又多语尾变化，加以虚字夹缠其间，就算勉强对仗，也总不如中文这么灵活。例如“张三李四”一词，接近英文的 Tom, Dick and Harry，但是英文的人名有长有短，还夹了一个连接词，根本对不起来。就像“春夏秋冬”在中文是势均力敌的四个实字，用英文说却多出一个 and 来一样。英文成语里，勉强接近中文的对称句，也可以举出一些，例如 Like father, like son.（有其父，必有其子）/ Easy come, easy go.（来得容易，去得容易）/ Two is company, three is none.（两人成伴，三人就乱——指夫妻关系）/ Spare the rod and spoil the child.（饶了棍子，宠了孩子）其实这些句子仍然不如中文成语那么“门当户对”。

第三个条件是悦耳，也就是说来顺口，所以用字必须单纯，音调必须响亮。为了顺口，音调在响亮之外更要前呼后应，你抛我接。例如 Little strokes fell great oaks.（浅砍千次，巨橡不支）呼应全在押韵的 strokes, oaks。又如 A stitch in time saves nine.（趁早缝一针，到头省九针）呼应则在半谐音（assonance）的 time, nine。再如 Neither rhyme nor reason.（不可理喻）则用头韵（alliteration）来互答。

4

英文所谓“四字语”（four-letter word）是指骂人的脏话，中文的脏话却是“三字经”。中文的成语大半以四字为其基调。所谓“四字成语”，在结构上可以分成两类：一类用单行句法说一件事情，文法上是一完整句；另一类用骈行句法说一种状态，文法上只是一个词组（phrase）。“天下为公”“无为而治”“不可儿戏”“大器晚成”，都不对仗，属前一类；“三长两短”“千方百计”“天经地义”“花前月下”，前二字与后二字在意义、文法、音调上都形成对仗，属后一类。

在结构上，骈行的四字成语，往往将两组同义字或反义字拆开，交错搭配。例如“千军万马”，原意只是“千万军马”，极言其多，但拆开了交叉重组，便成对仗，而且平平仄仄，顺口悦耳，美学结构于是完成。如果拆开后配成了“千马万军”，就变成了平仄仄平，读不顺了，不成美学。

同样地，“千山万水”改成“千水万山”意义上并无差别，但平平仄仄的美学就破格了。所以后面这些四字成语都用这种原理形成：“千方百计”“千锤百炼”“千言万语”“千钧一发”“千秋万代”“千奇百怪”“千头万绪”“千辛万苦”“千门万户”“千真万确”“千依百顺”“千岩万壑”“千丝万缕”“千呼万唤”“万紫千红”“天长地久”“天公地道”“天昏地暗”“天荒地老”“男婚女嫁”“郎才女貌”“三从四德”“三心二意”“山长水远”“山盟海誓”……这样的组合该在千句甚至万句以上。这种音义交错的对仗句式，令人想到西方作曲的“对位法”。

不过，中文四字成语的结构，有时并非音义兼顾，而且重音轻义。例如“山明水秀”一句，水当然可明也可秀，而山，怎么会明呢？可见为了顺口，有时竟会放过逻辑。“红男绿女”也是如此。通常红色会联想到女性，所以有“红颜”“红粉”“红袖”“红妆”“红楼”“绯闻”“桃色”等词。此地却将“红”字安排给男性，无他，只因“红”“男”都是平声罢了。另有一句更是四字成语的异数，那便是“乱七八糟”。姑且不论平仄，即使论词属，原本也该“乱七糟八”或“七乱八糟”，竟云“乱七八糟”，真是乱七八糟了。

中文成语虽以四字句为常态，也不乏较长的句法。例如五字的“无巧不成书”“物以稀为贵”。又如六字的“无所不用其极”“神不知，鬼不觉”。七字句最多，因为可用诗中名句，甚至杯筊的签诗也是七言，俗话便多“真金不怕火来烧”“不到黄河心不死”之句。至于八言，像“成事不足，败事有余”或“成也萧何，败也萧何”，其实还是以四字句为基调。

5

新文学改用白话，不再写文言，但是文言的智能与语法却靠数以千计的成语保留了下来，像一笔丰富的遗产，不用交税，也无须兑现，口头笔下，永远是取之不尽、用之不竭的现金。

成语用在白语文里，可以润滑节奏、调剂句法、变化风格。我们很难想象，一篇文章能完全不用成语，因为那样的文章必然累赘冗长；也难以想象一篇文章每逢紧要关头，只会用成语来应付，因为那样的作家只能靠古人来思想，拾古人的牙慧。满口成语的人似乎油嘴滑舌，反之，绝口不用成语的人却要费许多唇舌。大凡够格的作家，都会酌量地驱遣成语。

“惟成言之务去”，是散文大家韩愈的主张。敏捷的作家要活用成语而不拘泥于成语，就应该悟出如何因势导势，借力使力，以我之四两，拨彼之千斤。活用成语，就如向传统借本钱，加些巧力，来赚创造的利息，其妙正如活用典故，务必化古为今，推陈出新。如此移花接木，读者见了，似曾相识，就如见到熟人的孩子，认得出很像他父亲，却另有自己的几分可喜。

这种戏拟的手法，英文叫做 parody，王尔德乃其中高手。前文我曾举英文成语，说婚后的日子，“两人成伴，三人就乱”（Two is company, three is none）。王尔德却戏言三角关系之妙，竟说“三人才有伴，两人不作算”（Three is company, and two is none）。他讽刺婚姻，又说“离婚乃天作之分”（Divorces are made in heaven），而夫妻当众调情是“干净内衣当众洗”（Wash one’s clean linen in public）。

莎士比亚的名剧《仲夏夜之梦》，曾有人加上一字，成了“仲夏夜之梦遗”，真是调皮，却无法英译。美国诗人吉尔默（Joyce Kilmer）写树的名句 Poems are made by fools like me, / But only God can make a tree，被谐诗鬼才纳许（Ogden Nash）轻轻一扭，就成了妙趣：“Poems are made by fools like me, / But only God can make a trio.”“树”一扭成了“三重奏”，原来是影射圣三位一体（The Trinity），十分好笑。

我翻译王尔德的喜剧《不可儿戏》，碰到过这么一段话：You should get married. A misanthrope I can understand—a womanthrope, never! 这是劳小姐劝蔡牧师结婚的一段话，不幸她咬文嚼字，把 misogynist（憎恨女性者）误说成 womanthrope，却妙在与前文的 misanthrope 同一格式。如果我不求变通，只将就直译成“一个厌世者我可以了解——一个厌女者，决不！”听众一定茫然。结果我乞援于中文的四字成语格，把英文的名词变通为中文的短句：“一个人恨人类而要独善其身，我可以了解——一个人恨女人而要独抱其身，就莫名其妙！”“独善其身”原为成语，“独抱其身”却是将“抱独身主义”的意思铸入“独善其身”的语法而得来的。

《不可儿戏》里另有一处，两个好友谈到乡下生活，亚吉能问乡下来的杰克，在乡下他逗什么样的人开心，杰克轻描淡写地答道：O neighbors, neighbors. 我的中译仍然要靠自然而又好懂的四字成语。所以我译成：“哦，左邻右舍呀。”如果直译成“哦，邻居，邻居”就太奇怪了。

该剧又有一处，巴夫人盘问追求她女儿的少年："我一向认为，有意结婚的男人，要么应该无所不知，要么应该一无所知。你是哪一类呀？"杰克犹豫了一下说："我一无所知。"前一句的原文是……should know either everything or nothing，后一句则是 I know nothing。如果译成"应该什么都知道或什么都不知道"，就太啰唆、太稚嫩了。足见对付英文或其他西文的名词，尤其是抽象名词，还得动用中文的短句，尤其是简洁有力的四字成语。

6

我有一本近著，书名《含英吐华》，评论的正是英文作品应如何中译，但其四字句法却本于成语"含英咀华"。我只改了一个字，原句的"英、华"就变成了英文与中文：进口的是英文，出口时却是中文了。所以成语之为用大矣，不但可以原封照搬，更可器官移植，托古改今，与时并进，而更活泼了、丰富了中文。

我另有一本书，名叫《井然有序》，收集的都是为他人所写的序言。这四字成语原封不动，但"序"字的意思却扩大了。我的散文集《日不落家》，书名所套的"日不落国"之句，不是中文成语，而是一句英文，说大英之为帝国，殖民地遍布全球，阳光照处，必有英属领土。一九九七年，我家四个女儿分别住在加拿大、美国、英国、比利时，而我们夫妻住在中国台湾，所以我们余家也称得上是“日不落家”了。

此外，我的书名有四字成语架势的，尚有《五陵少年》《白玉苦瓜》《青青边愁》《分水岭上》《春来半岛》《隔水观音》《隔水呼渡》《五行无阻》《高楼对海》等多部。这四字句型，可说已经成为我书名的常用格式了。

为了写这篇文章，我曾回顾自己的文体诗风，发现这四字句法，不论是单行或骈行，对我的语言风格都颇有贡献。我曾说自己的语言是“白以为常，文以应变”，意思是用白话做基调，而酌用文言来变调，来调整弹性、速度、口吻与场景。所谓文言，不必高古深奥，但求稳健精简；不必华辞丽采，但求言不虚发，辞无浪费。例如《白玉苦瓜》的最后几行：

……一只仙果
不产在仙山，产在人间
久朽了，你的前身，唉，久朽
为你换胎的那手，那巧腕
千眄万睐巧将你引渡
笑对灵魂在白玉里流转
一首歌，咏生命曾经是瓜而苦
被永恒引渡，成果而甘

“千眄万睐”是四字成语的新铸，形容玉匠在真苦瓜与玉雕苦瓜之间反复比对，务求将苦瓜的灵魂注入白玉。最后两行的“是瓜而苦”与“成果而甘”，必须用文言无可再简的句法，来逼出“生命赖艺术以升华”的信念。而此一生死以之的信念，更有赖“瓜”“苦”“果”“甘”四个字交相呼应的对仗与双声，才能坚持而达到结论。如果依一般新诗的稚嫩句法，把最后两行写成：“一首歌，咏生命曾经是一只苦瓜／被永恒引渡，变成了甘果。”也算不错了，但与文言的四字句法相比，就显得太松、太浅了。

中国诗的句法始于四言之端庄，历经五言与七言之奇偶交错、相反相成，而终于长短句之伸缩多姿。但源头这四字典型始终不衰，不但在七言诗中成为稳定大局的句头，而且在四六骈文中高踞联首，甚至在单行的古文中也往往成为压阵的语法。一位现代作家，无论是要利用它、革新它，或是避免它，都不能不懂它在中文语法上的重要地位。

在我自己的散文之中，它也是一种重要的语型、句法。早期我的散文兼容英文句法，单行多于骈行，较少四字成语或四字句型。后期则有意“去英文化”，不但句子较短，而且骈散交错，因此四字句型增多。评论我散文的学者，不少人肯定我的后期而质疑我的早期，恐怕这也是一大原因。早期的我，像大闹天宫的孙悟空；后期的我，已成为唐僧的徒弟了。早期飞扬跋扈，不知为谁而雄；后期似乎“雅驯”多了，却也太“驯”了吧。以下且从我前后期的文章里，各引一段作为对照：

题目的现代化，是今日中国作家早该注意的问题之一。一个真正敏感的作家，应该将他纤细的触须，伸到艺术的每一个角落。我们无法想象，一篇洋溢着现代精神的作品，居然肯戴上一顶发霉的帽子。

——摘自《论题目的现代化》，一九六三年

幸蕙遍读吾诗，发而为论，三年有成，即将出书，索序于我……幸蕙选诗，不尽“唯名是从”，往往反而“蕙眼独具”，会挑出一些评家很少注目的“冷作”或未及注目的新作，令我惊喜。

——摘自《悦读陈幸蕙》，二〇〇二年

7

四字成语或四字句型，盘踞中文已久，不但下笔好使，而且出口顺畅，已经成为语法的一大基调，何况其中还有不少迄为民族智慧或民俗世故的载体，有些来头很大，有些出处不明，所以不但读书人善于驱遣，就算江湖市井之流也会引用几句。身为作家如果不善驱遣成语，或是会用的成语十分有限，下笔怎能左右逢源？但另一方面，如果他不会自铸新词、自创佳句，遇到紧要关头，只会依靠几句四平八稳、人云亦云的陈腔老调而不能自拔，就始终近不了创作。真正的高手应该把成语用在刀刃上，将旧句引出新意，或是移花接木，将旧框嵌入新字，变出新趣。如此，才能激发民族语言的生机，使其长保活泼、生动。

至于成语与各种文类的关系，也值得讨论。大致说来，诗贵独创，可以利用四字语法来求变求新，但不宜原封照搬。小说的对话依人物的身分可酌用成语或俚语，但叙述的部分应加区别。戏剧的台词求其顺口易懂，不妨用些简洁而响亮的成语。抽象而生硬的名词，最宜用成语短句来化解。散文乃直接对读者发言，就像斯文人从容不迫的谈吐，用些成语当然可以，但是像斯文人的谈吐富于机锋或谐趣，也不妨把成语变成新腔。论文乃学者在发言，宜乎字斟句酌，所用成语应求其高雅端庄，即使引经据典，骈行偶对，亦无不可。杂文以短小精悍取胜，最忌扯淡费辞，多用成语不妨。童话最忌世故，应力戒成语。译文多用成语，就会失去原文风味，像“朝秦暮楚”“暗度陈仓”一类来自典故的成语，尤不可用。

——二〇〇四年一月六日

边缘，中心，跨界

——从拜伦看英国浪漫主义之盛

1

文学评论常有古典与浪漫之争，但以实际的文学史来印证，当可发现两者之分并非绝对，而是相对，并非绝不兼容，而是各有强调。拜伦初起，颇以新古典主义大师蒲柏（Alexander Pope）之传人自命，而对浪漫派前辈的湖畔诗人肆力讥讽，正可说明，复杂的文学史难以简明的文学评论来归纳。

所谓“古典”，通常乃指历久不衰的传世之作，例如希腊、罗马的名著，其义与“经典”“典范”相通。引而申之，后人之作凡以此类名著为师法之所本，虽非古典之正宗，亦可以classic之形容来指称。例如在英国诗坛，从班江森、朱艾敦、蒲柏一直到约翰生博士，一个半世纪之久的诗风文论，多以追摹古典为尚。蒲柏就如此规劝年轻诗人：

> Be Homer's works your study and delight;
> Read them by day and meditate by night.

古典的金科玉律不得妄自逾矩，而且用这么严格的单调宣扬了百年之久，便成了令人几乎窒息的所谓“新古典主义”（Neo-Classicism）。于是在十八世纪末，先是受了卢梭思想的启发，继而又因法国大革命的激荡，浪漫主义终于抬头。

本质上，浪漫主义乃是古典主义的反动。古典强调基本的人性，重社会；浪漫强调独特的个性，重自我。古典强调常规，重典范；浪漫强调自由，重变化。古典强调理性，以理御情；浪漫强调感情，甚至纵情。古典好静，追求恒久的平稳；浪漫好动，追求瞬间的冲劲。孔子在《论语·阳货篇》所说的“诗，可以兴，可以观，可以群，可以怨”，其中“观”与“群”近于古典，而“兴”与“怨”则近于浪漫，可谓兼容并包的通达诗观。

2

浪漫主义是一个国际的运动，所以，仅看英国的发展不能见其深广，必须放在欧洲的大背景上，才能得其宏观。就时序而言，此一运动应该始于德国十八世纪七十年代的“狂飙运动”（Sturm und Drang）。歌德与席勒早期的剧本已经背叛新古典主义的规范而亲近伊丽莎白朝的戏剧，而且标榜叛徒为主角。歌德的《少年维特的烦恼》推广了忧伤的浪漫情绪，比拜伦的《海罗德公子游记》（*Childe Harold's Pilgrimage*）早了几乎四十年。侯德（J. G. Herder）的《民谣采风》（*Volkeslieder*），比伯希（Thomas Percy）的《古典拾遗》（*Reliques of Ancient English Poetry*）也只晚了十三年。

英国浪漫派第一代两大诗人，华兹华斯与柯立基，在三十岁前都“游学”过德国：华兹华斯极不快乐，柯立基则颇受先验哲学的影响。两人都曾醉心于法国大革命：柯立基因而拟与沙赛移民美国，建立所谓“全民之邦”（Pantisocracy）；华兹华斯更两度去法国，不但支持革命，更与法国女郎相恋，还留下了一个私生女。德国的文学与哲学，包括狂飙时期与十九世纪初期始问世者，对英国的影响都颇大。

法国投入浪漫运动，为时最晚，因为法国是新古典主义的大本营，而且大革命期间社会也正值动乱。欧洲的浪漫主义虽由卢梭点燃火头，但燎原的火势却是最后烧到巴黎。从德国借火过来的法国女作家斯塔尔夫人（Mme de Sta, 1766—1817）在《德国论》（*De l'Allemagne*, 1810）一书中比较法国与德国文学，贬法国而扬德国之浪漫作品，被拿破仑一怒而逐出巴黎，再怒而逐出法国。该书有一章名为《论古典诗与浪漫诗》，乃此二词相提并论之创例。斯塔尔夫人比华兹华斯大四岁，但是法国浪漫诗人拉马丁（Alphonse de

Lamartine, 1790—1869）、维涅（Alfred de Vigny, 1797—1863），雨果（Victor Hugo, 1802—1885）、缪塞（Alfred de Musset, 1810—1857）都比华兹华斯年轻得多。后面这三位更比济慈晚生两年到十五年，也比拜伦晚逝三十三年到六十一年，简直与维多利亚同时了。

德国的浪漫运动先后有好几波，等到海涅（Heinrich Heine, 1797—1856）等诗人出现，已经比济慈晚了两年，比“狂飙运动”晚了半个世纪。大致说来，浪漫运动在西欧的发展，是德国领头，英国继起，法国殿后。而其余波，则由英国传去美国，并由西班牙传去拉丁美洲，成了洲际文学潮流。

3

浪漫主义不仅是跨国的运动，也是文艺间跨行或跨界（cross-genre or cross-medium）的互动：举凡文学、音乐、绘画、雕塑、建筑、舞蹈等艺术，都可以相互吸收，转化，脱胎换骨。浪漫运动固然是莎士比亚死后两百年才发生的事，但莎剧打破古典三一律的自由风格却被浪漫作家所欢迎，尤其是在德国。从舒伯特到西贝柳斯，许多欧洲的大作曲家都曾把莎剧改谱成音乐：仅以《罗密欧与朱丽叶》为例，就有贝辽士把它谱成交响曲，古诺把它谱成歌剧；贝利尼的歌剧《卡府与蒙府》（*I Capuletti ed i Montecchi*）亦以此剧为本事，只将世仇的两家之姓取代了莎剧原名。这种跨行的转化现象也猬集在拜伦身上，虽然不若莎翁之盛，但远远超过英国的其他浪漫诗人。贝辽士的《海盗》序曲，所本即为拜伦长诗 *The Corsair*，而其交响曲《海罗德在意大利》也取自拜伦名著《海罗德公子游记》。拜伦的诗剧《曼夫列》(*Manfred*) 则启发了舒曼的乐曲与柴可夫斯基的同名交响诗。

在欧洲大国之中，论音乐，英国远逊于德国，甚至法国、意大利；论绘画，则难追意大利与法国。英国的作曲名家，从普尔赛（Henry Purcell）、艾尔嘉（Edward Elgar）一路数到冯威廉（Ralph Vaughan-Williams），有谁能与巴哈、贝多芬、瓦格纳、维尔第分庭抗礼？论绘画，英国的大师只数得出透纳（J. M. W. Turner, 1775—1851）和康斯勃尔（John Constable, 1776—1837）两位，比起古代的意大利、现代的法兰西，寂寞多了。但是说到浪漫主义的诗歌，则英国的贡献可以雄视全欧，其中享誉之隆、影响之广，当首推拜伦。仅以他对画家的影响来看，也很可观。拜伦诗集的畅销是空前的，除了《海罗德公子游记》令作者一夕成名之外，他的其他叙事诗也极受欢迎，例如《海盗》在初版当天就销了一万册，而首月的销量为二万五千册，《异教徒》在问世一年半之内销了十二版。盛况如此，所以为他画像或画插图的画家很多，其中甚至包括英国大画家透纳。

透纳比拜伦大十三岁，不但热爱文学，更喜欢写诗，可是他的天才只宜绘画。他的风景画不重写实，只求造境，画面富于动感，造化的背后似有神力在运行。他爱画神奇宏伟的阿尔卑斯山，更爱把场景放得海阔天空，一任风高浪急，令人骇目惊心。空气和水是让透纳着迷的两大元素，所以，他的空间弥漫着幻异的天光水色，像一场天启隐隐的梦。而在最激昂的场面，天和海似乎在翻脸，风起云涌，不可开交，神似乎在发脾气。透纳的艺术诚然是浪漫的，他简直是现代画家中的浪漫诗人，所以，拜伦的诗当然应由他来画插图，甚至转化为油画或水彩。而为了印证拜伦的诗境，他认真追随拜伦的行踪，一路从比利时到威尼斯。以下是他受拜伦启发所画的作品，在皇家美术院展出时还标出了拜伦的诗句：

1. 滑铁卢战场（*The Field of Waterloo*）

2. 海罗德公子游记：意大利（*Childe Harold's Pilgrimage: Italy*）

3. 威尼斯，悲叹之桥（*Venice, the Bridge of Sighs*）

4. 洛桑与日内瓦湖（*Lausanne and Lake Geneva*）

5. 战争：拿破仑与石贝（*War: The Exile and the Rock Limpet*）

6. 圆形剧场月色（*The Colosseum by Moonlight*）

7. 罗马广场虹影（*Rome: The Forum with a Rainbow*）

透纳到了晚年，得意忘形，遗物存神，画面上流转着一片光影与气韵，令人想起晚年的莫奈。透纳一生多产，留下了三百幅油画，加上近乎两万张水彩与素描，真是创作等身的浪漫大师。我不说“浪漫派大师”，因为他无论在艺术上还是生活上都独来独往，人缘不佳，原就无意立派聚徒。而在英吉利海峡的对岸，另有一位真正的浪漫派大师，比透纳小二十三岁，比拜伦小十岁，也耽读拜伦的作品，且将其诗境演变为自己惊心动魄的画境，使拜伦壮阔的场景长悬于罗浮宫的巨壁。那便是法国画家戴拉库瓦（Eugene Delacroix, 1798—1863）。

戴拉库瓦的作品风格阳刚，线条矫健，色彩壮丽，画面激荡着交响乐一般的气势与律动，最善于安排紧张而危险的大场面来震撼观众。他是非常传神的人像画家，无论是人与人斗，人与兽争，神与妖战，或群众不安的场面，都生动而有情，诚然是浪漫的。戴拉库瓦的文学造诣很深，尤爱外国文学，曾将但丁、莎士比亚、歌德的名著移入画境。他曾游北非，对回教的世界十分神往，画笔因此更富色彩之美。“异国色彩”（exoticism）原本就是浪漫主义神往不同时空的特色，所以由浪漫派大画家来传浪漫派大诗人的精神，必然入神，而且可观。以下且举拜伦之诗入戴氏之画的显例：

1. 异教徒（*The Giaour*）
2. 亚拜多斯之新娘（*The Bride of Abydos*）
3. 西荣之囚（*The Prisoner of Chillon*）
4. 沙当纳巴勒斯之死（*The Death of Sardanapalus*）
5. 大公无子（*The Two Foscari*）
6. 唐璜海难（*The Shipwreck of Don Juan*）

古典与浪漫之分，与其求证于文学，不如取材于绘画，更加一目了然。且以戴拉库瓦的作品与另外两位大家的画来比较一下。圣乔治是欧洲不少城市甚至国家的守护神，他原是基督教的大武士，为救少女而屠恶龙，正象征以德降妖，此事乃成为西方画家常用的主题。拉菲尔所画的《圣乔治屠龙图》(*St. George and the Dragon*）虽有架势，却无动感；戴拉库瓦同题之作则动感十足，韵律强劲。拉菲尔用的是冷色，武士披的是灰蓝的甲，跨的是纯白的马，斗的是暗褐的龙；戴拉库瓦用的是暖色，武士披的是红巾，跨的是赤骏，斗的是墨绿的巨龙。拉菲尔的背景风光明媚，像野餐的好天气；戴拉库瓦的战场则放在两面峭壁之间，显得山摇地动、鏖战正酣。拉菲尔的少女只顾静跪默祷，并不紧张观战；戴拉库瓦的少女则一臂被囚，正注视战况。至于马的表情，拉菲尔的白驹似乎不很恐惧，反而转目去看主人，不顾蹄下的妖兽；戴拉库瓦的赤骏则悚然而跃，骇视着蟠地的大敌。最传神的，是戴拉库瓦的武士也好，赤骏也好，恶龙也好，都骇然注目，将眼神聚焦在武士奋然下搠的长矛锋尖。相比之下，拉菲尔强调理念，注重象征与规律；戴拉库瓦强调情感，注重直觉与内容。这就是古典的宁静对照浪漫的激情。

另一组同题之作可用来对比古典与浪漫的，是安格尔（Jean Auguste Dominique Ingres, 1780—1867）与戴拉库瓦所绘的帕格尼尼（Nicol Paganini, 1784—1840）肖像。帕格尼尼是浪漫派音乐的名家，不但作曲，更是出神入化的小提琴圣手，所至之处听众如狂，甚至有人伸手摸他，求证是否血肉之躯。这么一个不凡的人物在安格尔的笔下，表情安详愉悦，线条明晰流畅，实在看不出有什么神灵附体。但一上了戴拉库瓦的画境，同一个帕格尼尼却闭目凝神，人与音乐合成了一体，简直可以让人感受到人琴不分、身体与琴弦共振共鸣的动感。仁者静，智者动，同一对象可以见仁见智。

4

英国有拜伦，是由许多偶然的幸运与不幸所组成的。首先，他的父系与母系都来自贵族之家，双方都有暴力与败德的历史。他的叔祖有“邪爷”（the wicked lord）的恶名，曾因杀害族人被审。他的父亲曾因逃债遁去法国，并在他三岁时去世。母亲带着这独子住在苏格兰，穷苦度日。所幸在他十岁时叔祖死了，爵位由他继承，成了拜伦男爵六世。从此，他的生活改观，得享自由，前途顿然开阔。

另一不幸的是他的母亲教养不足，暴躁善变，令他难以承受。第三个不幸是他生而跛足，加以医疗不当，更增痛楚。幸而他体貌英俊，而且苦练剑道、骑术与游泳，得以弥补缺陷。第四个不幸是他有一个同父异母的姐姐奥古斯塔（Augusta），从小不在一起，长大后才相见，竟然顿生畸恋，演为乱伦丑闻。第五个不幸是娶了一个爱好数学而又拘泥礼教的名媛，耻于拜伦之败德终于分居。后面这两个不幸加起来，尽管拜伦诗名盖世，在上议院慷慨陈词为劳工请命又一鸣惊人，仍不免在名教的压力下黯然去国，不再还乡。

这时拜伦才二十八岁，却已经饱经沧桑。他由伦敦的骄子沦为失乡的浪子，然而他因此得享自由。他失去了英国，却赢得了欧洲。是欧洲成就了拜伦：意大利成就了诗人拜伦，希腊成就了烈士拜伦。不去瑞士和意大利，他不会与雪莱成为知己。不去意大利，他不会成为黛瑞莎（Teresa Guiccioli）的情人，不会写完《海罗德公子游记》，不会抛开迂回的英国诗体（spenserian stanza），采用流畅的意大利诗体（ottava rima），也就不可能成就他一生的杰作《唐璜》（Don Juan）。

异国色彩是浪漫主义的一大特色，如果异国色彩是反衬在历史的沧桑感之上，当更加动人。一般英国诗人或爱尔兰诗人如拜伦的至交汤默斯·穆尔，在表现此一特色上都比不上富有欧洲经验的拜伦。拜伦不但行万里路，游遍西欧与南欧，而且深入希腊，甚至闯进了回教的禁地，这一切对拿破仑战争时代的英国读者，都有神秘的诱力。拜伦的《海罗德公子游记》，最后的杰作《唐璜》，以及《异教徒》《西荣之囚》一直到《马赛巴》的许多叙事诗，都以欧洲为其场景，所以，他的作品译成欧陆各国语文后，也能吸引欧陆读者。他的众多作品中当然也有针对英国现实的，例如，《天谴异梦记》（*The Vision of Judgement*）与《唐璜》的末章就嘲讽了英国的政治与社会。英国浪漫诗人之中，拜伦是擅长讽刺诗的例外，他对讽刺诗高手蒲柏的崇拜，说明十八世纪对他的濡染有多深。可是拜伦的冷嘲热讽显得更有“现代感”，因为他善于旁敲侧击，不时会在题外旁白，甚至公然以说书人的口吻即兴抒发感想。拜伦的讽刺诗动人之处往往更在这种插科打诨的旁白，而非正经的本文。

二十世纪初期，艾略特领头贬抑浪漫主义，并强调诗人应重视传统与知性。他对拜伦的贬抑当然是不留情的，甚至说“史考特，与比较通俗作品中的拜伦，只能算取悦大众而已”。尽管如此，艾略特也不能抹煞拜伦的讽刺天才，因为讽刺诗虽然难免感情用事，但要写出一流的讽刺诗，仍需机智、幽默与知性的判断。艾略特盛赞《唐璜》卷首的题词，甚至认为如此妙文即使蒲柏也无能为力。

艾略特的老师、哲学大家罗素也认为对英国人来说，拜伦的诗往往不很高明，而其情绪也往往华而不实，失之俗艳，但是在欧洲大陆他的影响十分重大，其人生态度已深入人心。所谓“拜伦式的英雄”形象，一半来自他作品中特立独行不甘与世浮沉的孤傲主角，一半来自他本身贵族叛徒鄙视世俗的作风，虚实相应，表里相成，已经形成了一种风气、一种文化现象，具有影大于身的效果。为了挣脱世俗的束缚，拜伦断然以魔鬼自居，尼采更进一步，断然自命为上帝，唯有如此才能享有自由，成为伟人。因此，罗素将拜伦列入他写的《西方哲学史》，独占一篇，与黑格尔、叔本华相提并论。

拜伦在世时，他的欧陆盛名仅次于歌德，但一直受到这位前辈的提掖。歌德在《浮士德》第二部中，使浮士德与海伦结合而生“有福联恩”（euphorion），影射的正是拜伦。海伦象征古典之美，浮士德象征中世纪之浪漫精神，两者合乃诞生现代诗。前辈对晚辈的期许，真无以复高了。拜伦出征希腊的前夕，歌德更赠诗以壮行色，对后生的爱护可谓仁至义尽。拜伦死时，卡莱尔推崇他为“欧洲最高贵的心灵”。后来卡莱尔修正前言，改置拜伦于歌德之后，而与拿破仑并列。

拿破仑与拜伦在三年之间（1821—1824）相继去世，法国的多家报纸在报导时都并称两人为“本世纪两大伟人”。这两人确有相似之处：拜伦睥睨欧洲文坛，正如拿破仑叱咤欧洲政坛；拜伦由边缘的不列颠岛入主欧洲风骚，正如拿破仑由科西嘉岛入主法国。一个是跛子，一个是矮子，但是都心雄万夫，不甘仅仅做一个岛囚，而要做一个气吞大陆的洲主。三个小岛真囚得住拿破仑吗？一只跛脚真拖得垮拜伦吗？

——二〇〇四年十一月

离心与向心：众圆同心

在冷战的时代，联合国曾经按经济开发的程度把全球分成了几个世界。第一世界指已经开发的资本主义国家，亦即西欧与美国；第二世界指已开发的东欧社会主义国家；第三世界指开发中的，或低开发的国家，亦即非洲、拉丁美洲及部分亚洲。这种区分乃从经济着眼，更进而演成政治。“第三世界”成为贫穷落后的代名词。

我却要借用此一分法，来说明某种语言在其所使用的国家或地区，因条件之优劣、情势之顺逆，而呈现出来的“开发”程度。更进一步，我还要从其开发程度来研究该语言所承载的文学如何随其“生发”。

先以英文为例。在所谓全球化的浪潮下，英文早已成为“世界语”。冷战时代一结束，中国忽然有十三亿人来学英文，俄罗斯与乌克兰至少再加两亿人。目前至少有五十个国家以英文为正式语文，也就是说，世界各国除其母语之外，英文已成最大的“第二语文”。其实以英文为母语的国家不过英、美、加、澳大利亚、新西兰五国，人口不过四亿。就英文而言，其第一世界当为发源地英国与新生地美国；第二世界当为加拿大、澳大利亚、新西兰；第三世界则包括南非、印度、新加坡、马来西亚、菲律宾，等等。语文分布如此，但其文学呢，恐怕也是这样的顺序。英国的莎士比亚，仍然是遥遥领先的；美国太年轻了，十九世纪以前根本没有大作家。到了现代，大不列颠的优势则已不保，叶慈、乔艾斯、贝凯特等的光芒已照耀全欧。近两百年来，美国文学的分量可说与英国分庭抗礼，但第二世界的加拿大、澳大利亚、新西兰及第三世界的南非、印度等似乎还追不上第一世界。

西班牙文的演进则大不相同，其第一世界当然是发源地西班牙，但传入中南美洲之后，人多地广，母语也颇有变化。到了现代，拉丁美洲的名作家竟多过母土；墨西哥的帕思（Octavio Paz）、哥伦比亚的加西亚·马尔克斯（Gabrie Gacia Marquez）、智利的聂鲁达（Pablo Neruda）、阿根廷的波尔赫斯（Jorge Luis Borges），光芒似已盖过了大西洋对岸的母土。第三世界不知道该在何地？该是加勒比海域的小安地列斯群岛吗？或是菲律宾？

华文世界的演进又不一样。在我分析之前，容我解释一下我所使用的标准。首先自然是从何地发源，然后是使用的人口及其全民的比例，然后是在教育上的地位，而涉及文学时，写作的环境、出版的条件、读者的市场，等等，都要顾及。所以华文的第一世界当然在中国大陆，第二世界在中国的台湾、香港、澳门，至于第三世界，正是南洋。南洋放在最后，因为在南洋各国，华人在总人口中，都只是少数：在马来西亚也只占三分之一；即使在新加坡是例外，也才达百分之七十七。在马来西亚与印度尼西亚，华文教育甚至受到压制，马来西亚大学甚至不准用华文来写论文。

台、港、澳放在第二世界，因为三地虽然都曾被殖民统治，但华人人口是绝对主流，地理位置又贴近中国大陆，中文教育颇受重视，出版事业以中文为主，媒体运作也多为中文。台湾的日文背景已淡，英文压力不高，本来已经是颇强的中文社会，但是近年来人文教育的内容也正随政治正确的意识趋向僵化与窄化。香港的英文背景仍非常强，不少学校现在规定要用英语教课，大学更是如此。理工科对中文程度的要求大致都是任其自然，也就是听其自生自灭。近日我应邀去“台大”某一尖端科学系所演讲，听其教授慨叹，说今日的学生用方程式来表现尚佳，但若要求他们用文字来叙述，则不但中文写不通，英文也不灵。

台湾与香港另一相似，是方言的强势。例如台湾有闽南语歌曲，香港有粤语歌曲。台湾南部有许多地下电台，纯用闽南语，香港则无。两地选举时台湾有一半候选人用闽南语，香港恐怕更多候选人用粤语。不过闽南语之流行一半与政治意识有关，但在香港，方言流行却由来已久，一半也因普通话不佳，乃自然现象。两地都有作家把方言酌量用在作品里，使小说对话生动，杂文有趣，诗有本地情调，但谁也不会笨到尝试通篇纯用方言。台湾最近在教育主管部门的鼓励下却有人在创作甚至出版闽南语诗，有音无字，写不下去时就夹上罗马拼音，名之为“台罗体”。

华文的第一世界理应在中国大陆。古来所谓的中原，当然是中华文化、中国文学的摇篮。汉族占中国目前人口百分之九十三点三（在台湾，占百分之九十八；在香港，占百分之九十八以上。）在美国，白人占百分之八十三；在俄罗斯，俄罗斯本族占百分之八十二。无论就历史、地理、人民各方面来看，大陆都应该是中文与中文文学的守护者，但是六十年来的多次政治运动，尤其是在十年的“文革”中，她都未能善尽母职，有时甚至不幸，还亏待了自己怀里的孩子。可以说在“文革”的岁月，中文被暴力与压力所虐，文学几乎要断气绝命。那时的神州当然不是第一世界，恐怕只能权充第三世界，而第一世界之称只能交给台湾了，这情形略似英国的戏剧：在莎士比亚与班江森的时代大放异彩，但到了清教徒革命之后，从一六四二年到一六六〇年，竟中断了十八年之久。

所以自从二十世纪八十年代中国大陆开放以来，中文才真正用来写实、抒情，文学也就发展出新局面来：先是伤痕小说与朦胧诗崛起，继而较有个性的散文展开，同时引进西方文学，研究台港作家。二十年来，小说方面出现了贾平凹、莫言、王蒙、余华、王安忆等，散文则有余秋雨，诗则似乎并未完全超越了朦胧派早年的成就，然而毕竟已非“文革”以前的单调与空洞可比。尤其是小说新人的分量，恐怕已经在领先台港的同行。

大陆真正悟出“红而不专”的空洞之后，文化便开始有了生机，文学随之。反之，台湾却越来越“绿而不专”，但求政治正确，不求认清现实、解决问题。为了“求独”，当局竟然在文化上加强“去中国化”，表现得最急躁的是压缩中学课本的人文内涵、文言比重、民族认同，务必在意识上、格局上“本土化”，甚至以人口极少的所谓“原住民”为借口，将意识“南岛化”。有全球化优势的英文，有政治正确优势的方言，再加上讨好网络族又适应新科技的所谓“火星文”，凡此种种逆境，已成中文在台湾必须面对的压力。加上书市日趋衰落，书法几成绝艺，可供投稿的报刊也销路堪忧，年轻作家的天地实在不宽。反讽的现象是：尽管如此，各类文学奖在台湾设置之多、奖金之高，却是世界上少有的。

香港年轻作家的困境更甚于台湾，不但投稿的园地日促，稿酬很低，出书更是奢望，奖金既少又稀。少数几本纯文学刊物只能定期向政府申请补助，往往无以为继，被迫停刊。所以香港作家常见的出路，是向台湾的报刊投稿，甚至出书。我把台、港同列为第二世界，其实台湾仍然要强很多。至于第三世界的新加坡与马来西亚，华人作家若要投稿甚至出书，也知道应该向台湾寻求发展。例如陈大为、钟怡雯夫妇便是索性一起来台湾奋斗而终于获得学位与教职，更进而成就作家事业的近例。比他们早一代来台求学并成为诗人的，则有新加坡的王润华、淡莹夫妇。其实先后由港来台而有相似经历的香港作家更多。对许多海外华人的作家而言，台湾往往是第一世界。

前文我已提过，中文所谓的南洋，亦即西方人所谓的东印度群岛（The East Indies），与环绕加勒比海的千百岛屿，所谓的西印度群岛（The West Indies）者，在世界地理上形成颇为相似的对应，值得一比。东印度群岛的居民多为土著，经欧洲人殖民之后，各自接受了西方的文明及其语言。例如马来西亚人之于英国，菲律宾人之于西班牙与美国，印度尼西亚人之于荷兰。西印度群岛的居民则多为非洲移民，经欧洲殖民者自非洲带去，后与殖民者通婚，生下混血种，称为Creole。西印度群岛若断若续，西起古巴，东迄委内瑞拉近岸之圣卢西亚（St. Lucia）与特立尼达（Trinidad）。位于神经末梢的这两个小岛国，都以西班牙文命名：圣卢西亚面积六百一十七平方公里，人口十三万；特立尼达面积五千一百二十八平方公里，人口一百三十万，在世界地理上都不起眼。但是出身于两地的作家，圣卢西亚的沃考特（Derek Walcott）与特立尼达的奈保尔（V. S. Naipal），仅隔十年竟先后获得了诺贝尔文学奖。当可说明，英文的第三世界，即使是偏远而贫困的殖民地，也可以出现让第一世界，甚至全世界都注目的文豪。其实，仅仅靠了来自偏远角落、殖民背景、有色人种，也只能提供相对于欧陆中心（Euro-centrism）的边缘经验与批评角度，若是缺少第一世界的认识与掌握第一世界语言的能力，仍不能成就所谓“国际的”名家。

沃考特生于圣卢西亚，并在西印度群岛读大学，但他曾在美国哥伦比亚、耶鲁与哈佛等名校教书，并常穿梭于美国与西印度群岛。他的得奖名诗长近八千行，用的是但丁的三行体，而诗中的渔人也是叠合在古希腊英雄阿岂利斯（Achilles）与神射手费洛克替提斯

（Philoctetes）之上。至于奈保尔，则远有印度血统，近有西印度群岛的童年经验，及长又定居于英国，如此知己知彼，在析论殖民帝国与殖民地关系之际，当然能够鞭辟入里。

反观华文第三世界的作家，例如李永平、王润华、钟怡雯或是黎紫书，能不能像沃考特、奈波尔这么成名于国际呢？在回答这问题之前，我们得先厘清何为“国际”。如果是指东方与西方之间，则可说是机会渺渺，因为翻译尚成问题，而原作者也尚未在西方浸够，掌握任一西语也尚未能随心所欲。但是如果“国际”是指东印度群岛某国，例如新加坡或马来西亚，与中国之间，则李永平等早已扬名国际了。不过我们没这感觉，因为心理上大家都是“中国人”，所谓华侨。如果成名者是哈金或严歌苓，我们就觉得很国际，因为不仅跨越了语言，而且深入了西方。如果成名者是汤婷婷或谭恩美，我们也不会感觉什么，因为她们早已“无唐无番”，“番多于唐”。

照理一位海外华人作家如要成名，应该是在北京、上海、台北或香港，因为他的文字原应诉诸华文世界，而非西方，正如沃考特的读者应该在纽约或伦敦。张爱玲在华文世界久已成为大家，她的晚年悲剧在于以为自己的杰作必须英译，甚至是由自己动手，来征服英文的第一世界。

今日的华文世界，分布之广，读者之多，水平之高，远远超过上世纪，而出版之进步，交流之频仍，更成加速。华文世界一时当然还不能比英文世界，但也已成一大千世界，在质量与交流上当然尚可加强。

所谓海峡两岸及香港，文学的交流已有二十多年，开始不免零星，近年已趋频密。作家们隔岸出书，络绎不绝，有时更造成轰动：金庸、龙应台、余秋雨是其显例，其实更包括王安忆、莫言，等等；我自己在大陆各省市也已出书在二十种以上。在评论、文学史、各种文类的选集上，大陆学者与编者对台湾都相当积极，但是反过来，台湾的学者对大陆文坛却相当消极。教科书也有这个现象。台湾教科书里的大陆作家，迄今仍是民国初年的那几位，但今日大陆中小学语文课本里，却常见台湾作家。我自己的诗或散文屡次成为对岸编选的课文，所以屡次收到此类课本。我手头这类课本有十一册，高中、初中、小学都有，里面所选胡适、林语堂、梁实秋的文章，也许不必记在台湾的名下，但是其他的作家，有的还不止一篇，包括林海音、琦君、罗兰、胡品清、王鼎钧、龙应台、林清玄、三毛、司马中原、纪弦、简媜等多人。相对地，一九四九年以后的大陆作家，包括畅销的余秋雨，则从无一人收入台湾的中小学课本。

文学奖的交流也不算多。台北《中央日报》的征文比赛曾经颁奖给当时旅美而尚未成名的大陆小说家严歌苓。始终由我主持评审的梁实秋翻译奖，在征奖比赛的前几届，都有大陆的应征者获奖。二〇〇四年广州的《南方都市报》主办的“华语文学传媒大奖”曾赠我该年的散文家奖。香港中文大学文学院主办了三届的“新纪元全球华文青年文学奖”，向各地的在校大学生开放，不但颁奖给大陆、台湾、香港、澳门、南洋及海外各地的大学生，连评审委员也包罗了海峡两岸及香港的作家、学者。香港浸会大学文学院去年首办“红楼梦小说奖”，即由大陆小说家贾平凹与香港小说家董启章分获大奖与评审奖。马来西亚的“花踪奖”办了两届，则分由台湾的陈映真与大陆的王安忆获得。

这样的交流当然还不能算是盛况，但总比政治的对立甚至敌对要好得多。同一母语奶大的各地华文作家，若能加强交流，促进共识，在华文创作上追寻民族文化，尤其是文学的共同价值与美感，当可为消弭战争并促进和平有所贡献。

世界华文文学，由于历史背景、地理环境、政治形态的差异，在各地的发展，有的离心，有的向心，但最后由于中华文化的吸引与融汇，必能成为同心，成为众圆同心。

——二〇〇七年一月

论诗绝句的联想

1

中国文学之有“论诗绝句”，不但是变质，也是变体。其体若诗，但其功用却在评论，所以是变质。其意在论，但其形态却托于诗，所以是变体。好的论诗绝句不但有评论的眼光，还要有诗的韵味，才能令读者感到不但有理，而且有情。二十八个字里，要把诗史、诗艺、诗家的虚实得失讲得言之有物而又味之有趣，实在是一门难能的艺术。

论诗绝句是诗人用诗来评论其他诗人的诗，作者当然是行家，读者的兴趣也比较专业。此体发轫于诗圣杜甫，及宋而盛，到了金代的元好问，可谓高潮。杜甫之为大诗人，兼有广博与深刻，首创此体当然才力有余；不过是出产副品而已，大概想不到偶然插柳竟自成荫，所以取的诗题也是“戏为”“解闷”。他和李白都相信欲振诗运，应该寻源导流，重归风雅。李白慨叹：“大雅久不作，吾衰竟谁陈……正声何微茫，哀怨起骚人……自从建安来，绮丽不足珍。”杜甫也要“别裁伪体亲风雅”。

杜甫在唐代并未取得经典的正统，元、白对他十分重视，却苛责他不够忧国忧民。韩愈虽然肯定他与李白光芒万丈，但也坦言他仍受群儿谤伤。杜甫的使命感很强，文学史观也深长，乃能兼容并包，一炉共冶，不但执着于传统，同时也寄望于变通。在《戏为六绝句》中，他一面肯定屈宋之为先驱，汉魏之近风骚，而亲风雅即所以远伪体；同时认为兰苕翡翠终究格局不如碧海鲸鱼。但另一方面他却讽喻时人不必轻薄近人，嗤点庾信，哂笑四杰，倒不如广开诗路，转益多师，凡是清词丽句皆应欣赏。

中国的诗艺历唐宋而至金代，至元好问用绝句来论诗史、诗道、诗艺的时候，情况就复杂多了。元好问的《论诗三十首》纵论魏晋以迄唐宋的诗人在三十家以上，其中于诗艺之传承颇多追溯，于诗品之高下，亦多比较，而各首之间，或直接或间接，亦时有呼应。三十首之中当然可以归纳出元好问的史观与评价，但是加起来并不就等于一篇论文。其实元好问当初如果真写了一篇功架十足、言必引据，并且详加注解的所谓学术论文，当然也大有贡献，但是读起来就不如三十首原来那样情理交融、诗意盎然、余韵悠悠。诗人论诗，当行本色，毕竟不同于学者之论。元好问的论诗绝句，是行家讲行话，亦即西方人所谓 shoptalk，跟学者用一大堆抽象而笨重的术语来条分缕析，大异其趣。元好问论诗，乃以诗证诗，譬如伐柯，其则不远。学者用术语来论诗，却是以术害情，未免隔了一层。

元好问于诗艺，推崇清真自然、旷达深远，但也不废求新出奇。他要维护的诗艺正道，是从曹刘、陶谢、阮籍、陈子昂、李杜、韩柳、李商隐、欧梅、王安石，一路到苏黄，这些都是正面教材，但是孟郊、李贺、秦观、陈师道等人，元好问则认为格局太小，失之纤弱，刻意求工，不够自然，算是负面之例。其中，他格外强调杜甫的地位与影响，因为透过韩愈与李商隐，杜甫影响了宋诗，尤其是黄庭坚。王若虚说："山谷自谓得法于少陵。"王安石称李商隐"善学老杜"。朱鹤龄也指出李商隐"指事怀忠，郁纡激切，直可与曲江老人相视而笑"。所以元好问诗道之正统当以杜甫为首，继之以李商隐，而终于传到黄庭坚，但愈传愈窄，乃沦为末流，成了江西派。难怪《论诗三十首》之廿八说：

古雅难将子美亲，
精纯全失义山真。
论诗宁下涪翁拜，
未作江西社里人。

元好问写诗，先学苏轼，继师杜甫。他在《论诗三十首》之廿六，赞东坡"金人洪炉不厌频，精真那计受纤尘"，所以他的诗史止于苏黄，并慨叹：“只知诗到苏黄尽，沧海横流却是谁？”大抵遗山论诗，以病情之轻重，先后列出齐梁体、西昆体、江西派以为戒，对末流再三讥讽。

元好问论诗绝句之后，诗家论诗，七绝不绝，但才识难继，反响渐弱。不过六百年后，梁启超慨叹诗道式微的名作《读陆放翁集》，用的仍是这论诗绝句的精悍诗体：

诗界千年靡靡风，
兵魂销尽国魂空。
集中什九从军乐，
亘古男儿一放翁。

2

论诗绝句在中国文学传统里是很特殊的一种诗体。首先是其绝句的篇幅，寥寥二十八个字，一番起承转合，要把一个观念、一个评断，说得生动有趣而且情韵悠扬，不但激发读者的深思，还要满足读者的美感，实在需要高妙的艺术。此体创始于诗圣，实为应然，其后的作者多为当行本色的诗家，也说明要把论诗绝句写好，必须才识并茂。

不过二十八个字的空间毕竟太窄了，有时也会转不过弯来。最有名的例子，是杜甫自己的句子，“纵使卢王操翰墨，劣于汉魏近风骚”，就易令人误会，以为四杰虽逊于汉魏，却近于风骚。我年轻时就是这么读的，却认为很不合理；后来多看注释，才恍悟“汉魏近风骚”乃合五字成为“劣于”的受词。可是同为《戏为六绝句》之六，“别裁伪体亲风雅”一句，却不能按“劣于汉魏近风骚”的句法，解为“别裁亲风雅之伪体”。另一名例是元氏《论诗三十首》之十二：“诗家总爱西昆好，独恨无人作郑笺。”历来都以为此乃不满义山诗之晦涩，其实三十首之廿八讲得十分肯定：“古雅难将子美亲，精纯全失义山真。”简直是把李商隐与杜甫相提并论，等量齐观了。

论诗绝句的另一特色，是句中提到古人，往往不直呼本名，而喜欢用其字、号、官职或乡籍，这对外行来说，有时很难还原“正身”。例如“工部”“拾遗”是指杜甫，而“翰林”“供奉”是指李白，但“宾客”指谁，却少人知道是刘禹锡。原来刘禹锡晚年曾任“太子宾客”。又如，王安石乃江西临川人，故常称“临川”，但是“讳学金陵犹有说，竟将何罪废欧梅”之句中，王安石又变成了“金陵”，因为他曾判江宁府，晚年又定居金陵。陆游论诗绝句“吏部仪曹体不同，拾遗供奉各家风”之句，“吏部”指韩愈曾任吏部侍郎，但是“仪曹”何指，则知者恐少，只因韩柳齐名，勉强可猜。柳宗元曾官礼部员外郎，而礼部部官通称仪曹，因以称之。

所以，论诗绝句是介于诗人、学者与资深读者之间的上层文类，不可能大众化，也不必大众化。这是行家写给风雅中人看的行话，隽永耐读一如《世说新语》。外国的所谓汉学家，真有谁能欣赏此体，我就服了他。

3

中国传统诗论，多半重唐轻宋，认为唐诗乃正道，主性情，宋诗则以文为诗，好议论。叶燮非之，指出："唐诗有议论者，杜甫是也，杜五言古诗，议论尤多。"宋人在唐人之后，抒情已被唐人发挥尽兴，无以为继，穷变乃通，向理趣另求出路，原很自然。例如李白的《苏台览古》《越中览古》一类诗，有感慨而无议论，只能算是怀古，而王安石的《明妃曲》《张良》等诗，议论高妙，才是咏史。苏轼的《迁居临臯亭》，"我生天地间，一蚁寄大磨。区区欲右行，不救风轮左"，与《泗州僧伽塔》，"耕田欲雨刈欲晴，去得顺风来者怨。若使人人祷辄遂，造物应须日千变"，也都议论风发，既有哲理，亦富谐趣，更不提他的名句"不识庐山真面目"与"庐山烟雨浙江潮"。苏轼的元气淋漓也许略逊李白，但其哲思与幽默却非李白能及。如果唐诗之后没有宋诗，只有模拟唐风的明代前、后七子，中国诗也未免太单调了。

论诗绝句既以诗论诗，作者自当兼具诗才与诗识，才能以抒情的韵味来表达评论的见解，在诗体上当以感性与知性互相表里。所以此体理应创始于唐而大盛于宋。宋诗好议论，此亦一例。最值得玩味的，是此体始于杜甫，宋人继而发扬光大，至金（相当于南宋末期）而有元好问集其大成。唐宋体性之分，若求之于英国诗坛，则十七世纪玄学派之于伊丽莎白朝之斯宾塞、莎士比亚、马罗诸家，似乎也有此种对照，而十八世纪之蒲柏与约翰生更近宋人了。因此朱艾敦与约翰生不以邓约翰为然，不难了解。班江森对邓约翰有弹有赞，曾谓邓不守格律，应该受吊，但其所长则举世无双。他有一首短诗叫《赠邓约翰》：

邓约翰，亚波罗与缪斯所青睐，
芸芸才人皆不取，唯君得宠爱；
早熟有宿慧，彩笔每出一篇，
都成了经典，垂范至于今天；
君才不竭，非群彦所能追，
君才之高，岂盛誉能溢美。
绣口，锦心，修炼，共卓然一生，
足以与天下二分而相抗衡。
凡此皆可赞，吾仍有此意，
且罢，只因我无法赞颂得体。

寥寥十行，对同辈名家推崇之致，但还不及中国的论诗绝句这么简洁而自然。此诗发表于一六一六年，作者与受者均在世，而且均为四十四岁。同一年莎士比亚去世，七年后班江森发表了八十行的长诗《敬悼挚爱的莎士比亚大师》，对莎翁推崇备至。此乃大师赞大师，而且是肯定莎翁超凡入圣（canonization）的第一篇名作，具有文学史非凡的意义。但是诗长八十行，议论滔滔，更不能称论诗绝句。

西方文学中以诗论诗的例子很多，不过篇幅往往颇长，而且往往是悼念诗友或嘲弄“诗敌”，写得长了，就复杂起来，不会专注于论诗。例如，雪莱吊济慈的《阿多耐斯》和安诺德吊克勒夫的《塞尔西斯》，就都是长达数百行的希腊体田园挽歌。至于用来讥笑“诗敌”的名篇，则有朱艾登嘲谢德威的《麦克佛雷克诺》与拜伦嘲桂冠诗人沙赛的《天国审判记》，亦皆洋洋宏构，拜伦的诗更长达八百多行。苏轼嘲东野先生的《读孟郊诗二首》长四十句，在中国诗里不能算短了，但比起朱艾敦或拜伦之作，仍是小品。中国以抒情为主，篇幅当然较短，《毛诗大序》所谓“情动于中……故咏歌之”云云，说的正是抒情诗。亚里士多德《诗学》中所说的诗，则往往是指叙事诗与戏剧，尤其是史诗与悲剧。中国论诗绝句的寥寥四行，在西洋诗中不过等于四行的一小段，即所谓 quatrain（四个一串之意）。如此看来，济慈用十四行体赞荷马，安诺德用同体赞莎翁，都不便和中国的七绝比较。例外不多，但浪漫派的奇才柯立基，有一首四行绝句却是绝唱：

> 邓约翰的诗兴骑着单峰驼奔跑，
> 把拨火的铁钳当作相思结缠绕；

韵律，健步而跛脚；幻想，迷宫兼出路；

心机，镕炉与风箱；意义，重压而扭曲。

这正是典型的论诗绝句了。原题是 On Donne's Poetry，所以我径译成《论邓绝句》。柯立基若生在中国，一定会大写七绝，纵论各家，不容遗山专美吧。寥寥四行，对玄学派大师似弹实赞，把邓约翰诗艺之能调和矛盾（paradox）一言道破。西方古典诗人之诗兴（muse），例皆乘飞马“倍加速驶”（pegasus），真是天马行空。邓约翰之诗兴乘的却是难骑而难看的骆驼，偏偏还是单峰驼（dromedary），诗人之狼狈可想而知。他人写情诗，都用传统而浪漫的“软件”，邓约翰的情诗用的却是科学与玄学之类的“硬材”，此人之戛戛独造，亦云奇矣。

《论邓绝句》是英诗里暗含中国论诗绝句之作，另一首接近此体的妙品，是朱艾敦的《论弥尔顿》：

三位诗人，远隔着三个时代，

为希腊、意大利、英国增光彩。

第一人以思想之高超出众，

第二人以雄伟，第三人则兼通。

造化之功更无力向前推移，

为生第三人唯将前二人合一。

三位诗人分别指希腊的荷马，罗马的维吉尔，英国的弥尔顿：荷马高超，维吉尔雄伟，弥尔顿则兼有高超与雄伟。朱艾敦说造化孕育了荷马与维吉尔，但要再化育第三位大诗人，却力不从心，只好将荷马与维吉尔的才华合而为一。这么说来，弥尔顿简直比荷马或维吉尔更伟大了。朱艾敦此诗不但将弥尔顿——他的前辈，推崇为欧洲诗坛之至尊，同时也提高了英国诗坛的地位。读者也许要问，如此一来，将置莎士比亚于何地呢？其实朱艾敦笔下评比的这三大诗人都是史诗的作者，而莎士比亚的贡献不在史诗。

——二〇〇六年十二月

创作与翻译

——淡江大学五十周年校庆演讲

1

承蒙林耀福院长邀请，前来贵校为淡江大学五十周年校庆作这场演讲，是我莫大的荣幸。淡江大学的前身是淡江文理学院，早在二十世纪六十年代初期，我已经在贵院兼课，教的科目先是英国文学史，后来换了英诗，所以，观音山美丽而善变的侧影，每星期都要隔水惊艳，自然也就入了我的诗篇。《隔水观音》成了我一本诗集的书名。

我在淡江文理学院兼课，前后至少有五年，和淡江的关系可以说淡而隽永。庄子所谓“君子之交淡若水”，正是这个意思。不过我来参加贵校五十周年校庆，还有另一种象征的意味，就是我自己的创作生命，迄今也已有半个世纪。从心底到笔尖的这一条路，是世界上最曲折也是最神奇的长征。我在最新的诗集《高楼对海》的后记里如此自述：

> 《高楼对海》里的作品都是一九九五年到一九九八年之间所写，真正是告别二十世纪的纪念了，也借以纪念我写诗已达五十周年。五十年前，我的第一首诗《沙浮投海》写于南京，那窗口对着的却是紫金山。好久好远啊，少年的诗心。只要我一日不放下这支笔，那颗心就依然跳着。

一位少年的“诗心”为什么会起跳，凭什么会跳这么久，为的是什么理想、什么价值？大而至于一整个民族的“诗心”为何起跳，又为何一直跳到现在？

古希腊人对诗人的态度最为肯定，希腊文“诗人”（poi）一词就是“创造者”（maker, creator）的意思，广义而言，可通于“造物”。欧洲三大语系，拉丁语、斯拉夫语、日耳曼语里的“诗人”（poe, poeta, poet）皆源出希腊，拼法几乎一样。不幸柏拉图认定所谓现实者乃在理念而非色相，万物不过模仿理念，诗人描写万物，不过是模仿的再模仿，已经与现实隔了两层了。诗人所写既已失真，不免有害社会，柏拉图乃将诗人逐出他的理想国。

柏拉图的说法影响后世至巨，到了中世纪又有教会对诗提出质疑，颇令诗人忙于答辩。在柏拉图之后六百年，有新柏拉图派的哲人普洛泰纳司为缪斯辩护，说艺术家创造之美，不在他所描摹的对象，也不在他所造型的材料，而在他所投注的心机。也就是说，自然之不足，可由艺术家来补足。中唐的诗人李贺也说："笔补造化天无功。""天"，就是自然，而"无功"，就是不足了。王尔德更说："不是艺术模仿自然，而是自然模仿艺术。"其实，亚里士多德早在《诗学》里指出：历史所述乃已然之事，而诗所述乃或然之事。足见西方诗学本无写实之束缚。

不过亚里士多德此说，乃指戏剧而言，亦即诗剧，因为他接下去说："是以诗之为物，比历史更富哲理，更为高超：诗惯于表现常态，历史则表现殊态。我所谓的常态，是指个性确定之人物按照或然率或必然率，偶尔会有怎样的言行……"

所以，西方诗学所说的，常是悲剧（或史诗中）人物的"言行"，较重客观，而中国诗学所说的，常是诗人内在情感的表现，较重主观。所以《诗大序》说："诗者志之所之也。在心为志，发言为诗。情动于中而形于言。"中国人说诗，不外是指抒情诗。西方人说诗，则往往包括史诗、诗剧、叙事诗，不止于短篇的抒情诗。

至于诗的功用，孔子则以《诗经》为模板，说："诗，可以兴，可以观，可以群，可以怨。迩之事父，远之事君。多识于鸟兽草木之名。"中间一句的事父事君，尤其是事君，已经不合今日的社会，至于只重君、父，不及母、妻，也失之男性至上。后面一句，倒像把《诗经》当作类书、辞典来用了，未免小看了它。首句的兴、观、群、怨却说中了要害。兴，可以给人鼓舞；怨，可以让人抒发：一正一负，满足了个人的需要。观，可以体会风俗民情；群，可以促进人我关系：一退一进，符合了社会的需要。无论是言志或载道，似乎都照顾到了。

约在两百年前，正当浪漫运动的高潮，雪莱豪情万丈地为诗道鼓吹，在长逾万言的《诗辩》一文中指出，诗人在古典时代曾有“先知”之称，继而强调诗人能够“参永恒，赞无限，合本元”（participates in the eternal, the infinite, and the one），结论是：“诗人者，未经公认而实为世界之立法者也。”（Poets are the unacknowledged legislators of the world.）

雪莱说这番话时理直气壮，信心饱满，几乎将诗人神而明之，供于壁龛。两百年后，另一位英国诗人的论调却一反过来，竟说诗的功用不过在使“小孩子不看电视，老头子不上酒馆”。这是拉尔金（Philip Larkin, 1922—1985）说的气话，似乎是非常低调了。老头子会因为有诗可读就不上酒馆吗？我不敢相信，但是我绝对相信，被电视、计算机拐走了的孩子，诗可领不回来。

诗的功用何在？我的期许不像雪莱的那么高超，却也不像拉尔金的那么消极。我觉得一位真正的诗人至少应该以两个使命自许，那就是：一、保持民族的想象力；二、保持民族的表达力。

一个民族若要产生大诗人，必须富于想象力。所谓想象，无非是洋溢的好奇与同情，借以超越有限的自我，而与万物交通，诗人的本领在于能将混沌不明的世界理出一个新秩序来，而使天南地北两不相干的事物发生有趣的关系。苏轼的《题西林壁》：“横看成岭侧成峰，远近高低各不同。不识庐山真面目，只缘身在此山中。”把变化万端而莫衷一是的山景来比拟当局者迷的困局，是用自然来解释人事，乃使山与人之间建立了新的秩序。我有一首小诗名《山中传奇》，以下列四行开始："落日说黑蟠蟠的松树林背后 / 那一截断霞是他的签名 / 从焰红到烬紫 / 有效期间是黄昏。"断霞是落日的回光返照所造成的，正如签名是人挥笔所造成的，但是断霞横天不能持久，最多亮丽一个黄昏，正如签名支票，过期也会失效一样。这一段诗和《题西林壁》恰恰相反，用人事来解释自然，晚霞和签名无端竟发生了关系，而落日和黄昏也形成了新的秩序。

诗的诸般修辞技巧，包括明喻、隐喻、转喻、夸张、拟人、象征，等等，泛称比喻者，莫不出于同情的模仿，每每能于无诗处见诗，无理处得趣，终而出实入虚，物我皆泯。一个民族有诗，就表示想象力尚未衰竭，因为想象力就是将心比心、设身处地的敏感，也是一种至为广泛的同情，不仅是人道主义的那种同情，而是此身能与万物交感，寸心能通芥子与须弥。

2

但是仅有想象力，还不足以成艺术品。想象力必须落实在真正的作品上，才算功德圆满。所以，有了想象力还要有充分的表现力来配合。想象力、表现力、艺术品之间的关系颇像物理学上能量转移过程的"能""力""功"。这世界上有想象力"能量"的人，不止诗人和艺术家。诸如宗教家、哲学家、科学家，甚至革命家，都是想象力过人的。宗教家天人之际的境界，哲学家出虚入实的玄想，科学家从混沌之中建立新秩序的公式，都不仅是理性冷冰冰的探索，尚需超拔而热烈的想象。美国女诗人米蕾（Edna St. Vincent Millay）甚至写过一首十四行诗，题为《唯欧几里得见识过赤体之美》（*Euclid Alone Has Looked on Beauty Bare*），但是只有诗人将想象之“能”发为作品之“功”，凭借的正是他的表现力，也就是他运用语言以创造美的功力。

预言小说《一九八四》的作者奥韦尔在《政治与英文》一文中指出，一国语文之健康与否能反映并影响社会之治乱。文化之盛衰，而经历专制政权之后，该国之语文必然虚伪而扭曲。反过来，我们也可以说，大作家出现之后，该国的语文必然充满弹性与活力。伟大的作品未必是文法学家乐于引证的范文，合乎文法的反而是二流之作。大作家或所谓天才，对于一国语文最大的贡献，在于身体力行，证明那种语文潜在的“能”，经妙笔运用，究竟发出多大的“功”。就像开金矿一样，杰作能告诉我们，存量究竟有多少，而纯金有多么灿烂。

且以李白为例。《宣州谢朓楼饯别校书叔云》开篇的两个长句一气呵成，十分酣畅：“弃我去者，昨日之日不可留。乱我心者，今日之日多烦忧。”以散文而言，“昨日之日”与“今日之日”，简直累赘，甚至有点不通。但以诗而言，则妙不可言，因为多了这一层转折与回旋，节奏才够气势。如果改成“弃我去者昨日不可留，乱我心者今日多烦忧”，就显得气促了。如果再缩写为“昨日弃我不可留，今日乱我多烦忧”，就更驯顺了。同理，《蜀道难》里的三叠句：“蜀道之难难于上青天”，把“难”字重复一次，感叹才能强调。换了“蜀道难于上青天”，就嫌弱了。中文到了李白的手里，可说纯以神遇，全以气行了。有了李白，我们才发现中文可以这样写，方块字之“能”可以发如此之“功”。

诗人该是语言的主宰、文字的大匠，对于每一个字、每一个词，都应该了然于其形象、音质、意义、联想，知所取舍，然后把它放在最有功效的上下文中。所谓“最妥当的字眼置于最妥当的地位”，就是此意。许多作者终身只会重复使用某些字词、某些句法，而令词汇失去活力、句法失去弹性。

大诗人则对文字极为敏感，务求发挥形、声、义最大的功效。苏轼《书韩干牧马图》之句“四十万匹如云烟，骓駓骃骆骊骝騵”，在字形上就已予人万马奔腾之感。欧阳修的七绝《再至汝阴》：“黄栗留鸣桑葚美，紫樱桃熟麦风凉。朱轮昔愧无遗爱，白头重来似故乡。”句首四字黄、紫、朱、白，巧妙用了四种色彩，成为非常鲜丽的结构，画面至为动人。白居易《琵琶行》为描写音乐的名诗，其高潮处：“轻拢慢捻抹复挑，初为《霓裳》后《六幺》。大弦嘈嘈如急雨，小弦切切如私语；嘈嘈切切错杂弹，大珠小珠落玉盘。”不但音响饱满，而且画面生动。“嘈嘈切切错杂弹”七字都是齿音，而“拢”“捻”“抹”“挑”都是弹者的手势，再加上“急雨”“私语”“珠落玉盘”等虚拟的联想，感性真是发挥到极致了。

把文字的抽象符号经营成一个有实感的世界，而能以假乱真、弄假成真，并且比真的世界更美，正是作家的本领。关键全在这些抽象符号上：文字而要升华为文学，在施者（作家）与受者（读者）之间的功用有如支票。文字果真超凡入圣，变成了文学，支票就兑现成钞票了，否则，就沦为空头支票。

文字虽由抽象符号组成，但是每个作家的符号系统都有差别，越好的作家其系统应该越多元，也就是更富于弹性，更多来源，因此，在风格上更多彩多姿。英国大诗人丁尼生对文字的驾驭精确过人，奥登就说丁尼生的耳朵，“在英诗人之中，或许最为灵敏”。丁尼生自己也说，除了 scissors 是例外，一切英文字眼他都掂得出斤两。丁尼生的诗句在音调上果然十分神奇，例如《尤利西斯》有这么一行：“远在多风的特洛伊震耳的旷野”（Far on the ringing plains of windy Troy）。原文的谐韵和半谐韵结构简直不可翻译。又如《狄索纳司》之句：“过了多少个长夏啊才死了天鹅”（And after many a summer dies the swan）。原文也是一片天籁，妙处一半在唇鼻之间回响的 m 与齿间漱过的 s，一半在倒装句法把洪亮的主词安排到最后才开腔，这些都不是译文所能为功的。学者指出，丁尼生熟读拉丁诗，尤其得力于维吉尔，读者要有拉丁文的修养，才能欣赏奥古斯都朝在丁尼生诗中回荡的余韵。

拉丁文就是欧洲各国的文言，其为西方文学的源泉，有如我国的古典文学之于新文学。这就令我想到当代华文作家习用的语言了。新文学使用的语言当然是白话文，但是白话文不尽是口语，更不必完全排除文言。有一次，一位文教记者问我："听说你很喜欢苏东坡，为什么在这个时代你还迷恋苏东坡呢？"我说："为什么这个时代我不能喜欢苏东坡呢？你以为苏东坡死了快一千年，就跟你没关系了吗？许多人还在说'庐山真面目'或是'雪泥鸿爪'，连你也会吧！只是不知道是谁的诗句罢了。"文言的许多名句辗转传了千百年，早已脱离上下文，变为成语，人人引用，多已不知出处。例如，"求之不得"原本来自《诗经》，"天长地久"来自《老子》，"君子之交淡如水"来自《庄子》。今日人人出口成章，其实都是古人的余唾。要是这些成语一概不用，我们非但下笔捉襟见肘，只怕开口都不成腔调了。

我认为今日的作家在白话文的主流中，不妨偶尔酌用一点浅近的文言作为支流，以求变化，而使文笔更有弹性。只要能够"文融于白"而不沦为"文白夹杂"，这种"文白浮雕"的做法可以是风格的正数。无论在诗里还是散文里，无论在创作还是翻译时，我常在有意与无心之间融文于白，久之已成一种左右逢源的文体，自称之为"白以为常，文以应变"。这八字诀本身就是文言，若用白话来说，就变成"把白话当作常态，用文言应付变局"，比文言就啰唆多了。

文言可以济白话之不足，用简洁凝练来约束冗赘散漫，使文体免于浅滑。另一方面，真正的口语为白语文平添亲切、流畅、自然，在文体上也起浮雕的作用。我在某些诗中，因为场合需要，会全用口语来写，像《请莫在上风的地方吸烟》《今生今世》《喉核》等便是如此。在翻译王尔德的几本喜剧时，我用的也是日常的口语，只为了让演员容易上口，听众容易入耳。例如，在《理想丈夫》里，薛太太便有这么一段台词："别忘了，清教在英国把你们逼成什么样子。从前呢，谁也不会假装比左邻右舍正经一点儿。其实呀，那时谁要是比左邻右舍正经一点儿，人家就觉得你十分俗气，倒像中产阶级了。现在好了，染上了现代的道德狂，人人都只好装腔作势，变得纯洁、清高，外加要命的七大美德的典范。而下场如何呢？你们全栽了，跟打保龄球一样，无一幸免。"

方言和俚语当然也可以入诗入文，例如苏格兰的彭斯就以方言写作而成为大诗人，同时又享誉英国诗坛。不过彭斯应是例外，因为爱尔兰的高尔斯密斯、穆尔（Thomas Moore）、王尔德、叶慈，甚至乔艾斯都是用英文写诗的。我曾以闽南语"郁卒""啥米碗锅"入诗，以粤语"靓仔""叻仔"入文，川语"二娃子"曾入我诗题，闽南语"火金姑"也成了我写萤火虫一诗的题目。"火金姑"真是很美的名字：火言其光，金言其色，而姑，是因为萤火虫放光的是雌性。闽南语的"金急雨"也很美，我一直有意为它写一首诗，尚未能交卷。前举欧阳修的七绝《再至汝阴》里的"黄栗留"，就是黄莺，很可能也就是当时的方言，说不定就是"黄利流"，流利的意思吧。

至于外语入诗，民国初年的新诗人如郭沫若、徐志摩、李金发等都是显例。在西方更是常见，英国诗人最常引用拉丁文；到了现代，像庞德、艾略特等更同时引用好几种外语，实在太过驳杂，不足为训。我在散文里偶尔会引进外语，但在诗中则绝少。在作品里偶引外语，只要上下衔接得妥当，也不足为病，如果常用，或大段引录，就失之饾饤或者炫学了。

诗人对于自己民族语言的贡献，在我看来，一是保持民族生动活泼的想象力，二是保持语言新鲜独创的表现力。反而言之，一位诗人如果对生命不再好奇、同情，则想象力必然衰退；如果对语言失去弹性与活力，则表现力必然萎缩。那现象就是江郎才尽了。

3

文学之为艺术，尤其是诗之为艺术，与其他艺术的欣赏有一大差别，那就是：其他艺术不需要翻译，而文学需要。文学乃语言之艺术，所以是“民族的”，所以有“文字障”，需要翻译。绘画、雕塑、建筑，当然有目共睹，无须译者帮忙。音乐呢？也是有耳共聆；也许作曲家需要演奏家来“翻译”，但好的“译文”，无论是现场演奏或录制成带成碟，都已不少，听来也“差不多”。哪像文学作品，隔了语障就需要翻译。许多好作品，尤其是诗，都颇难译。许多名言佳句根本“译不过来”。佛洛斯特就说：诗便是在翻译之中失去的那样东西。所以，诺贝尔文学奖原来就是不公平的比赛，因为西方的作家只要把母语写好就有知音，而东方作家却得戴起译文的面具去参加选美。诺贝尔文学奖其实只能算西方文学奖，绝非世界文学奖。

创作与翻译其实也绝非反义词，因为创作原则上也是一种翻译，而翻译也可以说是有限度的创作。

简而言之，创作的过程是将作者对生命的感悟（姑且称为经验）译成明确的文字。读者欣赏那作品的过程则恰恰相反，是将文字还原为作家的经验。批评家要做的，是研究那样的文字是否能够表现那样的经验。译者的任务却又不同，一方面他要应付原文，一方面还得透过原文去揣摩原作者真正的经验。

创作虽可视为一种翻译，当然与真正的翻译还是有异。翻译有面目明确的原文可以着手，创作所要表现的经验却未经澄清，有待沉淀。作者创作的过程，从游移到凝定，从混沌到清明，历经选择、修正、重组，是边译边改，一直要到译完始见真相，原文的真相。创作与翻译颇有相通之处，选择便是其一。例如，你要形容一位佳人，究竟她是妩媚呢、明艳呢，还是亮丽，应知取舍。同理，原文如说 She is an elegant lady，你在许多同义词里，例如，高雅、优美、秀气、斯文，究竟该用哪一个呢？下笔时还有选择的余地，就有点创作的意味了。选择也不限于遣词用字，还可施于安排次序。在英文诗里常见倒装句法，但在英文的散文里，却以“顺句”为多。那些顺句若要译成中文，反而多应改成“逆句”，才不至于冗长乏力。例如，王尔德的喜剧《不可儿戏》有这么几句：

> I do not think that even I could produce any effect on a character that according to his own brother's admission is

irretrievably weak and vacillating. Indeed I am not sure that I would desire to reclaim his. I am not in favor of this modern mania for turning bad people into good people at a moment's notice. As a man sows so let him reap.

这是第二幕开头家庭教师劳小姐对西西丽说的话，我的译文是：

他自己的哥哥都承认他性格懦弱，意志动摇，到了不可救药的地步；对这种人，我看连我也起不了什么作用。老实说，我也不怎么想要挽救他。一声通知，就要把坏蛋变成好人，现代人的这种狂热我也不赞成。恶嘛当然应有恶报。

这一段共有四句话，第一、第三两句较长，而且都是顺句，但在译文里如果要保住那顺势而不逆译，势必冗长乏力。

我先把长句拆散，再加倒装，不但更像中文，而且踏实有力。这便是句法上可以取舍的自由。用字（diction）与造句（syntax）都还有取舍的余地，不能不说是一种自主、自由。其实，我在中译《梵高传》《不可儿戏》《录事巴托比》时，的确享有在约束中仍能酌量发挥自我风格的乐趣。

创作与翻译是会互相影响的。译文受原文影响，是天经地义。但在翻译的“海变”(sea change）之中，由于译者自身的性格、风格、功力的关系，译文也会回过头去，影响原文，赋原文以特殊的风貌。所以原文在译文中脱胎换骨、整容化妆的结果，不但取决于“受语”（target language）的民族性，而且受惠于（或受害于）译者的个性。例如蒲柏自诩英译的荷马史诗《伊利昂记》，采用十八世纪流行的“英雄式偶句”来应付希腊史诗每行六音步、每音步一长二短的“三指节”（dactylic verse），把古代的英雄驯为当代的绅士，遂招来当代希腊学名学者班特利之讥：“诗是好诗，却充不得荷马。”

民国初年，拜伦的《哀希腊》鼓舞了多少爱国志士，一时遂出现多种中译：苏曼殊用五言古体，马君武用七言古体，而胡适用歌哭慷慨的骚体。苏曼殊的译文受五言所限，不足以尽拜伦吊古伤今之情。还是七言古诗的曼吟与骚体的一唱三叹更为接近，尤其是骚体，比胡适自己的白话诗动人多了。

至于林纾所译西洋名著，多用浅近的清丽文言，也曾风行一时。钱锺书好用文言意译西方典籍，下笔圆融婉转，胜过一般白话中译。他甚至认为，林纾所译的《块肉余生记》比狄更斯的原著更高明。我无意在此无条件地提倡“意译”，但是在读了无数白话的硬译、冗译、劣译之余，有时不免悠然怀古，回忆我在高中时代耽读林纾所译的《茶花女轶事》，惊艳之情，留芳至今。

所以，在此我要提出一个观念：翻译外国作品，谁也不能规定非用白话不可。译界原有共识：每个时代都应以当时的语言来译古典名著。因此，莎剧的译本应时时更新，多多益善。林纾既能用文言来译一百年前的小说，则四百年前的诗剧为什么一定不能用文言来翻？不过演员说台词，毕竟无法径用文言。可是诗与散文呢？培根的小品文距今也已四百年，古远与徐霞客相当，为什么一定不能以文言面貌来会今人呢？其实，大陆的译家王佐良早已如此做了，至于严复就更早了。

我在前文曾提到自己，无论在创作或翻译之中，常常奉行八字诀的原则，那就是“白以为常，文以应变”。即使撰写论文，遇到需要引述经典名句，若径用白语译出，总不如文言那么简练浑成、一言九鼎。《神曲·地狱》第三章开始，地狱门首石刻的戒词“Abandon all hope, ye who enter here”（齐亚地英译）若用白话来译，例如“进来的人，放弃一切希望吧”，就显得单薄无力。但是若用文言来译，例如“入此门者，莫存幸念”，就显得厚重坚强，不容摇撼。我并非要用文言来取代白话，因为那绝无可能，也非上策。我只是认为，在译文中有时可以用文言来调剂或加强白话。如果是一首短诗，而语气又老练而精简，我会抛开白话，乞援于文言：叶慈的《华衣》（*A Coat*）乃一显例。庞德的《罪过》（*An Immorality*）就更短了：

Sing we for love and idleness,
Naught else is worth the having,

Though I have been in many a land,
There is naught else in living,

And I would rather have my sweet,
Though rose-leaves die of grieving,
Than do high deeds in Hungary
To pass all men's believing.

罪过

且歌吟爱情与懒散，
此外皆何足保持，

纵游过多少异邦，
人生亦别无乐事。

宁厮守自身之情人，
纵蔷薇叶悲伤而死，

也不愿立功于匈牙利，
令众人惊异不置。

有时因为原作主题有异，语言粗豪，译文就必须改用率真的口语。例如杰佛斯的《野猪之歌》(*The Stars Go over the Lonely Ocean*)的末段，中译时就不能不“讲粗口”了：

'Keep clear of the dupes that talk democracy
And the dogs that bark revolution,
Drunk with talk, liars and believers.
I believe in my tusks.
Long live freedom and damn the ideologies,'
Said the gamey black-maned wild boar
Tusking the turf on Mal Paso Mountain.

"管他什么高谈民主的笨蛋，
什么狂吠革命的恶狗，
谈昏了头啦，骗子和信徒。
我只信自己的长牙。
自由万岁，他娘的意识形态，"
黑鬃的野猪真有种，他这么说，
一面用长牙挑毛巴索山的草皮。

我在翻译散文时，视场合需要，也偶或会用文言来"应变"。在《龚自珍与雪莱》的长篇论文中，为了说明雪莱也关心政治现实与欧洲形势，并非安诺德所谓的"美丽而无用的天使，徒然在虚空里扑动耀眼的双翼"，我有意用《战国策》的文体译出雪莱在诗剧《希腊》的序言里所发的一段议论：

> Russia desires to possess, not to liberate Greece and is contented to see the Turks, its natural enemies, and the Greeks, its intended slaves, enfeeble each other until one or both fall into its net. The wise and generous policy of England would have consisted in establishing the independance of Greece, and in maintaining it against Russia and the Turks.

> 夫俄罗斯之图希腊也，在并吞其国，非解救其民也。土耳其，俄罗斯先天之宿敌；希腊，俄罗斯欲畜之驯奴。俄罗斯之所快，莫如二邻之互斗俱伤，以擒其一，或并而吞之。为英国计，智仁兼顾之道，莫如立自主之希腊，扶其抗俄而御土。

雪莱每逢诗兴不振，为保诗艺不至于荒废，就转而译诗，曾将《神曲》英译了五十一行，诗体则悉依但丁原文“三行连锁体”（terza rima）的格式。就凭了这么严格的译诗试验，他日后竟写出了同一格式的《西风歌》及五百多行的《生之凯旋》。足见作家而兼译者，其译笔也会反过来影响创作，无论在题材、文体或句法上都带来新意、新技。所谓翻译，原就是换一种语言来传原意，步武既久，濡染成习，自然熟能生巧，转化成自身的血肉。翻译有如临帖，王羲之的一钩一画久之终会变成临者的身段步伐。偶尔福至心灵，纯以神遇，又像扶乩。我译过的英文作品里有诗，有散文，有小说，有戏剧，也有评论；其中诗译得最多，包括自英译再转译的土耳其诗六十多首，总数在三百首以上。所译作品文类不同，而同一文类之中，例如诗吧，也有各式各样的体裁，从严谨的格律诗与伸缩多变的无韵体到奔放不羁的自由诗，种种挑战都接过招。那考验，犹如用西洋的武器，与西洋的武士历经对阵比武，总能练得一招半式吧。虽然不可能每次都打成平手，但是迄今也还没有阵亡，有时候，竟然还会小赢一次，帅吧！

我有一次在某研讨会上，报告自己翻译王尔德喜剧的经验，说唯美大师才高手巧，最爱卖弄文字游戏，常教译者“望洋兴叹”，难以接招。“不过呢，”我说，“有时碰巧，我的译文也会胜过他的原文。”各地学者吃了一惊，一起放下茶杯，静待下文。我说，“有些修辞绝技，例如对仗，英文根本不是中文对手。这种场合，原文不如译文，并非王尔德不如我，而是他手里的兵器比不上我的兵器。”

接下来我举证的例子，出于《不可儿戏》的第二幕。劳小姐气蔡牧师还不向她求婚，恨恨然对他说：You should get married. A misanthrope I can understand — a womanthrope（厌女者）, never! 劳小姐情急嘴快，把 misogynist（恨女人者）说成了 womanthrope，但妙在与前文的 misanthrope（厌世者）同一语尾，格式未破，尽管不通，却很难译。如果我避重就轻，只译成“一个厌世者我可以了解——一个厌女者，绝不！”也就勉强打发，可是如此直译不但生硬，而且难懂。我是这样变通的：“一个人恨人类而要独善其身，我可以了解——一个人恨女人而要独抱其身，就完全莫名其妙！”中文说男人不娶是“抱独身主义”，稍加扭曲就成了“独抱其身”，不但与“独善其身”句法呼应，而且有“不抱女人”与“自恋”的暗示，实在比王尔德高明得多。

但愿文学创作能长保民族心灵的想象力，促进民族语言的表现力，而文学翻译能引进外族的想象力与表现力，来启发本族的文学，并促进各民族之间的了解。作家而兼为译者，则双管齐下，不但彼此输血，左右逢源，亦当能事半而功倍。

——二○○○年十一月五日

翻译之教育与反教育

1

翻译常有直译与意译之说，相当困人。这问题，古代的翻译名家早有体会。鸠摩罗什曾与僧睿论译梵为秦，有“天见人，人见天”之句，罗什译至此曰：“此语与西域义同，但在言过质。”睿应声曰：“将非‘天人交接，两得相见’乎？”罗什大喜曰：“实然！”

所谓“在言过质”，就是译文太忠实了，也就是太过直译。不过“天人交接，两得相见”却又似乎偏于意译了。所以后来罗什又与僧睿论西方辞体曰：“改梵为秦，失其藻蔚，虽得大意，殊隔文体，有似嚼饭与人，非徒失味，乃令呕秽也。”

过分意译，就会“殊隔文体”，虽然轻松了读者，却未尽原文形式之妙，尤以经典之翻译为然。所以在罗什之前，道安比对同本异译，就已提出“译梵为秦，有五失本”之论。今日盛会，在座多为教授翻译的老师，也就是“吃翻译饭”的人。辛苦的是，不但自己吃着，还得去喂别人，正是鸠摩罗什所说的“嚼饭喂人”。问题在于，被喂的人是否得益？

2

翻译教学的方法千变万化，不妨因材施教，大致上不出二途。第一是从理论出发，应用普遍的原理来处理个别的实例，可称演绎法。第二是由经验入手，从千百个实例中领悟出普遍的原理，可称归纳法。我的朋友里面，纯学者，尤其是语言学家，倾向前者，而真正的译者，尤其是资深译家，则倾向后者。其实两者互为因果，应该相辅相成。

从理论出发，必须多举实例以为补充，才能落实，否则变成空论。反之，由经验入手，也必须融会贯通，举一反三，由小见大，才能把个例提炼为通则，否则失之琐碎。翻译教学的最佳方式，便是要学生多做练习，俾能面对实例，设法克难解困，并在其中渐渐悟出种种原理，更经老师从旁指点，因势利导，时时将实例接通到理论上去。

其实一个人如果深究翻译，不但会悟出翻译之道，同时因为常在两种语言之间排难解纷，消异求同，更将施语（source language）

与受语（target language）的特性渐渐认清，等于也研究了“比较语言学”了。例如下面这几句话：

1. It is impossible to convince him.

2. Does it matter what color it is?

3. Everyone has talent at twenty-five. The difficulty is to have it at fifty.

英文的 it 在文法身分上是代名词，从前三例看来，无论它是虚位主词或实位受词，在中文里都无必要，甚至可以认为是“虚字”，可以不理，因此不译。一个人如果把英文“看透”了，又时时留心与中文比较，就会摸清双方虚实，一旦面对翻译，就容易知道问题何在，并且有法解决。这当然是说老手。可是初习翻译的学生，经验不足，就算学了一点理论，临阵仍然无法活用。

所以要做好翻译，不但要投入其中，累积经验，还要跳得出来，说得出道理。道理说得完备，自成系统，便是理论。但是翻译的理论毕竟不能算科学，因为它难以量化，也难于百试不爽，更因为一个句子可以有几种译法，都不算错。因此不禁要问：翻译究竟是艺术，还是技术？这问题，我认为可以分开来看。如果要译的文字是一件艺术品，也就是说一件作品，一篇美文（不论是何文体），一句妙语名言，在翻译家笔下，可以有不同译法而又各有千秋，则翻译应是艺术。反之，如果要译的文字目的不在创造而在达意，不在美感而在实用，译者只求正确，读者只求能懂，则翻译不过是技巧。一般说来，语言学家倾向把翻译当作科学，而文学家倾向把翻译当作艺术。

如果实用的翻译只是技巧，则其译者可以“训练”，不妨“量产”；如果文学的翻译也是艺术，则其译者难以“训练”，只能“修炼”，而就算苦炼，也未必能成正果。由此看来，翻译而要成家，其难也不下于作家。能成正果的翻译家，学问之博不能输于学者，文笔之妙应能追摹作家。即以书名、篇名的翻译为例，亦可窥译事之难。许多名著的书名都本于前人的诗句，译者如果不明出处，就只好望文生义，容易误解。现代小说家中，取书名最爱掉书袋者，莫过于赫胥黎（Aldous Huxley, 1894—1963）。他的小说 *Brave New World, Eyeless in Gaza, Those Barren Leaves, After Many a Summer Dies the Swan*，依次采用莎士比亚、弥尔顿、华兹华斯、丁尼生的诗句。其中，采用莎翁与华翁的两句最容易译错，成为《勇敢的新世界》（可作《大好新世界》或《妙哉新世界》）与《枯叶》（可作《荒篇稿卷》）。又如英国作家弗朗西斯·金的 *To the Dark Tower* 一书，有人误译为《致黑塔》，正因为不明是本于布朗宁名诗 *Childe Roland to the Dark Tower Came*，而布朗宁的诗题又借了莎翁《李尔王》的句子。诸如此类问题，都不是翻译理论所能解决的。

3

在《作者，学者，译者》一文中，我曾经指出：“译者其实是不写论文的学者，没有创作的作家。也就是说，译者必定相当饱学，也必定擅于运用语文，并且不止一种，而是两种以上：其一要能尽窥其妙，其二要能运用自如。”

教授翻译的老师，自身起码也该是一位译者，最好当然是一位译家。正如我前文所说，译者应该是“有实无名”的作家兼学者，才能够左右逢源。比照此说，做翻译教师也应该兼有“二高”，那便是“眼高”加上“手高”：眼高包括有学问、有见解、有理论，正是学者之长；手高则指自己真能出手翻译，甚至拿得出“译绩”，就是作家之功了。如果翻译是一门艺术，则它不仅是“学科”，也该算“术科”。若以战争为喻，则翻译教师不但是军事学家，最好还是名将。

但是，今日在大学任教翻译的老师，真能提出“译绩”的实在不多，因为中文系与外文系的教师里，双语兼通而有力翻译者，本来就少。中文系向来不开翻译课，外文系虽设此课，却非显学，也不是必修，没有人抢着要教。据我所知，外文系有些教师的中文，恐怕还不如外文。所以有此现象，一大原因在于学术界认定翻译既非论文，当然不算学术，更与升等无缘。

前文提到翻译教师要有“二高”。其实眼高未必保证手高，因为眼高手低的人比比皆是。倒是手高往往说明眼高。一个人的翻译，其实就是他自己翻译理念不落言诠的实践，正如一个人的创作里其实就隐藏了自己的文学观。所以译文之高下适足表现译者眼光之高下。

翻译教师正如艺术系和音乐系的“术科”教师，必先自己艺高，学生才会心悦诚服、尊师重道。不过手高只是原则，落实在翻译的教学上，应该还要讲究“三德”。第一，学生交来练习，必须仔细改正。每一篇练习都有其特殊的毛病，必须对症下药，否则教师只要发给全班一篇“标准译文”，岂不省事？如果翻译是一种艺术，那就不是“是非选择题”那么简单，而是错的要改对，对的要改好，好的还要求其更上层楼。第二，理想虽然如此，但是为了鼓励学生，免得他全然失去自信，凡原译有其好处值得保留的，应该尽量保留。第三，原译如果有其风格，或是有意追求某种风格，则批改之际不妨顺应原译的用心。如果原译喜欢俚白，不妨成全其流利明畅；反之，如果原译追求文雅，也不妨成全其雍容端庄。老师能做到这一点，高材生才有机会发展自己的所长，甚至追求自己的风格。反之，老师如果褊狭而又固执，全班就可能被他教成一批“复制人”。

由此观之，要做一个真正称职的翻译教师，简直先得成为一位无施而不可、有求而皆应的文体家了。如此要求，又似乎太奢。不过身为大学教授，怎能没有三两把刷子？谁规定外国文学作品，尤其是古代的经典，只能用白话来译，而不可用文言呢？如果学生心血来潮，竟然用文言来译了，做老师的难道只能躲在白话文里束手无策吗？

尽管如此，名师也未必能出高徒。如果学生的根底太浅，则老师纵有二高、三德，恐怕也会无处着力。一般的情形是：改英文中译时其实是在改中文作文，而改中文英译时又像在改英文作文。学生如果还在这文字障中挣扎，老师恐怕也就事倍功半，收效不彰。

4

我在各大学教授翻译，历三十余年，在此略述经验，以供同行参考。一学期的这门课，大学是十四周，内容的分配大致如下：前二周是概论，包括翻译之功用、翻译与创作、翻译之为比较语言学、翻译方法论、翻译史举例、中文西化之病、翻译参考书等子题。第三周至第六周，翻译哲学、历史、新闻及社会科学之类的文章。第七周至第十周，翻译诗、散文、格言、小说等文类。第十一周至第十四周，改为中文英译，包括古文、诗词、白话文等体。

练习每周要做一篇，习题分量约三百字。如果译诗，则为短诗二首；如果译警句格言，则为十一二则；如为古文，则酌量减少。至于练习发交的程序，一轮共为五周：第一周老师发题，第二周学生交卷，第三周老师批改后发还练习，第四周学生将已改之练习重抄后再交卷，第五周老师将誊清之练习核校后再发还。前后五周，一篇练习轮回两次，才告结束。我初教此课，把批改了的练习发还学生后，就算了事。后来觉得如此不够彻底，只恐粗心的学生接回练习，匆匆一瞥分数，不再细看老师如何苦心细改。所以，我便改变方式，要学生重抄一遍再交来，迫使他们认真审视我的批改，加深印象。我更吩咐学生，再交练习时可以照单重抄，亦可触类旁通，自己另行改译，不必完全接受老师的批改。有时学生再交之稿仍然有误，或者欠妥，我就会再加改正。

第三周我将练习发还时，虽然各篇都已经仔细改过，我仍会当堂口头做一次综合讲评，说明我之所以如此批改的理由，并分析原文的文法结构、修辞风格、文化背景，等等。讲评往往长达一小时，更常趁机分析中文与英文之异同，并指出“施语”与“受语”相通之处不妨“直译”，而相悖之处则可“意译”。

我还规定，学生的练习必须正楷写在有格的原稿纸上，并且隔行书写，才能在行间留出足够的空间供我批改。

翻译课每周三小时，其中两小时用来讲评笔译，余下的一小时则用来口译。我教口译，是从戏剧入手，仍然强调一点文学性，最常用的是王尔德的几出喜剧。莎士比亚的诗剧太古，雪莱的诗剧太文，都太难译，而且不像口语，也不切实际。王尔德喜剧的台词简洁而流利，不但机锋高妙，而且谐趣无穷，绝少冷场。事先我把原文发给学生，让他们早做准备。堂上我会临时指派他们轮流分担角色，口译台词。如果译不出来，或是译得不对、不妥、不像口语，我就得动口示范。如此一路译来，场面热闹，笑声不绝，非但学生之间互相承接，师生之间亦多交流，堂上情绪十分热烈，学习效果亦佳。所以一般而言，笔译多为静态，口译则多动感，正好互相调剂。历年在翻译班上用这种方式教导口译，我自己等于把王尔德的喜剧都已口译了一遍，所以只要用笔录出，便成正式的译文了。

5

一九八七年梁实秋先生在台逝世，为纪念他对文坛的重大贡献，台湾《中华日报》设立了“梁实秋文学奖”，并分为散文奖与翻译奖两项，来彰显他在这两方面的成就。我参加其中翻译奖的出题与评审，十二年来从未间断，以梁先生名义为号召的这个文学奖，我忝列梁门弟子，共襄盛举，当然是义不容辞。这十二年的经验有几点值得一谈。

首先是出题。出题适当与否，决定比赛的成败。题目不能太难，否则没有人敢参加；更不能太容易，否则人人都译得不错，高下难分。原著也不能太有名，否则译本已多，难杜抄袭；另一方面，也不能太不见经传，否则也不值得翻译。同时，原著不能太长，否则译起来吃力，评起来更劳神。为了多般考验译者的功力，译诗组与译文组各出两题：译诗组出两首诗，译文组则出两段散文。如果是出散文，必有一题较富知性，另一题则较富感性。如果是出诗，则两题必属不同诗体：例如一题是十四行诗，另一题则是无韵体。此外，挑选作者也讲究对照，有时是一古一今，有时是一英一美。出题既有这么多讲究，所以翻来找去，沉吟难决，往往会选上两三天。

评审也不轻松。首先，要在台湾的学界邀请够格而且服众的评审委员，就不容易。所谓名教授往往是评论家，志在发表“学术论文”，尤其是在操演西方当令显学的某某主义，但是说到翻译，因为不能抵充论文，而又无助于升等，所以肯动手的不多，有成就的更是罕见。

一般的文学奖，往往得过初审、复审、决审三关，稿件一路淘汰，到了决赛委员手里，件数不会多了。梁实秋翻译奖十二年来都不经初审、复审，只有决审。每次评审会议，都从上午九点半一直讨论到晚饭时分，才能定案。所以再三沉吟，是因为来稿之中犯错少的往往文笔不见精警，而文笔出众的又偏偏一再犯错，要找一篇来稿原文没看走眼而译文也没翻失手的，全不可能。

后来，我们发展出两套办法来解决难题。第一套可称定位法，就是选定一篇颇佳的译稿作为基准，再把其他可称佳译的来稿拿来比较，较佳者置于其前，较次者置于其后，最后把“后置者”淘汰，再把“前置者”互相比较，排出优先次序，便可产生前三名与若干佳作。有时两稿看来势均力敌，一时难分高下，不是各具胜境，便是互见瑕疵。三位评审委员讨论再三，不得要领，只好祭起记分法了。就是权将翻译当科学，一篇译稿之中，遇有优点，分为大优、中优、小优，比照加分；遇有毛病，则分为大病、中病、小病，也比照扣分。这么一经量化，虽然略带武断，却很快得到结果。

决定得奖名次之后，评审工作并未完成，译稿为何得奖，有何优点，有何瑕疵甚至谬误，评审委员会有责任向读者说明，更应该向译者交代。所以事后发表一篇详细的讲评，有其必要，否则，有奖无评，或者有评而草率空泛，就不能达成设奖之为社会教育的功能。也就是说，翻译奖的评审委员不但应该“眼高”，能分妍媸，还得“手高”，才能示范。

且以译诗为例。译诗难于译文，译古典体裁的格律诗尤为难中之难，就算译者是一位优秀诗人，但如果向来只写所谓“自由诗”而不谙格律诗艺，也往往要捉襟见肘，无法交差。评审委员不能只会东指西点，说什么这里押韵落空，诗行参差，那里文字不够高雅，句法失之生硬，而题目又不合原文，等等。因为这些问题一般译者也看得出来。动口的只能做旁观者；动手，才配做评审。你说人家功夫不够，那就请你出手来正韵、整行，返文字于高雅，救句法之不顺，如何？

就在这样的信念下，十二年来我一直为译诗组撰写逐篇评析的详细报告，短则六七千字，长则超过万言。我觉得要做到这地步才算功德圆满，也才算推行了翻译的“社会教育”，把大学的翻译课推行到文坛、译界。至于译文组的评析，就由彭镜禧教授及其他评审委员负责，后来他把自己这方面的文字收集起来，出了一本专书，名为《英美名家散文译注》。

6

美丽的中文，我们这个民族最悠久也是最珍贵的一笔遗产，正遭受日渐严重的扭曲与污染。尽管有少数作家与学者深感忧心，而且不断提出警告，收效似乎不彰。适得其反的是，日常使用的语文，正如日常使用的钱币，往往带有污染，而且容易传染。一般人或出于无知，或出于无心，更出于无力，往往随俗随众，人云亦云，并不在乎中文的自然纯净。不知道从什么时候起，“名气”竟然变成了“知名度”，“扬名”变成了“打知名度”。显而易见，中文正由简洁沦为烦琐，由雅正沦为庸俗。

同样地，“雄心”也好，“壮志”也好，忽然都变成了“企图心”，为了强调，更不厌其烦，拖沓而成“旺盛的企图心”。这种种啰唆的怪语，轻易就成为时髦，从政府高官到媒体名人，甚至包括不少意志薄弱的学者作家，近年来都已朗朗上口。同样地，一本书“好看”“耐读”，忽然变成了“可读性高”，甚至迂回其词，变成了“具有高度的可读性”。

对于有心学习翻译的人，目前的社会语文环境所能提供的，往往是反教育。也就是说，耳濡目染的结果，是带坏，不是导正。

一般的译书往往不是好榜样，误译之外，多的是生硬的直译，讨巧的意译，甚至不负责任的删节。一年一度报纸推荐的十大好书之类，译书所占比例逐年提高，但是把奖颁给译书，究竟是因为原著高明、原著畅销还是中译高明，并未详述。其实在赞词之中绝少提到译笔如何高明，而据我所知，有些入选的译书常见不必要的西化，在译艺上不过二流。

不少学者写起文章来西化成风，不是句法别扭、语调冗长，便是措辞烦琐、术语不断：这种迂回嗫嚅的翻译体，甚至有些名学者也未能解脱。一个人如果经常读这种文章，难保不受恶性西化所潜移默化。

但是影响最大的还是日常面对的媒体，尤其是电视。电视之为媒体，分秒必争，所以新闻播报例来滔滔不绝，高速争快。台湾的新闻播报，口齿之迅速超过大陆与香港的同行，有时快得简直像急口令，可是细听之余，常会发现，如果撰写的读稿能简洁一点，就可缩减字数，不必那么急急赶播了。

“正当山难救护人员深入山中搜寻失踪多日的学生的同时，有一位学生却已独自脱险下山。”像这样的长句也难怪主播人要加速急赶，可是“的同时”三字纯然多余，如果删去，当较简明而少费唇舌。其实前半句若能化整为零，加以重组，改成“学生失踪多日，山难救护人员深入山中搜寻”，不但可省六字，语气也转为清畅缓和，应当好念得多。又有一次我听到这样的句子：“尽管缉私的困难度很高，昨日警方却成功地查获了大批毒品。”查而获之，就是很成功了，所以“成功地”完全多余。至于“困难度”也不像中文。为什么不能减去六字，改成“尽管缉私很困难，昨日警方却查获了大批毒品。”前引二例都不会是外电翻译，却都写得像译文体一样，对主播的口齿和听众的耳朵，平添不必要的负担。足见翻译已深入我们的表达习惯。

另一方面，为人师表者也应该时时反省，自己在口头、笔下有没有做到简洁、清畅、自然，否则自身就是污源，怎么得了。翻译教师的警惕性应该更高，如果自己习于烦琐语法、恶性西化而不自知，则一定误人。翻译教师若竟染上冗赘与生硬之病，那真像刑警贩毒，危害倍增。

翻译教师正如语文教师，也正如一切作家与人文学科的教授，对于维护健康美丽的中文，都负有重大责任。对于强势外语不良影响的入侵，这该是另一种防务。

——一九九九年六月六日

虚实之间见功夫

中文文法常有实字、虚字之分。所谓实字，多为句中具体可见的字，呈现的是人、物、事的动作、变化、状态；通常是指名词、动词、形容词。其他的词类则大半承上启下，依附于实字之间，称为虚字。实字乃句法结构之主体，求其平衡。虚字乃其附体，求其伸缩而有弹性。散文用字，往往虚实交错；诗体则贵精练，多用实字。例如王维的“大漠孤烟直，长河落日圆”，孟浩然的“气蒸云梦泽，波撼岳阳城”，全用实字。陈子昂的“念天地之悠悠，独怆然而涕下”，李白的“其险也如此，嗟尔远道之人胡为乎来哉”，加入了散文的成分，也就是用了虚字，结果是失去平衡，却添了弹性。

英文的文法比其他西方语文简便，但是比中文仍较苛细，久于译道的人当会发现，把英文译成中文时，英文句中的许多“虚字”往往不必甚至不可译成中文。许多虚字，在英文里不可或缺，在中文里则可有可无，有了成添足，没有才干净。

英文的冠词（a, an, the）为中文所无，照例可以不译。A soldier must love his country 一句，译成“士兵必须爱国”已足，根本不必理会冠词，也不必理会所有格限定词的 his。有时候，因为中文句法忌用突兀的单字，所以 a glimpse of infinity 仍宜译成“大千一瞥”或“一瞥无限”，而不宜译成“无限之瞥”。

介词在英文里用得很多，几乎每一句话都少不了，有时候一句之中有几次。中译的时候，介词往往不可直译，需要改变句法，绕道而过。例如：Discuss it over lunch. 只能把介词化开，说成“吃午饭时再讨论吧”。又如：Don’t say now if you’ll take the job: sleep on it first. 后半句的介词与代名词都不可译，只能说“现在别决定你接不接这个工作：考虑一晚再说吧”。有的介词中译时很难交代，例如：His speech on unemployment was well received. 有本词典译成“他那关于失业问题的演说受到了欢迎”，有点拗口，不妨忘掉介词，译成“他演讲失业问题，颇受欢迎”，或者仍然保留介词，译成“他就失业问题发表演讲，颇受欢迎”。再举一例：From her looks I’d say she was Swedish. 某词典译成“从她的相貌上看，我敢说她是瑞典人”，原也不错，如要不理介词，当然也可以说“看她的相貌，我敢说她是瑞典人”。其实，“她的”也可以不要。

介词用在英文题目里，往往译不过来，也就不必理它。例如慈济的 *On First Looking into Chapman’s Homer*，当然不用理会介词，径译《初窥蔡译荷马》可也。又如 *Ode to a Nightingale*，历来都译为

《夜莺曲》。*To Autumn* 也可译为《咏秋》《秋日吟》《秋之颂》，犯不着保留介词，说什么《给秋天》。至于格瑞（Thomas Gray）的 *On the Death of Mr. Richard West*，也不宜直译，可以用文言，说《悼魏里查君》。罗夫雷斯（Richard Lovelace）的 *To Althea, from Prison*，介词 to 只能改成动词“寄”或“赠”，诗题可译作《狱中寄艾蒂雅》。

连接词在英文中用来连接对等的字眼，尤以 and 一字为然，出现频率极高。在两个以上的一连串实字或虚字（介词、副词、代名词等）之中，and 必然置于最后一个字之前。中文的“夫妻”，英文一定是 husband and wife（或者 man and wife）。中文的“春夏秋冬”，英文要说成 spring, summer, autumn and winter。相比之下，中文在列举的场合往往不用连接词“和”“与”“及”“以及”等：不但像“君臣”“父母”“天地”“左右”“上下”等的二字组合中不用，甚至在“千军万马”“独一无二”“声东击西”“南腔北调”“古今中外”“有始有终”“天地君亲师”“金木水火土”“柴米油盐酱醋茶”等多字组合中，也绝不会。不但名词的组合如此，一串动词的组合亦然：“地崩山摧壮士死”“石破天惊逗秋雨”“云破月来花弄影”等名句都可印证。中文不好的译者往往见 and 就照搬；现在，连中文不差的作者也在自己母语里画蛇添足，滥用“和”“与”之类了。我在台港之间乘飞机，就常会听到如下的广播：“在飞机尚未停妥和扣安全带的灯号熄灭之前，请……希望各位乘客感到愉快和满意。”

另一文法要件，英文必有而中文可无，是主词。例如：How many apples are there? Have you counted them? 后一句如译“数过了没有？”应该最像中文，“你”字可有可无。如译“你数过它们没有？”就糟了。因此，我们还发现：代名词（尤其是复数代名词）用作受词时，可以不译。中国古诗的语言，特有一种不即不离的美感，往往句句不提主词，而又字字不离主题。试看五绝的《床前明月光》《松下问童子》，都可印证。此处且看一首七绝，王维的《九月九日忆山东兄弟》：

独在异乡为异客，
每逢佳节倍思亲。
遥知兄弟登高处，
遍插茱萸少一人。

前三句的主词当然都是“我”，末句的主词当然是题目所指的“山东兄弟”。《松下问童子》四句，如果都加上主词，变成了下面的七绝，能跟王维的名作比吗？

我来松下问童子，
童子言师采药去。
师行只在此山中，
云深童子不知处。

中西文法另一重大差异，在于西文好用代名词，而中文少用。

代名词所代者，如果是具体可感的人、物、事，还可以找到原主。最可怕的是：原主竟然是抽象名词，尤其是复数抽象名词。前文的such an idea，到了后文变成it；前文的business interests，到了后文又变成them。无不害人寻寻觅觅，难以还原。在英文里，不但散文如此，连诗都难以幸免。英文诗之难读，一半要怪文法；文法之难解，一半要怪代名词。一首诗才读了几行，忽然就来了几个形迹可疑的代名词，用障眼法在你前后出没，不知究竟是谁派来的。于是你睁大倦目，去前文寻找。可是前文已经有三个名词，个个似乎都有嫌疑。读英文诗所以疲劳，往往是因为要捕捉这些嫌疑犯。且引几段英诗为证：

The master saw the madness rise,
His glowing cheeks, his ardent eyes;
And, while he heaven and earth defied,
Changed his hand, and checked his pride.

—John Dryden: *Alexander's Feast*

诗中所咏的是亚历山大大帝打败波斯后，乐师狄马修斯在庆功宴上奏乐，大帝听了意气风发。Master是指乐师；第二行及第三行的两个his和一个he，均指大帝；第四行的两个his则各有所指，前面的his是指乐师手法一变，后面的his却是指大帝的豪气压低。四句诗中竟用了五个代名词，足见其多；末句紧接的两个his，却指不同的人，更说明了英文也会自限于文法的窘境。这两个 his 怎能照译过来呢？当然是译不得的，只好不管它，勉强译成“变了琴音，令君王顿敛豪情”。下面两段都摘自马罗的叙事诗《希罗与琳达》（*Christopher Marlowe: Hero and Leander*）

She wore no gloves, for neither sun nor wind
Would burn or parch her hands, but to her mind
Or warm or cool them, for they took delight
To play upon those hands, they were so white.

So lovely fair was Hero, Venus' nun,
As Nature wept, thinking she was undone,
Because she took more from her than she left
And of such wondrous beauty her bereft.

前一段说美人希罗纤手之白，日不忍晒，风不忍吹，反而照她的意思，该暖则暖，要凉就凉，因为太阳与风都乐于抚弄那双柔荑。问题在于，后两行一口气来了三个复数的代名词“它们”，中间的 they 指的是太阳与风，其他的两个却是指手。英文已经夹缠，译成中文就更混乱，所以根本译不得，只好不理，另想办法径称代名词所代的原物。

后一段说希罗太美，造化只能自认不幸，因为希罗得自造化者

（她的天生丽质）竟多于造化所剩者（指造化之美一半以上已钟于她的一身）。这一段的代名词加上属有格有五个之多，偏偏造化也是女性，所以要弄清楚：第二行的“她”是指造化，第三行的三个“她（的）”依次是指希罗、造化、希罗，末行的“她的”则是指造化。好用代名词，就容易张冠李戴；英文文法之琐细，简直是自设陷阱。译者要是一一直译交代，岂非自讨苦吃？

另一可怕的迷宫，是抽象名词也要插进来搅局，而其分身的代名词竟然还有阳性、阴性、中性之分，而且分得无理可喻。请看下面这两段：

And mutual fear brings peace,
Till the selfish loves increase;
Then Cruelty knits a snare,
And spread his baits with care.

He sits down with holy fears,
And waters the ground with tears;
Then Humility takes its root
Underneath his foot.

—William Blake: *The Human Abstract*

这种强把抽象观念拟人化的西洋诗，中国人读来最觉诗意单薄。

前段的拟人格是“残暴”，后段的则是“自谦”，可是“残暴”的代名词是阳性的“他”，“自谦”的代名词却是中性的“它”，实在令人困惑。也许男人比较残暴吧，可是下面的几段诗又推翻了这假设：

Love seeketh not itself to please,
Nor for itself hath any care;
But for another gives its ease,
And builds a Heaven in Hell's despair.

—William Blake: *The Clod and the Pebble*

Love is swift of foot;
Love's a man of war,
And can shoot,
And can hit from far.

Who can'scape his bow?
That which wrought on thee,
Brought thee low,
Needs must work on me.

—George Herbert: *Discipline*

在浪漫派诗人布雷克看来，爱是中性的或是物性的，而且连说了三次。但在玄学派诗人赫伯特的眼里，爱却是阳性，而且是 man of war（古代有帆的军舰，但字面是男性战士）。如果把布雷克诗的第一行直译为“爱并不要满足他自己”，中文的“他”字并无意义，还不如根本不译。至于赫伯特诗的第五行，当然可译“有谁能躲过他的箭呢”。其实此地的 his 已经暗示是爱神丘比特在射箭，也许径译“有谁能躲过爱神的箭呢”更易解吧。下面再看玄学派诗人克拉肖咏耶稣降世的一段圣诗：

We saw thee in thy balmy nest,
Young Dawn of our eternal day!
We saw thine eyes break from their east,
And chase the trembling shades away.
We saw thee, and we blest the sight;
We saw thee by thine own sweet light.

—Richard Crashaw: *In the Holy Nativity of Our Lord God*

短短的六行诗中，竟有十三个代名词或其所有格，平均每行不止两个。第三行的 their 指的原主是 eyes；原主本来是“目”，但目中自有的曙光，一瞬间竟换了位，变成了“它们的”。这么曲折的文法根本与中文绝缘。如果径译成“我们见的目光从它们的东天破曙”，读者一定不知所云。英文的文法虚字成灾，真可谓“负了代名词的重担”（pronoun–ridden）。

最后要说到最难对付的一类虚字，包括 where, when,《牛津高阶英汉双解词典》称之为“关系副词”(relative adverb)。这一类虚字，尤其是 where，在中译里最难安顿，直译非常不妥，因为它后面跟的子句多半尾大不掉。其实，在许多场合，根本不必睬它，忘之为吉。丁尼生的名诗《夏洛之淑女》(Alfred Tennyson: *The Lady of Shalott*)，有这么一段：

And up and down the people go,
Gazing where the lilies blow
Round an island there below,
The Island of Shalott.

第二行如果从俗，依原文的文法译为“望着有百合盛开的地方”，也就算不错了，只是下句就比较难接，而本句的字序也未能遵循。所以不妨把“……的地方”那生硬的公式抛开，译成：

行人在路上来来往往，
望着一处有百合盛放，
围着脚底的一个岛上，
叫做夏洛的小岛。

有时候句法紧凑，不容“……的地方”那公式回旋，同时

where 也往往不是指空间，而是指场合、程度或境界。例如蒲柏（Alexander Pope）的警句：

Fools rush in where angels fear to tread.

如果译成“天使都不敢践踏的地方，愚人却一冲而进”，也不算差了，可是句子太长了，全无原诗的精练，读来不像警句。其实，可以完全不理睬 where，而改用古诗体来译：

天使方踟蹰，愚夫相竞入。

英文的成语 Where there's a will, there's a way 通常都译成“有志者，事竟成”。当年我读初中，面对这一个 where、两个 there，再也想不通为什么要用这三个虚无缥缈的字眼来说这么一句怪话。其实这三个虚字根本不必翻，何况要翻也翻不过来。这些转弯抹角的虚字，只是搭了一个空架子，根本入不了中文。所以只好意译为“有志者，事竟成”，译为“只要有决心，自然有办法”也行。

布朗宁的名句 Where the heart lies, let the mind lie also 意思也似乎相近。同样地，where 也不必理睬。倒是 mind 相当麻烦，因为“心”在中文里兼有 heart 与 mind 的意思。前面的 heart 如果译成“心”，后面的 mind 势必另谋出路。这句诗如果译成“心之所在，脑应相随”，也勉强能达意了。不过在中国传统里，“脑”字罕见入诗，所以读起来不像成语，也许可以改为“心之所寄，智之所出”，或者“心之所趋，智亦相随”。

更难缠的，是佛洛斯特的这句名言：Home is the place where, when you have to go there, they have to take you in. 普通的译者恐怕会译成：“家是一个当你必须回去他们就必须接受你的地方。”这样译不但生硬累赘，而且还有个突兀的“他们”。这种句子又有关系副词，又有代名词，真是集虚字之大成。要化解这些，就得先摆平虚字，免得它来搅局。也许可以这样中译：“家是这么一个地方，要是你非去不可，里面的人就只好留你。”或者：“有个地方，要是你非去不可，里面的人只好留你，那就是家。”

霍思曼有一首《劝酒歌》(A. E. Housman: *Terence, This Is Stupid Stuff*)，末段说到东方有位君王，为防诸侯阴谋毒害，乃遍尝毒物，由少而多，久之百毒不侵。最后诸侯在他的肉食与酒中暗下剧毒，觇其必死，竟不得逞。此诗最后几行如下：

They put arsenic in his meat
And stared aghast to watch him eat;
They poured strychnine in his cup
And shook to see him drink it up:
They shook, they stared as white's their shirt:
Them it was their poison hurt.
—I tell the tale as I heard told.

Mithridates, he died old.

倒数第三行的宾格代名词（objective pronoun）them，在文法上本来是一个不起眼的弱势字眼，经诗人破格提前，置于一个倒装句首，弹力陡增，非常惊人。如果还原为It was them that their poison hurt，弹力就大减了。但是对这样的反弹句，中文完全无能为力。英文反常语法的优势，叫再好的译者也只有望洋兴叹了。

——二〇〇四年五月

翻译之为文体

中文的文体若以古今、难易、雅俗、骈散、长短的对比来区分，固然种类繁多，但是大致上可以粗别为文言与白话。文言文当然有骈散之分，不过对仗的骈文毕竟苛求而难工，形式重于内容，使用自然有限；所以散行的古文，笔随意转，情由心生，久成文体的主流。诗又不同，律诗与古风几乎分庭抗礼。

白话文当然不是一夕之变，而是从话本与旧小说的文体演化而来，不过"五四"以后历经欧风美雨，不但思想大开，而且吸收新语新词，渐采西方文法，不再是"看官有所不知……且听下回分解"了。尽管如此，旧小说的语言，雅俗共赏，通俗又通变，在文言与白话之间承上启下，左右逢源，不失为中文文体的"第三空间"。且看《隋唐演义》写秦琼金尽，只好忍痛把黄骠马牵去卖掉：

王小二开门，叔宝先出门外，马却不肯出门，径晓得主人要卖它的意思。马便如何晓得卖它呢？此龙驹神马乃是灵兽，晓得才交五更。若是回家，就是三更天也备鞍辔，捎行李了。牵栈马出门，除非是饮水龁青，没有五更天牵它饮水的理。马把两只前腿蹬定门槛，两只后腿倒坐将下去。

这一段文字当然不是文言，却也不是今日流行的白话文，文艺腔，但是语气自然，句法灵活，推理细致，叙事生动，感情深厚，令人读来不由落泪。比起今日某些前卫或后现代的小说来，我宁可读这样的“演义体”。

“五四”以来，白话成了中文的主流，至今未满百年，其文体历经变化。民初的报刊文章，尤其是社论之类，流行过浅近的文言，从梁启超到张季鸾，都是此体名家。另一方面，北京话成为国语之后，顺口滑舌的“儿化语”一时就“扶正”为新诗与散文的正腔。后来因为英文成了学校的重课，译文成了西洋文化启蒙的入口，留学生等高级知识分子又长久沉浸于西语，渐渐地，白话文里出现了翻译的影响。一种新文体终于成形，那便是“翻译体”，英文谓之translationese。

早年的文人，文言根底好，面对西文多能转化意译，不致亦步亦趋。后来的一辈又一辈，中文底子日薄，西文濡染日深，不是习焉不察，就是欲拒无力，只有日渐西化下去。中文西化当然不是积极的运动，而是消极的陋习，其来不外两途：一是来自翻译，直译；二是学者或作家明明是在写作或创作而不是在翻译，却因无知、无力或偷懒，而摆不脱西文意识或西文语法的纠缠，笔下的中文乃倾向西化或竟陷入恶性的西化。可悲的是：学者、作家、媒体“示范”于前，一般人以为流行的中文本来应该如此，自然就效颦起来。

中文西化之病，一方面由于作者或译者中文太弱，在强势的英文前只好称臣，一任西风压倒东风；另一方面是由于英文不够好，所以无法窥其“虚实”，进而知道如何“应战”。真正的高手不但要中、英文兼擅，更要经常留心两种语文何以相异，才能在应战之际，只顾实拳，不接虚招。此语听来似乎太玄，其实我用武功的说法，是我翻译多年的心得，读者不妨当作我的“译林秘籍”。

中、英语文各有生态。在文法上，甲之必需，于乙则可有可无。由此观之，英文文法的“词类”（parts of speech）之中，颇有几类简直可称“虚字”，因为在中文的生态之中，那些字眼不过是虚晃一招，在翻译时往往不须理会。初译者不知虚实，不敢不理，因而逢招就接。其实有不少“资深”而欠灼见的译者，也是如此。诸如冠词、介词、连接词、主词之类，由英文译成中文，有时，甚至往往可以不加理会。且列简例如下：

1. a wonderful idea（妙想、高招）

2. Ms. Found in a Bottle（瓶中稿）

3. father and son（父子）

4. I miss you terribly.（想死你了。）

此地我要特别强调的，是西文之中，好用代名词与其所有格（例如 he, his），而中文则少用，往往甚至可免。我翻译班上的学生曾将 He is his father's only son 译成"他是他父亲唯一的儿子"。其实只要说"他是独子"就行了。在美国教中文时，我要美国孩子把"It is raining, isn't it? "译成中文，结果成了"它是雨了，它不是吗？"。其实，中文往往不用主词，更不用虚设的 it 做主词，只要说"下雨了，是吧？"或者"下雨了吧？"。

英文不但好用代名词，更难缠的是好用 it 来代替前文的抽象名词或后文的子句；最可怕的，是这种身分的 it 有时变更成复数代名词，指的是几个抽象名词。对于中国的读者，英文之惑人常是前文说着 an unspoken suspicion，到下一句忽然变成了 it；或是上一句的 such haunting memories，到下一句竟已易容成 them。这种迷宫到了诗里，更令人茫然四顾。西方诗之所以难读，文法要占一半，西方文法难缠，代名词可谓祸首。我常说：诗的花园虽然诱人，可惜门口守着文法的恶犬。英文诗也不例外，往往才读了几行，就会遇上几个来历不明的代名词，不知道代的是前面的哪个名词。回头去找，则前面已有三两名词；再三核对，实在很难决定究竟是谁代表了谁。读英文诗的疲劳，至少有一半是因为要抓这些文法的逃犯。例如，柯立基名作《午夜之霜》（S. T. Coleridge: *Frost at Midnight*）这一段：

Only that film, which fluttered on the grate,
Still flutters there, the sole unquiet thing.
Methinks its motion in this hush of nature
Gives it dim sympathies with me who live,
Making it a companionable form,
Whose puny flaps and freaks the idling Spirit
By its own moods interprets, everywhere
Echo or mirror seeking of itself,
And makes a toy of thought.

这一段说的是诗人霜夜独坐，静观炉架上的烟灰扑动，万籁俱寂之中，似与诗人心灵相通。此时，诗人正闲情无聊，遍寻自我之回音或投影，乃依当下之心境来诠释烟灰轻拍作态之含义，而遐想自娱。这一段诗只有两句话：前两行是一句；后面的六行半是另一句，文法颇为复杂，主要的骨架是：Its motion gives it sympathies with me, making it a companionable form, whose flaps and freaks the idling Spirit, seeking echo or mirror of itself everywhere, interprets by its own moods, and makes a toy of thought. 这一段不过八行半，细数一下，竟有八个代名词之多，可见英文中的代名词使用之频。其中，who, whose, which 所代何人何物，十分明确，但是两个 it，两个 its，一个 itself，究竟所指为何，却要费神苦找。只有英文很好而文法精通的译者，才能确定两个 it 均指 film，第一个 its 是指 film，第二个 its 是指 Spirit，而 itself 也是指 Spirit。

问题是：就算译者能把这些分身的代名词追溯到个别的名词本身，他还得设法把众多的代名词安置在译文之中。究竟他应该直译过来，变成“它，它的、它自己”呢，还是把这些“它族”泯化于无形，免得妨碍中文的生态？如果直译过来，则两个“它的”该如何区分，而两个“它”与“它自己”又如何判别？如何使用中文语法把这些“它族”妥加化解，对译者中文的功力该是一大考验，只怕许多译者都过不了关。

英文之难懂、难译，与代名词及其所有格使用太频，很有关系。不要以为拜伦、雪莱的诗好译；某些浅显小品当然可解，但是较长较深之作，要读通都不容易，遑论翻译了。雪莱有一篇力作《白朗峰》（*Mont Blanc*），长一百四十四行，非常雄奇、深峭。仅前两段四十八行之中，代名词及其所有格就出现了三十九次，其中包括 I，my，thou，thy，thee，thine，his，they，them，their，it，its，that，which，whose，平均每一点二七行就出现一次。如果把这四十八个代名词全译过来，不但冗赘琐碎，而且不合中文生态，全然不像诗句，甚至不像流畅的散文。下面让我并列一首唐诗与一首古英诗，再加以比较：

君问归期未有期，
巴山夜雨涨秋池。
何当共剪西窗烛，

却话巴山夜雨时。

——李商隐《夜雨寄北》

O Western wind, when wilt thou blow
That the small rain down can rain?
Christ, that my love were in my arms
And I in my bed again!

—Anonymous: *Western Wind*

唐诗成于九世纪，英国民歌传自十五世纪，都是情诗，都是男子远在他乡，渴望早日归去，与所爱重聚。唐诗比较典雅、含蓄，英诗比较热切、直露，都很感人。我特别要指出的，是唐诗四句里只有一个代名词，但是英国民歌里却有四个，足见两种语文的生态很不一样。中国古诗里当然不是全然不用代名词，但是用得极少，而且所指都很明确，不致误会。例如李白的《赠汪伦》："李白乘舟将欲行，忽闻岸上踏歌声。桃花潭水深千尺，不及汪伦送我情。"王维的《渭城曲》："渭城朝雨浥轻尘，客舍青青柳色新。劝君更尽一杯酒，西出阳关无故人。"

可惜中国古典诗在文法上这种圆转无碍的美德，后人未加珍视，"五四"以来反被西方诗的文法取代，以致文字烦琐，指涉含糊，读来大减诗意。兹举数例以为印证：

你的年龄里的小小野兽，
它和春草一样地呼吸，
它带来你的颜色，芳香，丰满，
它要你疯狂在温暖的黑暗里。
我越过你大理石的理智殿堂，
而为它埋藏的生命珍惜；
你我的手的接触是一片草场，
那里有它的固执，我的惊喜。

——穆旦《诗八首》之三

这八行诗中竟有十一个代名词，其中“它”有五个，前三个全无必要。第四个“它”应该是指“理智殿堂”，却容易和前三个“它”混淆。第五个“它”指的究竟是“小小野兽”呢，“理智殿堂”呢，还是“一片草场”？如果是指野兽，则不该隔得这么远，因为跟第四个“它”太贴近了，似乎不该舍近求远。这一笔糊涂账都是滥用代名词的结果，不但诗意因此含混，文字也纠缠不清。这虽然不是译诗，却和一般译诗一样难懂。其实，“它要你疯狂在温暖的黑暗里”一句，也有问题。前面已说“它”带来颜色，怎么又会黑暗呢？末行的“那里”，全是英文 where 的用法，在一般译文中更是常见。

在自由与不自由之间

天鹅们游在公园的湖水上
过路的鹭鸶来了又去了
它们的翅膀没有剪过
天鹅典雅地生活在
公园的中间状态
没有人知道
它们是不是幸福

——郑敏《天鹅的翅膀》

此诗的象征寄托颇有可取，可惜也因西化的语法而未竟全功。首先，天鹅加了“们”显然是复数；相对地，鹭鸶未加“们”似乎是单数。偏偏第一个“它们”指的是鹭鸶而非天鹅。第二次说到天鹅，却又不加“们”了，偏偏第二个“它们”说的却是天鹅。采用西化的复数词却不认真贯彻，实在徒增纷扰。其实，一首小诗何必大动复数代名词呢？如果第一个天鹅不加“们”，而两个“它们”都改成各自代表的名词本身，第一个改成“鹭鸶”，第二个改成“天鹅”，这首小诗就玲珑多了。

俗传曹丕逼曹植七步成诗，谓之《七步诗》：“煮豆燃豆萁，豆在釜中泣。本是同根生，相煎何太急？”此诗如用西化语法来写，说不定会变成：“煮豆燃豆萁，它在釜中泣，它们同根生，煎它何太急？”

然后，雨云出现了
阴黑了青山
它在天空的地板上狂驰
充满了急躁与爱情
一把抓住海的长发
将她向后推搡
闪电瞧着她的脸
要求她坦白自己的梦
海顺从了它的暴力
月亮黑了
只有海浪敲打着岩石
要进入它的胸膛
但岩岸捏紧
她那撕抓击打的手
将它劫回他那原始的洞穴

——郑敏《云》

十五行中动用了九个代名词，变得复杂而又迂回。第一个“它”应该指雨云。第二个“它”当仍指雨云，但是靠闪电太近，容易误会是指闪电。第三个“它”应该是指前一行的岩石，但也容易误会是仍指雨云。三个“它”纠缠不已，字同而所指不同，最是恼人。四个“她”应该都是指海，但第四个也像在指海浪。剩下单独一个

“他”，显然是指岩岸了。云、海、岸三者的戏剧关系，本来可以写得更生动而具体，却各戴上了“它”“她”“他”的代名词面具，变得间接而且抽象。李白的妙喻“抽刀断水水更流，举杯消愁愁更愁”，多么明快醒目，万一遭西化派点金成铁，改成了“我抽刀断水它更流，我举杯消愁它更愁”，就神气全非了。

冯至的《十四行集》有意把西方的古典诗体引进中国新诗，在哲理的探讨上有其贡献，可惜他在句法上未能完全摆脱西方的语态，所以，有时他的创作不免近似译文，而代名词，尤其是第一人称的复数，用得太多，正是一大原因。下面引述的这四行，当可印证：

什么能从我们身上脱落，
我们都让它化作尘埃；
我们安排我们在这时代，
像秋日的树木，一棵棵。

——冯至《十四行集》之二

四行中有五个代名词，似乎多了。四个“我们”之中有两个简直构成了“反身动词句”（reflexive verb structure）。第三行简直就像 We set ourselves in this age 的直译。

译文体正是今日中文的变体，在文言文、白话文、旧小说文体之外，成为第四文体。第四文体不一定限于译文，也包括直接受西文影响与间接受译文熏陶的写作甚至创作。正如混血种能兼两族之美，最好的译文体也可以美得出奇；但是译文体也往往失控，会沦为非驴非马的怪胎。不幸的怪胎正暗暗地侵蚀中文濒危的生态。

在所有这些混乱的展出品当中，他的作品《塞纳—马恩省河》突然能令我们驻足以观……但是这种狂热似的评语并不足以作为一般群众之普通反应的征兆。

比起这种“怪胎体”来，我在文首所引的那一段《隋唐演义》显然好懂多了，也好看多了。有时候，今日的许多白话文作品比古文还要难懂。

——二〇〇六年七月九日

第二辑

炼石补天蔚晚霞

——天津百花文艺版《余光中集》自序

1

五十年前，我的第一本诗集《舟子的悲歌》在台湾出版。半世纪来，我在台湾与香港出版的诗集、散文集、评论集与译书，加上诗选与文选，也恰为五十本。若论创作时间，则我的第一首诗《沙浮投海》还可以追溯到一九四八年。

但是晚到二十世纪八十年代初期，经过流沙河、李元洛的评介，大陆的读者才开始看到我的作品。至于在大陆出书，则要等到八十年代末期：由刘登翰、陈圣生选编，福州海峡文艺出版社出版的《余光中诗选》，在一九八八年最先问世。迄今十四年间，我在各省市已经出书二十多种，其中还包括套书，每套从三本到七本不等。百花文艺出版社印行的这套，该是包罗最富的了。

收入目前这一套《余光中集》里的，共为十八本诗集、十本散文集、六本评论集。除了十三本译书之外，我笔耕的收成，都在这里了。不过散文与评论的界限并不严格，因为我早年出书，每将散文与评论合在一起，形成文体错乱，直到《分水岭上》才抽刀断水，泾渭分明。

早年我自称“右手为诗，左手为文”，是以诗为正宗，文为副产，所以把第一本散文集叫做《左手的缪斯》。其中的第一篇散文《石城之行》写于一九五八年。说明我的散文比诗起步要晚十年，但成熟的过程比诗要快，吸引的读者比诗更多。至于评论，则在厦门大学的时候已经开始，虽是青涩的试笔，却比写抒情散文要早很多，比写诗也不过才晚一年。

我是在一九四九年的夏天告别大陆的。在甲板上当风回顾鼓浪屿，那彷徨少年绝未想到，这一别几乎就是半个世纪。当时我已经二十一岁，只觉得前途渺茫，绝不会想到冥冥之中，这不幸仍有其大幸：因为那时我如果更年轻，甚至只有十三四岁，则我对后土的感受就不够深，对华夏文化的孺慕也不够厚，来日的欧风美雨，尤其是美雨，势必无力承受。

要做一位中国作家，在文学史的修养上必须对两个传统多少有些认识：诗经以来的古典文学是大传统，“五四”以来的新文学是小传统。当年临风眷顾的那少年，对这两个传统幸而都不陌生：古典之根已蟠蜿深心，任何外力都不能摇撼；新文学之花叶也已成荫，令人流连。不过即使在当年，我已经看出，新文学名家虽多，成就仍有不足，诗的进展尤其有限，所以我有志参加耕耘。后来兼写散文，又发现当代的散文颇多毛病，乃写《剪掉散文的辫子》一文逐一指陈。

早在厦门大学的时期，我已在当地的《江声报》与《星光报》上发表了六七首诗、七篇评论、两篇译文，更与当地的作家有过一场小小的论战。所以我的文学生命其实成胎于大陆；而创作，起步于南京；刊稿，则发轫于厦门。等到四十年后这小小作者重新在大陆刊稿，竟已是老作家了。一生之长亦如一日之短。早岁在大陆不能算朝霞，只能算熹微。现在由百花文艺出版社隆重推出这部《余光中集》，倒真像晚霞满天了。

除了在大陆的短暂熹微之外，我的创作可以分为中国台湾、香港和美国三个时期。台湾时期最长，又可分为台北时期（一九五〇年至一九七四年）与高雄时期（一九八五年迄今）。其间的十一年是香港时期（一九七四年至一九八五年）。至于先后五年的美国时期（一九五八年至一九五九年、一九六四年至一九六六年、一九六九年至一九七一年），则完全包含在台北时期之中。

然而不论这许多作品是写于中国台湾、香港或美国，不论其文类是诗、散文或评论，也不论当时挥笔的作者是少年、壮年或晚年，二十一岁以前在那片华山夏水笑过哭过的日子，收惊喊魂似的，永远在字里行间叫我的名字。在梦的彼端，记忆的上游，在潜意识蠢蠢的角落，小时候的种种切切，尤其是与母亲贴体贴心的感觉，时歇时发地总在叫我，令浪子魂魄不安。我之所以写诗，是为自己的七魂六魄祛禳祷告。

2

到二〇〇〇年为止，我一共发表了八百零五首诗，短者数行，长者多逾百行。有不少是组诗，例如《三生石》便是一组三首，《六把雨伞》与《山中暑意七品》便各为六首或七首，《垦丁十九首》则包罗得更多。反过来说，《戏李白》《寻李白》《念李白》虽分成三首，也不妨当作一组来看。其他如《甘地之死》《甘地朝海》《甘地纺纱》，或是《星光夜》《向日葵》《荷兰吊桥》，也都是一题数咏。所以我诗作的总产量，合而观之，不足八百，但分而观之，当逾千篇。

论写作的地区，大陆早期的青涩少作，收入《舟子的悲歌》的只得三首。三次旅美，得诗五十六首。香港时期，得诗一八六首。台北时期，得诗三四八首；高雄时期，得诗二一二首。也就是说，在台湾写的诗一共有五六〇首；如果加上在《高楼对海》以后所写而迄未成书之作，则在台湾得诗之多，当为我诗作产量的十分之七。所以我当然是台湾诗人。不过诗之于文化传统，正如旗之于风。我的诗虽然在台湾飘起，但使它飘扬不断的，是五千年吹拂的长风。风若不劲，旗怎能飘，我当然也是最广义最高义的中国诗人。

自八十年代开放以来，我的诗传入大陆，流行最广的一首该是《乡愁》，能背的人极多，转载与引述的频率极高。一颗小石子竟激起如许波纹，当初怎么会料到？其他如《民歌》《乡愁四韵》《当我死时》几首，读者亦多，因此媒体甚至评论家干脆就叫我作“乡愁诗人”。许多读者自承认识我的诗，都是从这一首开始。我却恐怕，或许到这一首也就为止。

这绰号给了我鲜明的面貌，也成了将我简化的限制。我的诗，主题历经变化，乡愁之作虽多，只是其中一个要项。就算我一首乡愁诗也未写过，其他的主题仍然可观：亲情、爱情、友情、自述、人物、咏物、即景、即事，每一项都有不少作品。例如亲情一项，父母、妻女，甚至孙子、孙女都曾入诗，尤以母亲、妻子咏歌最频。又如人物，于今则有孙中山、蔡元培、林语堂、奥威尔、全斗焕、戈尔巴乔夫、福特、薇特、赫本、杨丽萍，于古则有后羿、夸父、荆轲、昭君、李广、史可法、林则徐、耶稣、甘地、劳伦斯。关于梵高前后写了五首。关于诗人则写了近二十首，其中尤以李白五首、屈原四首最多。

3

我写散文，把散文写成美文，约莫比写诗晚了十年。开始不过把它当成副业，只能算是“诗余”。结果无心之柳竟自成荫，甚至有人更喜欢我的散文。后来我竟发现，自己在散文艺术上的进境，后来居上，竟然超前了诗艺。到了《鬼雨》《逍遥游》《四月，在古战场》诸作，我的散文已经成熟了；但诗艺的成熟却还要等待两三年，才抵达《在冷战的年代》与稍后的《白玉苦瓜》二书的境界。

中国文学的传统向有“诗文双绝”的美谈，证之《古文观止》，诸如《归去来辞》《桃花源记》《滕王阁序》《阿房宫赋》《秋声赋》《赤壁赋》等美文名著，往往都出自诗人之手。这些感性的散文，或写景，或叙事，或抒情，都需要诗艺始能为功，绝非仅凭知性，或是通情达理就可以应付过去。

一开始我就注意到，散文的艺术在于调配知性与感性。知性应该包括知识与见解。知识属于静态，是被动的。见解属于动态：见解动于内，是思考，表于外，是议论。议论要纵横生动，就要有层次、有波澜、有文采。散文的知性毕竟不同于论文，不宜长篇大论，尤其是直露的推理。散文的知性应任智慧自然洋溢，不容作者炫学矜博，若能运用形象思维，佐以鲜活的比喻，当更动人。

感性则指作品中呈现的感官经验：如果能令读者如临其境、如历其事，就可谓富于感性，有“临场感”，也就是电影化了。一篇作品若能写景出色，叙事生动，感情已经呼之欲出，只要再加点睛，便能因景生情，借事兴感，达到抒情之功。

不过散文家也有偏才与通才之别，并非一切散文家都善于捕捉感性。写景，需要诗才；叙事，需要小说家的本领。而真要抒情的话，还得有一支诗人之笔。生活中体会到的感性若要奔赴笔端，散文家还得善于捕捉意象，安排音调。

一般散文作者都习于谈论人情世故，稍高一些的也能抉出若干理趣、情趣，但是每到紧要关头，却无力把读者带进现场去亲历其境，只能将就搬些成语，敷衍过去。也就是说，一般散文作者都过不了感性这一关，无力吸收诗、小说、戏剧甚至电影的艺术，来开拓散文的世界，加强散文的活力。

所以当年我分出左手去攻散文，就有意为这歉收的文体打开感性的闸门，引进一个声色并茂、古今相通、中西交感的世界。而要做到这一点，“五四”以来的中文，那种文言日疏、西化日亲的白话文，就必须重加体验，回炉再炼。所以在《逍遥游》的后记里我说：“在《逍遥游》《鬼雨》一类的作品里，我倒当真想在中国文字的风火炉中，炼出一颗丹来。我尝试在这一类作品里，把中国的文字压缩、捶扁、拉长、磨利，把它拆开又并拢，折来且叠去，为了试验它的速度、密度和弹性。我的理想是要让中国的文字，在变化特殊的句法中交响成一个大乐队，而作家的笔应该一挥百应，如交响乐的指挥杖。”

当年的我野心勃勃，不甘在散文上追随“五四”的余韵，自限于小品与杂文。我的诗笔有意越过界来，发展大品与美文，把散文淬炼成重工业。在仓颉的大熔炉里，我有意把文言与西语融进白话文里，铸造成新的合金。

尤其是到了六十年代中叶，一来因为我青春正盛，万物有情；二来因为初在美国驰车，天迴地复，逸兴遄飞，常有任公“世界无穷愿无尽”之感，但在新大陆的逍遥游之中却难忘旧大陆的行路难，豪兴之中又难抑悲怆，发而为文，慨当以慷，遂有高速而敏锐的风格；三来那几年我对中文忽有会心，常生顿悟，幻觉手中的这支笔可以通灵，可以呼风唤雨，撒豆成兵。于是我一面发表《剪掉散文的辫子》一类文章，鼓吹散“文革”命，一面把仓颉的方砖投进阴阳的洪炉，妄想炼出女娲的彩石。

不管真丹有未炼成，炉火熊熊却惊动了众多论者。四十年来对我散文的评论约莫可分两派，一派看重前期这种“飞扬跋扈为谁雄”的感性美文，认为真把仓砖炼成了娲石，另一派把这种锐敏之作视为青春痘现象，而强调后期之作醇而不肆，才算晚成。你若问我如何反躬自估，我会笑而不答，只道：“早年炉热火旺，比较过瘾。”

4

我写评论，多就创作者的立场着眼，归纳经验多于推演理论，其重点不在什么主义、什么派别，更不在用什么大师的学说做仪器，来鉴定一篇作品，不，某一“书写”是否合于世界性标准或流行价值，而是在为自己创作的文类厘清观点，探讨出路。

我虽然也算是学者，但是并非正统的评论家，尤其不是理论家。若问我究竟治了什么学，我只能说自己对经典之作，也就是所谓文本，下过一点功夫，尤其能在诗艺上窥其虚实。文类（genre）的分野与关系，尤其是诗、文，也令我着迷。文学史的宏观与演变更是我熟读的风景，常常用来印证理论与批评。

说得象征些，我觉得读一位船长的航海日志，要比读海洋学家的研究报告有趣。同时，要问飞是怎么一回事，与其问鸟类学家，不如直接问鸟。

我所向往的评论家应有下列几种条件：在内容上，他应该言之有物，但是应非他人之物，甚至不妨文以载道，但是应为自我之道；在形式上，他应该条理井然，只要深入浅出，交代清楚便可，不必以长为大，过分旁征博引、穿凿附会；在语言上，他应该文采出众，倒不必打扮得花花绿绿，矫情滥感，只求在流畅之余时见警策，说理之余不乏情趣，若能左右逢源，妙喻奇想信手拈来，就更加动人了。

反过来说，当前常见的评论文章，欠缺的正是上述的几种美德。庸评俗论，不是泛泛，便是草草，不是拾人余唾，牵强引述流行的名家，便是难改旧习，依然仰赖过时的教条。至于文采平平，说理无趣，或以艰涩文饰肤浅，或以冗长冒充博大；注释虽多，于事无补，举证历历，形同抄书，更是文论书评的常态。

文笔欠佳，甚至毫无文采，是目前评论的通病。文学之为艺术，凭的是文字。评论家所评，也无非一位作家如何驱遣文字。但是评论家也是广义的作家，只因他评点别人文字的得失，使用的也正是文字。原则上，他也是一种艺术家而非科学家；艺术的考验，他不能豁免。他既有权利检验别人的文字，也应有义务展示自己文章的功夫。如果自己连文章都平庸，甚至欠通，他有什么资格挑剔别人的文章？“高手一出手，便知有没有。”手都低了，眼会高吗？笔锋迟钝的人，敢指点李白吗？文采贫乏的人，凭什么挑剔王尔德呢？

我的评论文章或论文体，或评作家，或自我剖析，或与人论战，或为研讨会撰稿做专题演讲，或应邀为他人新书作序。年轻的时候我多次卷入论战，后来发现真理未必愈辩愈明，元气却是愈辩愈伤，真正的胜利在写出好的作品，而不在喋喋不休。与其巩固国防，不如增加生产。所以中年以后，我不再费神与人论战。

倒是中年以后，求序的人愈来愈多，竟为我的评论文章添了新的文体，一种被动而奇特的文体，序言之为文体，真是一大艺术，如果草草交卷，既无卓见，又欠文采，则不但对不起求序的人，更对不起读者，同时也有损自己的声誉，可谓三输，只能当作应酬的消耗品吧。因此我为人作序，十分认真，每写一篇，往往花一个星期，甚至更久，务求一举三得。对求序人、读者和自己都有个交代。希望大陆的读者不要以为这几十篇序言，所荐所谏，多半是他们不熟的作家而草草掠过，因为我写序言，不但对所序之书详论得失，更对该书所属之文类，不论是诗、散文、翻译或绘画，亦多申述，探讨的范围往往不限于一书、一人。

例如《从冰湖到暖海》一篇，就有这么一段文类论："所谓情诗，往往是一种矛盾的艺术。它是一种公开的秘密，那秘密，要保留多少，公开多少，真是一大艺术。情诗非日记，因为日记只给自己看；也非情书，因为情书只给对方看。情诗一方面写给特定的对方，一方面又故意让一般读者'偷看'，不但要使对方会心，还要让不相干的第三者'窥而有得'，多少能够分享。那秘密，若是只容对方会心，却不许旁人索解，就太隐私了。"

又如《不信九阍叫不应》里有一段论到用典："用典的功效，是以民族的大记忆（历史）或集体想象（神话、传说、名著）来印证小我的经验，俾引发同情、共鸣。用得好时，不但可以融贯今古，以古鉴今，以今证古，还可以用现代眼光来重诠古典。用得不好，则格格不入，造成排斥，就是‘隔’了……用典亦如用钱，善用者无须时时语人，此乃贷款，债主是谁；只要经营有方，自可将本求利，甚至小本大利，小借大还。”

更如《落笔湘云楚雨》论游记之道：“散文多引诗句，犹如婚礼上新娘进场，身边却带了一队更年轻的美女做伴娘，未免不智。同时，在游记之中，无论面对的是日月山川，荒城古渡，或是车水马龙，作者在写景或叙事的紧要关头，都必须拿出真性情、硬功夫来搏其境，逼使就范，而不应过于引经据典，借古人的喉舌来应战。散文里多引述名家名句，恐怕仍是学者本色。”

5

我的一生写诗虽近千首，但是我的诗不全在诗集里，因为诗意不尽，有些已经洋溢到散文里去了。同时，所写散文虽达一百五十篇，但是我的散文也不全在文集里，因为文情不断，有些已经过渡到评论里去了。其实我的评论也不以评论集为限，因为我所翻译的十几本书中，还有不少论述诗、画与戏剧的文字，各以序言、评价或注释的形式出现。这么说来，我俯仰一生，竟然以诗为文，以文为论，以论佐译，简直有点“文体乱伦”。不过，仓颉也好，刘勰也好，大概都不会怪罪我吧。写来写去，文体纵有变化，有一样东西是不变的，那便是我对中文的赤诚热爱。如果中华文化是一个大圆，宏美的中文正是其半径，但愿我能将它伸展得更长。

——二〇〇二年冬至于高雄左岸

《茱萸的孩子》简体字版前言

《茱萸的孩子》是我的传记，由傅孟丽女士撰写，纳入台北《天下文化》丛书，于一九九九年一月初版，迄今已逾七年。上海远东出版社即将在大陆推出中文的简体字版，要我为新书写一篇序。

我的小诗《乡愁》在大陆流传颇广，能背的人很多。这首诗像是我的名片，一方面介绍了我，另一方面却也遮住了我，使不少读者只见名片而不见其人，很方便地把我简化为“乡愁诗人”，便定了位。其实我一生的作品，散文数百篇，诗已逾千首，除乡愁外，还写过其他许多主题。《乡愁》只是我的门牌，这本《茱萸的孩子》才是我的大门，进得门来，才看得见我的庭院，进得了我的房屋。

但是一位作家的传记与其作品实在密不可分。如果传记是作家的外传，则作品可谓作家的内传：作品应该更贴近作家的心灵。透过传记，我们看见作家的生活；透过作品，我们才能窥探作家的生命。不过读者在窥探作家的生命之余，很自然地，也不免想要看看那作家平时是怎样生活的，想看看他身边的家人和朋友，想知道他和社会甚至世界的关系，想知道他不做作家的时候究竟还做些什么。总之，把作品和传记合在一起看，才看得真切，看得立体。

我的艺术思想、人文价值，都在我的评论之中。我的情操与感慨，都在我的诗与散文里，我在母语与外语、白话与文言之间的出入顾盼、左右逢源，不但可见于我所有的作品里，也可见于我所有翻译的字里行间。朋友劝我写自传，我不想写，也不认为有这必要。我觉得，作品就是最深刻的日记，对自己；也是最亲切的书信，对世界。

退一步言，就算我真的提笔写起自传来了，我也不会把什么都“和盘托出”，将一生写成一篇“供词”。那样的自传对传主岂非自表“暴露狂”，而对读者岂非满足“窥秘狂”？凡此恐怕均非纯正的品味。另一方面，傅女士的这本传记，出于她对前辈作家的敬意，却又不免溢美，将我的故事写成了“颂词”。我既不愿自提“供词”，也只能让她的“颂词”来顶替了。其中的矛盾心情，我在七年前台湾版的《茱萸的孩子》前言里，已经表达过了。

尽管如此，台湾版出书已经多年，原来的年表与著作目录需要补充了。我乃为大陆的新版提供了若干资料，尤其是近年我在大陆各地讲学与出书的情况。此外，书中常常提到的我的诗文，与我的生平关系颇深，为了读者的方便，也增附了一些在新版里。

——二〇〇六年七月于高雄

悲喜之间徒苦笑

——序天下文化《余光中幽默文选》

文艺复兴时代名著《乌托邦》的作者托马斯·穆尔（Sir Thomas More），是英王亨利八世的重臣，因反对国王擅兼国教之主，被判叛国。他上了断头台，将头放在俎木之上，却将胡须捋开，并说胡子未曾得罪君王。

为了原则宁死不屈，已经称得上豪杰了。临刑之际，居然还有心情拿自己的胡子，含蓄而又潇洒地顶了君王一句。可见死者顶天立地，无愧神明。悲剧之中竟翻案出喜剧，壮烈之余竟成全了幽默，托马斯·穆尔就算未写《乌托邦》，也可以不朽了。

幽默之为用大矣哉。穆尔斧下不能留头，却也留言。天文学家伽利略保住了命，却也留下了名言。在天主教会的威胁下，他公开放弃了地动之说，却喃喃自语："其动如故！"

幽默感在人性之中是十分可贵的禀赋，并非人人都有。有此天赋的人也自有高下之分：有的得天独厚，慧心能觑破人生世态的种种荒谬，绣口能将神来的顿悟发为妙语，令人解颜。这种人若有彩笔，幽默的文章自然源源不绝，奔赴腕下。

并不是所有的作家，甚至大作家，都具有幽默感。例如弥尔顿与雪莱，在这方面并不出众。幽默感不足，不一定不能成就大作家，但是谐趣洋溢的大作家往往更加动人。屈原与李贺都是千古的伤心人，诗中自少幽默。陶潜与苏轼虽不得意，却能苦中取乐，豁达自遣，只是陶潜沉着而苏轼张扬。唐宋八大家之中，其尤大者恐怕应推韩愈与苏轼。两人都兼为大诗人，无愧诗文双绝，更相似的是诗文之中都富于幽默感，而且不惜自嘲。一个人富于幽默感，必定也富于自信，所以才输得起，才能坦然自嘲。

苏轼诗中谐趣不绝，《寄吴德仁兼简陈季常》一首，前八句自嘲更戏友，赏者最多。他在诗中笑陈季常怕老婆："忽闻河东狮子吼，拄杖落手心茫然。"但在散文《方山子传》中，却一改戏谑，把陈季常写成一位豪侠，然后又是隐士。同样地，在《潮州韩文公庙碑》一文中，苏轼推崇韩愈："文起八代之衰，道济天下之溺；忠犯人主之怒，而勇夺三军之帅。此岂非参天地，关盛衰，浩然而独存者乎？"但是到了《登州海市》一诗里，却取笑韩愈："潮州太守南迁归，喜见石廪堆祝融，自言正直动山鬼，岂知造物哀龙钟。"说的正是韩愈从阳山贬所北还，途经衡山，谒岳庙所作的七古《谒衡岳庙遂宿岳寺题门楼》之句："我来正逢秋雨节，阴气晦昧无清风。潜心默祷若有应，岂非正直有感通？须臾静扫众峰出，仰见突兀撑青空。

紫盖连延接天柱，石廪腾掷堆祝融。”

苏轼对韩愈的突梯怪异最有共鸣，常相呼应。例如韩愈《石鼓歌》有句：“剜苔剔藓露节角，安置妥帖平不颇……牧童敲火牛砺角，谁复着手为摩挲？”苏轼《石鼓歌》便报以“细观初以指画肚，欲读嗟如箝在口”。

古人为文较多述志论道，写诗则较多抒情，包括谐趣。我自己写诗最早，写散文要晚几年。我早期的散文流露幽默的不多；谐谑的戏笔渐多，应该始于中年。所谓“哀乐中年”，其实哀多于乐，需要一点豁达、一点自嘲来排遣。中年的困境往往要用幽默来应付，不能全靠年轻的激情了。

幽默感是与生俱来的，不能刻意培养、苦心修炼。一个人必须敏于观察、富于想象、善于表达，才能超越世俗的观念，甚至逆向思维，反常合道，说出匪夷所思的奇思妙想。幽默家不但有锦心，还得有绣口，始能传后。《世说新语》一则：“王丞相枕周伯仁膝，指其腹曰：卿此中何所有？答曰：此中空洞无物，然容卿辈数百人。”问得有趣，答得更妙。妙在问得形而下，却答得形而上；更在回答始于自抑而终于抑人。不过如此的绣口，尚有赖刘义庆的彩笔始能传后。

幽默常与滑稽或讽刺混为一谈，有时确也不易分辨。大致说来，幽默比较含蓄、曲折、高雅。滑稽比较露骨、直接、浅俗，所以滑稽能打动小孩子，而幽默不能。另一方面，幽默比较愉快、宽容，往往点到为止，最多把一个荒谬的气泡戳穿，把一个矛盾的困境点出。讽刺就比较严重、苛刻，怀有怒气与敌意。讽刺可以用来对付敌人，幽默，却不妨用来对待朋友，甚至情人。史威夫特、萧伯纳、王尔德是生于或长于爱尔兰的三大作家：第一位是重于泰山的讽刺家，第二位是庄谐交作的讽刺家，第三位是轻于鸿毛的幽默家。

我的幽默感近于王尔德，天生应该译他的四部喜剧。不过王尔德“正话反说”（paradox）的绝招，我无法练成，就像我无法在高速路上高速倒车。此外，中国的两位现代作家在幽默风格上对我也曾有启发：梁实秋的情趣、钱锺书的理趣都是现代散文高妙的谐趣。

《余光中幽默文选》收入我的小品十五篇，长文九篇，共分两辑，都依写作日期编排：最早的一篇《给莎士比亚的一封回信》写于一九六七年，最近的一篇《谁能叫世界停止三秒？》写于二〇〇三年。足见我的幽默文章动笔较晚，比起《余光中诗选》的第一首《扬子江船夫曲》来，足足晚了十八年。其实幽默感出现在我的诗中，在我比较成熟的诗中，例如《梦与膀胱》《与李白同游高速公路》《请莫在上风的地方吸烟》等作，已经是中年甚至晚年了。

学者常说我的散文多为我诗艺的延伸，却较少论析我散文的谐谑倾向。一九九二年广西的漓江出版社，推出了一本专书，名为《余光中幽默散文赏析》，选出我的二十一篇散文，逐篇加以赏析，由广西师范大学的雷锐教授与向丹、苏锡新合编。一九九九年香港中文大学出版了英国学者卜立德编译的《古今散文英译集》（The Chinese Essay, ed. & trans. David E. Pollard）。此书译了从诸葛亮到袁枚的十五家古文，加上鲁迅到余秋雨的二十一家今文；我的部分是

《尺素寸心》与《我的四个假想敌》。卜立德解释他何以选择此二文："《听听那冷雨》也许是余光中最好的散文，展示的正是他炼字遣词的功力，但中国方块字的听觉效果与视觉特色发挥至于此，译文充其量不过如影随形。于是我改选了两篇侧重谐趣的文章。"

幽默，果真能超越文字障吗？

——二〇〇五年四月二十七日

狸奴的腹语

——读钟怡雯的散文

1

半世纪来台湾散文的世界，女作家几乎顶住了半边天。这一群女娲炼出的彩石，璀璨耀目而变化多端，简直不用等“世代交替”了，大约每十年就可见新景登场。人寿以十年为一旬，回顾半世纪女性散文的风景，琦君、罗兰、林海音、张秀亚当为第一旬；林文月当为第二旬；张晓风承前启后，当为第三旬；廖玉蕙、陈幸蕙继起，为第四旬；简媜翻新出奇，为第五旬。至于第六旬轮到谁来出景，则目前尚无定论。

虽然论犹未定，有一个人的名字却常被提起：钟怡雯很可能就是那个“谁”。她和丈夫陈大为是近年崛起于台湾文坛的一对金童玉女，在台湾与星马三地所得的诗奖、散文奖——多为首奖——超过了二十项；从学士到博士，所修的学位也都在台湾的大学取得，不论在文坛或学府都可称一双亮眼的伉俪。

这一对璧人不但同年出生，也同样来自马来西亚，而擅长的文体同样是诗与散文。这样的珠联璧合，又像是两镜交辉，又像是对联呼应，为九十年代的文坛平添了一道“钻面”。

这情景，不由我不联想到二十多年前的温瑞安与方娥真：也是由赤道向北回归的金童玉女。不过这两对之间差异颇大，虽然同归，却成了殊途。当年温瑞安与方娥真来台读书，是把台北当成长安来投奔的，结果在这岛上做了一场古中国之梦。他们组织了“神州诗社”，一面修文，一面练武，高悬李白与李小龙为偶像，有意自塑为巾帼才子、江湖豪侠。他们在台北也都进了大学，可是结社的活动远多于求学。更不幸的是，他们来台仍在戒严时期，情治单位误会他们的神州情结、民族主义，竟将他们逮捕并囚禁了数月。于是“神州诗社”解散，他们的创作也随之受阻。日后温瑞安索性改写武侠小说，方娥真也只见发表小品杂文。

陈大为与钟怡雯一对，就幸运多了。十二年前他们来台，正好解严开始，言路渐宽。两人对中华文化同样向往，却能定下心来，在中文系从大一认真研读到博士，一面更认真创作，踏着文学奖的台阶登上文坛。退则坚守学府，进则侵略文坛，这种稳健的持久发展，终于美满丰收，成就了学者兼作家的双赢正果。

方娥真的才情与文笔均有可观，可惜未能在稳定中求进步，用学养来深耕，而且横遭变故，未能重拾彩笔尽其全功。叶慈曾论柯立基，谓其“有天才而无毅力”。钟怡雯似乎两者得兼，不但力学之余不废创作，而且得奖之余仍颇多产：在奠定声誉的第二本文集《垂钓睡眠》出版两年之后，紧接着就要推出这一本《听说》。

2

《垂钓睡眠》的二十篇散文里，有七篇曾获奖金，《垂钓睡眠》那一篇更连得双奖：命中率非常之高。她的艺术不但遍获痖弦、陈义芝、焦桐等诗人的肯定，更深得散文同行也是女性杰出作家简媜的赏识。焦桐以《想象之狐，拟猫之笔》为题，为《垂钓睡眠》作序，说钟怡雯“常超越现实逻辑，表现诡奇的设境和一种惊悚之美，叙述来往于想象与现实之间，变化多端，如狐如鬼”。

说钟怡雯的文路笔法如狐如鬼，是言重了一点。不过她的艺术像回力球一样，不断在虚实之间来回反弹，倒真能入于诡异，引起惊悚。值得注意的是，她的独创往往在于刷新观点。例如在《垂钓睡眠》一文里，她把失眠倒过来，说成是睡眠抛她而去，追捕不得，却又不甘将黑甜的天机交托给召梦之丸，只有等它倦游而知返。又例如在《芝麻开门》一文里，本来是不慎掉了钥匙，却说是钥匙自己逃走了，逃到电梯底层去寻梦，但底层只有一潭浊水，于是用蒙太奇的叠影，连接上儿时的水井和奶奶的那串钥匙。

创意首在造境之安排，境造好了，其他的技巧也就随之而来。

不过钟怡雯所造之境多彩多姿，不尽是失眠或失钥匙那么天真。在新书《听说》里，至少有《藏魂》《失魂》《凝视》三文营造了超现实的意境。《藏魂》写的是图书馆："整齐有序的书本，宛如一个个编号的骨灰坛，坛子里都装载着作者的魂。"《失魂》写的是作者的魂被诗人的丽句勾去了，竟而流连忘返，所以作者变得失魂落魄。这两篇设计得都很好，但在施行时未竟全功，所以真正诡奇而达惊悚境地的杰作，仍推《凝视》一篇。

《凝视》全篇的张力，聚焦在祖孙两代六目灼灼的对视之中。说得更清楚些，应该是曾祖父、曾祖母目不转睛地逼视、监视、责视，正对着曾孙女敬畏而闪避的眼神。这一对祖先严峻的透视，穿入曾孙女灵魂的深处，令她的童年蠢蠢不安。她尽量避免与祖先的目光交接，但过年时全家要大扫除，家里分配她清理祖先的供台和茶杯：

> 清扫供台必须站到桌子上，大人站上去不雅，又怕压坏桌子，而我是老大，当时的身高正适合，只有硬着头皮和两老作最近距离的面对面，那感觉颇有些谍对谍的意味……把鸡毛掸子刷到他们脸上时，我还微微地发抖，心里不停地盘算，如果鸡毛逗出了他们的喷嚏，我该往哪儿躲。

清理供台的这一幕，尽管我是节引，仍可谓全文的高潮，但是在恐惧的气氛中却透出滑稽：谍对谍，已经如此，鸡毛搔痒而爆发喷嚏，就更可笑了。祖先的尊严维持了三代，竟然禁不起一根鸡毛的挑弄，这反圣像（iconoclasm）的手势颇有象征的意味。

紧张过久会带来单调，就需要放松。幽默正是浪漫的解药。激情、纯情有如甜食，若要解腻，就须加一点酸。钟怡雯最好的作品，就善于如此调味。例如《垂钓睡眠》里的《惊情》一篇，浪漫的憧憬被一封神秘的情书挑起，却因追求者现身而告破灭，自醉沦为自嘲，舌头上空留酸涩，反而比甜腻更有余味。

又如《听说》一篇，作者平白变成了谣言的苦主，烦恼之余，悟出反应过度实为不智，不如等待尘埃落定，因为“再耐嚼的口香糖，经过长期咀嚼之后，总会甜味尽失”。到了篇末，作者正要就寝，朋友忽然来电话说：“告诉你一个消息，你一定要答应保密……”作者立即的反应竟是：“说也奇怪，颓累的精神立刻振作，谣言果然和口香糖一样，具有松弛神经的功用。”笑他人爱嚼舌传话如嚼口香糖，轮到自己的时候，也一样是爱嚼的。

3

焦桐在《垂钓睡眠》的序言里，强调钟怡雯惯用的譬喻是一种“拟猫法”。她确是一位非常耽于感性的作家，而在感官经验之中又特别敏于嗅觉、味觉。在《垂钓睡眠》的后记里，她自己也强调：“我学会了以气味去记忆。每一个人每一样东西都有它的气息，只要记住了那独特的味道，就等于拥有，我不需要霸占一个容易改变和毁灭的实体。我发现猫咪也有这样的怪癖，难怪我和它们特别投缘，猫咪对我也特别亲密。”

钟怡雯颂猫如诵经，在这本《听说》里仍喃喃不休：《踟》《懒》《祝你幸福》《摆脱》四篇，字里行间尽是狸奴妙妙之音。《祝你幸福》里对那头有六年之缘的雌猫，怜惜时说她像恋母的孩子，纵容时又说她像魏晋的名士，恨不能人猫“终身厮守”。

《摆脱》一文说巷子里的猫全给人毒死了，作者流泪安葬之后，思念过度，竟说：“猫咪的影像和声音一直纠缠，我告诉自己，那一定是幻觉，可是却摆脱不了。甚至梦见死去的猫咪又复活了，它们扒开泥土，抖去身上的泥，互相舐净对方的身体，然后全都跑到楼下叫我，喵喵喵，喵喵喵。”

在同一篇里作者难遣猫亡之哀，又忽发奇念，想把猫躯“制成标本。这样半开玩笑的想法吓坏了周遭的朋友，我却认真起来。然而转念一想，标本猫徒留躯壳，或许更易提醒我那只是生命的假象，它们不会叫不会跳，也不会跟我撒娇，藏在僵硬身体里的，其实是永恒的死亡”。

凡读过钟怡雯作品的人，都不免会惑于她的“狸奴情结”（feline complex）。她自己就再三“从虚招”来了。首先，她强调自己嗅觉之敏锐与猫相似。其实狗的嗅觉也许更尖，只是她爱猫远甚于爱犬，因为猫懒散无为，经常贪睡，又有洁癖，跟她一样，而狗呢正好相反，勤快、警醒，也不怕脏。只要看《浮光微尘》里作者如何奋力擦灰洗尘、清理房间，就会想到猫如何舔爪净脸。

更有一点，猫爪软中带硬，颇似作者的散文风格，在深情之中也暗寓叛逆。她与家庭的关系不免紧张：曾祖父母似乎永远在监视她，甚至有“谍对谍”之情势；父亲和她性格相似，所以互相要把猫爪收好；而母亲在长途电话彼端的谆谆叮咛，她不是回嘴，便是腹诽；只有钥匙串响叮当的奶奶像是例外。

狗勤快而外向，猫悠闲而内倾。作者的散文风格也多为内心的独白。狗吠如直言，猫叫如娇呓。作者的散文多为独白而绝少对话，难见她与世界直接交谈。所以钟怡雯的散文远离戏剧与小说，而接近诗：毕竟她本来也是诗人。所以她的语言像猫：猫爱独坐打盹，呼噜诵经，喉中念念有词。她的独白喃喃，也有“腹语”（ventriloquizing）的味道。

钟怡雯绮年丽质，为缪斯宠爱之才女，但她的艺术并非纯情的唯美。她对于青春与爱情，着墨无多，更不论友谊。相反地，生老病死之中，她对后三项最多着墨，笔端的沧桑感逼人如暮色。

她当然也能够写实，不过更乐于探虚。像《热岛屿》《雪，开始下了》《候鸟》一类的写实叙事，在她笔下固然也生动可观，但其他的优秀女作家也能称职。倒是像《发诔》《痒》《伤》《鬼祟》《换季》《忘记》一系列的作品，由个人的感性切入，几番转折之余，终于抵达抽象的知性、共相的本质，不是一般女作家所能把握。这种笔路由实入虚，从经验中炼出哲学，张晓风是先驱，简媜是前卫，而其后劲正由钟怡雯来发功。

令我印象最为深刻的，却是钟怡雯对沧桑的魂梦纠缠。最祟人的一篇是《渐渐死去的房间》，记年近百岁的曾祖母老病而死的一幕，把现实的阴郁、丑陋、厌恶化成了艺术之美，令人想到罗特列克与孟克的绘画。这篇散文富于辛烈的感性，对于久病恶疾盘踞古屋的重浊气味，发扬得最为刺鼻锥心。“那混浊而庞大的气味，像一大群低飞的昏鸦，盘踞在大宅那个幽暗、瘟神一般的角落。”这样可怕的反风景，对于有洁癖的钟怡雯说来，该是倍加难受。《凝视》一文中对曾祖父母遗像的畏惧，想必是上承《渐渐死去的房间》一文而来。

读她的散文，每到返丑为美的段落，我就会想到李贺与爱伦·坡，想到这两位鬼才满纸的狐、鬼、鸦、猫。

4

钟怡雯的语言之美兼具流畅与细致，大体上生动而天然，并不怎么刻意求工。说她是一流的散文家，该无异议。她的艺术，到了《垂钓睡眠》火候已经九分有余了，但要“纯青”，似乎仍须加炼。

目前流行的中文，常有西化之病，就连名学者名作家下笔，也少见例外。西化之病形形色色，在句法上最常见的，就是平添了尾大不掉的形容子句，妨碍了顺畅的节奏。《垂钓睡眠》一文有这样两句：

> 昼伏夜出的朋友对夜色这妖魅迷恋不已，而愿此生永为夜的奴仆。他们该试一试永续不眠的夜色，一如被绑在高加索山上，日日夜夜被鹫鹰啄食内脏的普罗米修斯，承受不断被撕裂且永无结局的痛苦。

第一句极佳。第二句就不很顺畅了，因为中间横亘着一个不算太短的子句："被绑在高加索山上，日日夜夜被鹫鹰啄食内脏的……"此外，从"承受"到句末的十五个字，也因动词"承受"与受词"痛苦"之间，隔了有点犯重的两组形容词，而显得有点费词。"不断"与"永无结局"乃不必要的重复。

> 他们该试一试永续不眠的夜色，一如普罗米修斯被绑在高加索山上，日日夜夜被鹫鹰啄食内脏，承受不断被撕裂的痛苦。

当初这一句如果这样遣词造句，当更清畅有力。"被绑""被啄食"放在子句里，只能算"次动词"或"虚动词"；如今从子句里释放出来，汇入主句之中，变成了"主动词"，便有力多了。我并无意倚老卖老，妄加修改他人文句。这些文辞都是原句所有，不过更动了次序，调整了句法而已。

《浮光微尘》里有一句说：

> 有时我在储藏室的镜子里看到一张沉稳冷静、接近职业杀手的脸；有时遇见一个头发散乱、神情诡谲、呈半疯狂状态的女人。

这样的句子清晰而完好，已经无可挑剔。但其排列组合仍有求变的余地、更精的可能。只要把两个关键词眼略加移位，节奏就全面改观了：

> 有时我在储藏室的镜子里看到一张脸，沉稳冷静，接近职业杀手；有时遇见一个女人，头发散乱，神情诡谲，呈半疯狂状态。

“脸”和“女人”移前，可以紧接所属的动词与量词，读来比较顺畅、自然，不像隔了一串形容词那么急促、紧张，一气难断。形容词跟在名词后面，可长可短，就从容多了。西化句法多用名词（身分常为受词）收句，可谓“封闭句”；中文常态的句法则多以述语（常为形容词或动词）结尾，可谓“开放句”。目前有许多作家，包括不少名作家，都惯用“封闭句”，而忽略了更灵活也更地道的“开放句”，非常可惜。

再举一例来说明我的观念。《垂钓睡眠》一文诉说失眠使人恍惚，容易撞伤：“那些伤痛是出走的睡眠留给我的纪念，同时提醒我它的重要性。”后半句是流行的西化想法，用英文说就是 remind me of its importance。不过英文爱用抽象名词做受词，不合中文生态。我从四十多年翻译的经验，学会了如何驯服这些抽象名词。如果要我翻译这样的说法，我会把抽象名词化开，变成一个短句。我会说："同时提醒我它有多重要。"

5

陈义芝在《散文二十家》选集的编者序言里，说明他取舍的原则时，有这么一句伏笔："至于钟怡雯、唐捐等年轻新秀，近几年以精纯之文质虽连夺散文奖，而写作时间尚短，量尚不足以成一家气象，留待下一世纪（只剩两年了）再做评选。"陈义芝的史笔似乎向预言先挂了号，我相信钟、唐一辈的新秀不会让他的期待落空。这两位中文系正科出身的学府作家，对于心灵与潜意识暧昧难明的边疆僻壤，都勇于出实入虚、颠而倒之，向深处去探索。钟怡雯巧于命题、工于运笔，已经俨然有一家之气象。她不像唐捐那么敢于试验，但可能也因此免于秾稠与铺张。我庆幸这位低纬远来的高才迄今尚未趋附流行的所谓"情色"，尚未参加世纪末文坛的天体营。我特别庆幸她仍保留了此一"负德"。三十年前我早就写过《双人床》《鹤嘴锄》一类的诗，引起过三两外行的大惊小怪，其实在主题上我别有探讨，其志其趣，不在"逸乐思"（Eros）。今日情色流行，俨然成了时兴的前卫，取代了风光过的超现实、存在、荒谬。目前所谓的“全球化”，恐怕只是“美国化”再加“日本化”而已。有真风格的作家不必跟风，条条大道都能通“美”——美学之美，非美国之美，也不必抄情色的快捷方式。

但愿钟怡雯善用天赋的才情，发挥所长，向新世纪感性的熔炉里，炼出五色的补天石来。

——二〇〇〇年六月于西子湾

当中华女儿做了美国妈妈

——读张纯瑛的文集《情悟，天地宽》

四年以前，我把为人所写的序言收集起来，印成专书，题名《井然有序》，以为此生所结的“序缘”，不，所欠的“序债”，从此就偿清了。不料恶性循环，竟令世人误会，此人擅长写序，至少性好写序。于是搁下了自己的正事，重操闲笔，又为别人的新书写了好几篇序言。

写序总是应邀，可称“被动文学”，在文学评论上只能算一种变体。为这本《情悟，天地宽》写序，当然也是应邀，不过这一次和以往不同，因为来邀者素不相识，可以说是文坛的新人。因此她在信里附了几篇样品，显然都是方块文章。展读之余，顿感作者思路清晰、笔力明快，便欣然回信答应了。这已是八个月前的事。

从这些文章里，看得出作者是一位“在台湾生长的四十岁左右中年人”，当初毕业于台大外文系，来美后改习计算机，但仍醉心于文学与音乐，爱好旅行，关怀环保；家居在华府郊区的马里兰州，有一子一女，因此分外注意青少年的教育。

《情悟，天地宽》共收五十八篇作品，分为四辑，分量不轻。我没有读到作者自己的后记，不知道分辑的原则是按主题或仅按时序。若是按主题分辑，则第一辑显而易见是析论夫妻之道，对新女性主义提出折中与修正。第二辑于中年自处之道外，更论及音乐、风水、复仇，甚至珍珠港事件，则纷然杂陈，不拘一格。第三辑所涉亦杂，却以论子女教育的几篇最为出色。第四辑的主题则半为环保的敬天惜物，半为旅游的流连风光。

这五十多篇作品大多关注人生的大道，落实于当今的世情，取材的经验则兼有中国台湾的记忆、美国的现况，对台湾不能忘情，对美国有所取舍。大致上这是一本杂文集，尽管颇有感性，主旨却在说理，在批评某些观念、肯定某些价值。经营美感的段落也并不少见，但作者用心所在仍然是寓理于情，不在唯美。

书中典型的文章多为以小见大，就近喻远，每每从一个事件、一桩个案、一则新闻切入，几经峰回路转、旁敲侧击，特例归纳为原理，感性提炼为知性，结论便出来了。

第一辑中的《温馨牵手情》是一篇上佳之作。文章从布什夫人向克林顿夫人坦然伸出友情之手入题，肯定芭芭拉诚以待人的无我，举手之劳便化解了希拉里机关算尽的唯我。接着蒙太奇的叠像变成了两小无猜的天真牵手，再变而成为夫妻一世的执子之手，终于叶落归根、水流从头，回到儿时小手被牵于大手，因而省悟：大手已老，小手已壮，该轮到壮手牵老手了。

第二辑的佳作首推《教坊犹奏别离歌》。此文由李后主《破阵子》破题，从“最是仓皇辞庙日，教坊犹奏别离歌，挥泪对宫娥”的亡国之痛，引到“铁达尼号”以《奥费厄斯冥府行》为别离歌的沉船之悲，而赞美音乐清涤悲情的力量，接得天衣浑然。另一篇该提《新年快乐》，因为作者举出许多实例，印证中国人过年一心只想发财，有多俗气；远不如西方祝人过年快乐那么圆融通达，富于形而上的深意。

《挫折学》与《见劣思齐》是第三辑中的两篇上品。《挫折学》指出以前中国孩子是给“苦”大的，不像今日美国孩子是给“捧”大的，但作者担心：“一个从小听不见否定句成长的孩子，我很怀疑彼等一旦置身成人世界，如何坦然接受碰壁？”《见劣思齐》把《挫折学》的论点发挥得更加慷慨激昂，简直雄辩滔滔、沛然莫御。作者指出，在美国要求孩子见贤思齐，是抹煞孩子的个性，伤害他们的自尊；不过美国孩子不甘忍受父母见贤思齐的压力，却不敢不接受其他孩子的“同辈压力”，结果是见贤不甘思齐，怕委曲了自己的个性；见劣却要学样，倒甘心与俗浮沉了。这是中华女儿做了美国妈妈的一腔烦闷，在张纯瑛的笔下逻辑饱满、文气如潮，喷发得十分尽兴。单看题目《见劣思齐》，便感其反讽的锋芒了。

《第一何价》是书中较长的一篇，也是就近喻远，从身边的趣事说到普遍的道理：这次说的是凡事必争第一的徒劳与虚妄，并就近引台南女中的高材生因未考第一而自杀为例，来否定“不要让子女输在起跑点上”之谬。此文旁征博引，气势不凡，从小学校门口悬挂的格言“童年之途不为赛跑”，一路引述到梁漱溟、熊十力的自负，林语堂、鲁迅的宽狭，格局之高旷宏远，全无闺秀之气。

人情练达，风格豪爽，笔法明快，是张纯瑛佳作的特色。她的豪爽带一点侠气、帅气，有时逆流挥笔，一女谔谔，会来段翻案文章。在《孤影何须自怜》里，她从李清照说到张爱玲，为上海才女的“孤芳自闭”辩护：“能于孤独中品出甘味的人最幸福。他们不须靠别人的笑语点亮生活，也毋庸借众人的掌声寻得尊严；不做任何人的奴隶，才是自己的主人。是故，张爱玲的独身向晚、家徒四壁、骨灰洒入大海，其实是这位饱读《红楼梦》的才女对尘世的一种清明观照。何怜之有？”

在《翻出如来掌心》里，张纯瑛于支持妇运之余，仍然直率指出：“妇运将女性从深闺大院释放，抛头露面数十年、事业上纵横挥洒的某些新女性，一钻入情爱的牛角尖，竟无回旋空间，不惜玉石俱焚。”在同一文中她又语出惊人：“妇女运动蓬勃兴发数十年，女性镇日咋咋呼呼，打击男性沙文主义拳拳到肉，到头来还是无法百分之百地独立；而状似愚讷的男士们，平日对于妇运分子的频频出招，看似被动又不甘心地接招拆招，却在无形中练成‘大内’身手，做起内务的井然有序还真不让妇人专美呢。换言之，新女性主义数十年奋斗下来，真正改造成功，可以没有另一半仍然存活下去的，竟是男性！”

在克林顿绯闻事件中，希拉里内外俱伤，却被迫以外强掩饰中干，颇得世人赞赏。张纯瑛却为她鸣冤："对于才华耀世、德行无亏妻责的希拉里，何忍强求她人前强颜欢笑，摆出'太上忘情'的身段？几千年来，女人为男人的荒淫背罪，固然不多此一桩，只是，在贞节牌坊渐入历史烟尘的今天，吾人又何必竖立另类贞节牌坊？"

张纯瑛的评论颇有胆识，因为她人情练达、洞悉世故。她的做人态度是提得起、放得下、看得开，颇能兼顾儒家的担当、道家的豁达，所以文章有豪爽之气。不过热心劝世，有时不免近于励志。如果她要超越杂文家的规模而臻于散文家的境界，也许就不能自限于明快一途，而应再追求宏美、高妙。

但就杂文而言，明快仍不失为一大美德。风格若求豪爽，笔法必先明快。张纯瑛练达的人情世故，是方块文章最大的本钱，但若要求笔法明快，我倒愿意指陈得失。

文章要读来明快，基本的条件在于用字简洁、句法流畅、文意妥帖。

用字简洁，就要避免多余的重复。例如"海登清楚明白，莫扎特的资质乃是史所罕见"一句，"清楚"即"明白"，择一便可；"是、史"音重，可删去"是"，甚至也删去"乃"。结果省去四字，缩为"海登清楚，莫扎特的资质史所罕见"，就简洁了。又如"人际间"一语，书中屡用，原也无妨。但是"际"就是"间"，所以只说"人际"即可。

"人际间"句短，还不打紧，例如"将缺憾归诸于缘"就嫌长了。"诸"与"于"都是文言之介词，不宜并用；再加上一个"将"

字，句法就太乱了。曾见一篇文章题为《使夫妻和睦之道》，“使”字不但多余，而且一个突兀的单字，搅乱了后面六字的偶数组合。同样地，“将缺憾归诸于缘”可以理顺，改成“缺憾归之于缘”或者“缺憾归于缘分”。

如果句子更长，要注意的就不止于简洁，而且要流畅了。例如下面这句：“平常听到‘你是罪人’之类的街头传教语就避之唯恐不及的我，听到这里竟然如生根似的无法移动，心内涨满了感动。”主词是“我”，却缩入句中，头上压了长达二十四个字的形容子句，读来一气难断，节奏急促而又紧张，文法虽然没错，句法却欠稳妥。这完全是次序的问题，只需将主角“我”移向句前，就可解决：“我平常听到‘你是罪人’之类的街头传教，就避之唯恐不及，但听到这里竟然生根似的无法移动……”另一选择则是：“平常听到‘你是罪人’之类的街头传教，我就避之唯恐不及，但听到这里竟如生根，无法移动……”

不知《情悟，天地宽》的作者，认为我说得有无道理？

——二〇〇〇年七月

最后的牧歌

——序林为正中译希梅内斯的《小毛驴与我》

1

凡去过西班牙的旅客，该会发现该国的元首，不论是佛朗哥元帅或是璜·卡洛斯国王，只浮雕于硬币，不显形于钞票。西班牙钞票上的人头多是文艺名家：一百元（peseta）钞票上是作曲家法雅；一千元上面的是小说家加尔多斯；两千元的钞票是红色，上面的头像则是诗人希梅内斯，背面还有他手写的三行诗句。

希梅内斯是著名的现代诗人，曾获一九五六年的诺贝尔奖，但最受一般读者欢迎的作品，却是这本极短小品的文集《小毛驴与我》。

这本轻量级的绝妙小品，原名Plateroyyo，如果直译《普拉代洛与我》，不但贴近原文发音，而且保留了两个o的押韵。如果意译

《普拉逗乐与我》也未始不可，当然俗气了些。西班牙文里，plata 是银，platero 原意是银匠，所以本书也不妨意译《银儿与我》，可是不明原委的读者就会茫然了。希梅内斯在书中并未强调这小毛驴名字的原意，只是在它出场的第一篇末句说："不单是铁，也是水银。"英译本的"水银"是 quicksilver，正好暗示"银儿"奔得多快，真是绝招。

不过林译的书名点题明确，有乡土风味，尤其是西班牙的乡土。西班牙的文艺里，最生动的动物该推牛马了：毕加索的蛮牛、魔牛与瘦马，塞万提斯的洛西南代（Rocinante）都给人深刻的印象。毕加索在牛马之外还喜欢画羊，驴则绝少着笔。但是安达露西亚穷乡野径上的驴夫（mulatero），却是西班牙最饶江湖气息的人物。十五年前，我从格拉纳达开车去地中海岸的马拉加，就常见谷底的窄道上，宽边草帽半遮的村民跨着一头蹇驴，载着满袋重负，一路曲折攀上坡来。有时路过小镇，更在街上遇见市井艺人歇下驴车，招呼孩童看西洋镜，像本书第四十二篇所述那样。

无论中西民俗都惯称驴性笨拙、顽固。其实驴子负重耐久，眼神在寂寞与怜郁中含着温柔，另有一种可爱，所以一九九二年我登长城之后，就写过一首短诗，也叫《小毛驴》。

希梅内斯宠爱的这头普儿，伶俐活泼，善解人意，不但群童喜欢，羊和狗也乐与嬉戏。诗人这样描写：

长得娇小，毛茸茸，滑溜溜，摸起来软绵绵，简直像一团棉花……我轻唤：普儿？它便以愉快的碎步向我跑来，仿佛满面笑容，陶醉在美妙的嗒嗒声里。

诗人不仅将小毛驴当作宠物，更将它当作友伴，引为知己，不仅良辰美景与它同享，甚至内心的种种感想也向它倾诉。在一百零七篇的小品里，我们看不见诗人有什么人间的知己，在普儿的经常伴随之中，益发显得诗人独来独往的寂寞。

在《驴学》一篇中希梅内斯大作翻案文章：

可怜的驴子！你那么美好、尊贵、机敏！大家应该把好人叫做“驴子”，把坏驴子叫做“人”才对。你聪明绝顶，是老人与小孩、溪流与蝴蝶、太阳与狗儿、花朵与月亮的好朋友；这么有耐性而体贴，忧郁又可爱，是草原里的马尔可斯·奥里留斯。普儿的确了解我的心思，凝视着我，发亮的大眼睛温驯而坚定，一颗小太阳在眼珠凸圆的黑色小天空里闪烁。

最后普儿死了，不是老死，也非病死，而是吃了有毒的草根。从死亡到探坟，到祝福普儿在天之灵，本书最后五篇组成了一串安魂曲。《小毛驴与我》始于牧歌，终于挽歌。

本书也并非纯粹的牧歌。书中的田园以西班牙西南一角、接近葡萄牙边境、滨临大西洋的地区为背景，俗称“光辉海岸”（Costa de la Luz）。书中所谓的海，其实是大西洋。莫格尔（Moguer）是一个很小的镇，隔着彩河（Rio Tinto）与维尔巴（Huelva）相望。维尔巴却是个大城，人口四十万。

这一百多篇小品很少叙事，多为抒情，往往始于写景，转而造境，由实入虚，臻于虚实相生的情境；所以读来近于诗，有人甚至称为散文诗。其中场景在莫格尔镇四郊，少在市内，也绝少描写群众场面，甚至在节庆佳日，也是一人一驴，远离市井的尘嚣。所以写到诗人笔下，每多静观遐想之趣，抒情之中寓有沉思。例如《寒意》里这一段：

> 普儿不知是因为自己胆怯，还是因为我害怕，忽然跑了起来，纵进溪水，把月亮踏成碎片。看起来好像一丛透明的水晶玫瑰缠住它，想挽留奔跑的蹄子。

又如《自由》里的这两句：

> 早晨明朗而洁净，蓝得通透。附近松树林传来一片喜悦轻快的鸟鸣，温柔的金色海风吹皱整片树梢，风中的歌声时近时远却流连不去。

书中最美的段落都洋溢诗的抒情，不是描写生动，便是想象不凡。但是另有一些篇章，例如《小拉车》，其美不在片段的文字，而在弥漫全篇的人情，就难以句摘了。

《小毛驴与我》的各篇也并非清一色的诗情画意，赏心乐事，流连风光。此书发表于一九一四年至一九一七年之间，正值第一次世界大战，作者却无意描写战争，为历史作注脚。他要印证的是自然与人性之常态，而非历史之变局。他也观照安达露西亚的乡野生活，但笔下出现的多为白痴小孩、肺病女童、西洋镜老人一类的小人物，充其量也不过荷西神父、达尔朋医生的阶层，其中还夹杂着吉卜赛一类的边缘人，场合有时温馨，有时却也令人不安。可以说此书写景往往唯美，写人却相当入世。当时希梅内斯才三十多岁，在书中虽然也有时引经据典，援用莎士比亚或洪沙的名句，但写到《小毛驴与我》的那个“我”时，却以老人的形象出场。

2

四十多年前，由于希梅内斯获颁诺贝尔奖，台湾曾经出现《小毛驴与我》的中译本，想必也是从英译本转译。我没有读过那本旧译，不知译得如何，但是林为正的这本新译，信实可靠，译笔雅洁，我愿向读者力荐。译者当年在中山大学外文研究所的硕士论文，是吴尔芙夫人短篇小说的中译与评介，由我指导。他的译笔相当细致，也发表过新诗创作；近年来一直没有放下译笔，从这本《小毛驴与我》的中译看来，功力也颇有长进。且看《患肺结核病的小女孩》

一篇的末段：

> 我让她骑着普儿出来透透气。一路上瘦削、垂死的脸上睁大了乌黑的眼睛，露出雪白牙齿，笑得多开心。妇人都跑到门口看我们走过。普儿放慢脚步，仿佛知道背上驮的是朵脆弱的玻璃百合。兴奋和喜悦改变了小女孩的容貌，配上一身纯白的衣裳，看起来就像路过小镇赶往南方的天使。（I offered her Platero so that she might have a little outing. What laughter came from her sharp deathlike face, all black eyes and white teeth, as she rode him! The women came out to the door-ways to watch us go by. Platero would walk slowly, as if he knew that he carried on his back a fragile glass lily. Transfigured by fever and joy, the child looked in her pure white clothes like an angel entering the town on her way to the southern sky.）

这一段化腐朽为神奇，真是希梅内斯笔下的美文，但看英译已经十分精彩，中译也不示弱。第一句是上佳意译，简洁而且自然。第二句把 as she rode him 译成“一路上”，也是巧妙的意译，同时把它从句末移到句首，也有必要。第三句的“走过”并没有错；但可以想象，“我”随行于侧或牵驴于前，固然是走，女主角却是骑在驴背，不能算走，所以不如改成“路过”。如此一来，后文把 entering the town 译成“路过小镇”，也就前后呼应了。末句把 transfigured by fever and joy 译成“兴奋与喜悦改变了小女孩的容貌”，也很不错，只是长了一点，而且 transfigure 还有“改得更好”的意思。句末的 on her way to the southern sky 译成“赶往南方”，大致上也已称职了；不过 sky 是呼应“天使”的，强调病人超凡入圣，焕然一新，白衣飘举，直欲飞去，所以不应省略。也许末句可以稍加调整如下，不知译者以为如何：

> 小女孩因兴奋和喜悦而焕然改观，再配上一身纯白的衣裳，看起来就像路过小镇赶赴南方云空的天使。

本书有不少地方意译得相当巧妙，但也有一些地方，正是诗意所寄，却要直译才能奏功。例如《夏》的第二句：The cicada is sawing away at some pine, for ever hidden. 译成“蝉一直藏匿在松树里鸣叫”。sawing 在此有特殊的听觉效果，不宜泛泛译成“鸣叫”，可以径译“锯木”。又如《酒》的第三句：Moguer is like a wineglass of clear heavy crystal which, the whole year long, beneath the round of blue sky, awaits its golden wine. 译成“莫格尔像一只厚重的透明水晶杯，终年在圆顶苍穹下等待玉液琼浆”。golden wine 其实应该直译，因为后文至少有三处把它跟阳光联想在一起；同时，“玉液琼浆”乃习用的成语，也失之泛泛。

但是在《惊吓》一篇里，画面是孩子们正在晚餐：The little girls

were eating like women; the boys were talking like men. In the background, nursing a baby boy, the beautiful young blond mother was watching them with a smile. 译文是："小女孩像妇人一样吃饭；小男孩像男人一样交谈。在背景里，年轻貌美的金发母亲给一个男婴喂奶，含笑眷顾他们。"在此，"在背景里"却嫌太过直译，不合中文常态，不妨改成"在一旁"或"在背后"。此外，即使不计吃奶的婴儿，房里至少也有四个孩子，译文里却似乎只有两个，在这种情况下，"小女孩"和"小男孩"后面各加一个"们"字乃有必要。

英文的名词常用多数，中译有时可以不理，有时却应加处理。例如《欢乐》一篇的末段有这么一句：Clear afternoons of autumn in Moguer! 译文是："好个莫格尔秋日晴朗的下午！"好像说的是某一个下午而已，但是此地的 afternoons 却是多数的，如果译成"莫格尔秋晴的下午总是如此！"当较合乎原意。

以上举例分析，只在说明译事欲求其精，永无止境。除了少数可以挑剔的瑕疵，林译的这本《小毛驴与我》实在是相当称职而时见妙趣的译文。读者若能中英对照细读，必当获益不浅。林译本遇有西班牙的专有名词，译音例皆正确，足见用功之勤。真希望有一天林为正能比照希梅内斯的原文，修订出一个更完美的直接译本来。

二〇〇〇年八月于康州威士顿

光芒转动的水晶圆球

——悦读陈幸蕙

幸蕙遍读吾诗，发而为论，三年有成，即将出书，索序于我。最初在《幼狮文艺》上见到这些评介，以为作者只是偶一为之。后来竟然越刊越多，后劲甚至转强，这才发现其来有自：原来我全部的诗作，我“右手的缪斯”，我的肝胆所示、膏肓所隐，梦与潜意识所窝藏、所包庇的一切，全都落入了她的设计之中。其结果便是这一部洋洋大观的《悦读余光中》。幸蕙做事，一向贯彻始终，井井有条，明媚的笑声却以坚定的意志为后盾。她寄来的五百多页原稿，捧在我手上，分量不轻；称在我心上，意义更重。在诗人节的前夕收到这一份重礼，令我既感且佩。

一路读下去，我的命运在她的水晶圆球里简直无所遁形。水晶的光芒转动着，似乎在阅读我的病历表、X光片、心电图、年轮横剖面、地震仪记录。原来就是我，指纹与足印，投影与回声，从少年到老年。

在《蓝墨水的下游》后记里，我形容自己的评论文章“像是探险的船长在写航海日志，而不是海洋学家在发表研究报告”。这本《悦读余光中》却介于两者之间，在选诗之外更附上赏析，赏的部分多用感性，而析的部分多用知性。大致上理论不多，术语也少，所以幸蕙才能更亲近读者，以朋友与同好的口吻向读者娓娓劝诱。

这当然不是说幸蕙不会搬用理论与术语，也不会详加注解做学术的打扮。她只是不愿离间作者与读者，把读者吓走罢了。遇到背景牵涉较广、典故用得较多，或是诗意较为曲折的作品，她也会展现学者的一面，或直接追本溯源，或层层揣摩情理，或用其他作家的作品，或用我自己的其他作品——不限于诗，还引用散文或自序之类——来交互印证。有时她论得尽兴，对一首诗或一组诗的诠释，会洋洋洒洒写上好几千字，像主题综论的《离乡者日记》《诗人的自画像》《永久地址》几篇，旁征博引，竟都长逾万言，均可见证她用心之深、学力之厚。

看得出，我的全部作品幸蕙都熟读了，尤其是那十八本诗集，所以无论她赏析我哪一首诗，都有把握将它归类到我的什么主题或诗体，且能举一反三，引述我曾有哪些相关的诗句，以供参照。遇到某诗与我的经历、环境或信念密切相关，她也会不吝篇幅，将来龙去脉细加爬梳。也因此，这本《悦读余光中》也不尽然止于导读，有时甚至还有一点评传的意味。

此书赏析我的诗作，原诗全文引录者六十多首，部分引述或零星摘句者，大概两百首，所涉甚广。值得注意的是：幸蕙选诗，不尽“唯名是从”，往往反而“蕙”眼独具，会挑出一些评家很少注目的“冷作”或未及注目的新作，令我惊喜。诸如《两个日本学童》《东京新宿驿》《鱼市场记》《一双旧鞋》《在多风的夜晚》《五行无阻》《春雨绵绵》等均属此类。七首之中，除《东京新宿驿》《五行无阻》及《春雨绵绵》之外，其余均未列入我自选的《余光中诗选第二卷》，却能获得“蕙”眼垂青。其实，以逸待劳的评家只要向我的两本自选诗集里去挑，岂不省力？幸蕙如此仔细、认真，偏向我秋收之后的麦田去拾穗，无意间却暗示了我的力耕是经挑的，让我深感“功不唐捐”的安慰。

最出我意外的，是她的青睐还“惠”顾到《绝色》与《水草拔河》。《绝色》收进我最新的诗集《高楼对海》，还没有评家论过，我却深心自珍，认为设想不俗，感性中颇具知性。幸蕙显然也有偏爱，所以析之甚详。《水草拔河》刊于两年前的《人间副刊》，迄未收入我的诗集，不料竟被幸蕙剪存，而今“用在一朝”，也足见她阴谋已久。

幸蕙在卷首的《答客问》中，说明撰写此书的最初动机，就是单纯的喜欢，进而要和读者分享这经验。“有乐同享”正是热切的读者最基本的愿望，应该也是许多评论家原始的动机。不过幸蕙在此书中所做的，也不全是单纯的导读、诱读。她所写的其实包括诠释、溯源、比较等几个层面。她的诠释较富感性，指点“此处风景特好”，像一位自得其乐的导游。到了溯源的层面，她就会认真交代场合、背景、典故，等等，像一位踏实的学者。而到了比较的层面，她就会站在更高处放眼古今，就文学史的宏观来对一首诗、一组诗，甚或对诗人的全部作品，做价值判断，那便是真正的评论家对时间提出的报告了。

但是在做宏观的价值判断时，幸蕙却再三坚守一个原则，那就是一首诗的终极价值不在其信念是否“政治正确”，而在其艺术是否完美无憾。所谓“政治正确”，乃指某时某地，某种意识形态为当局或主流社会所肯定，但事过境迁，其价值观往往会改变，甚至被另一“政治正确”所取代。所以“政治正确”而艺术贫血的作品，终会沦为标语口号，成了宣传的消耗品。

艺术若不能超越“政治正确”而行远传后，其价值就有了问题。幸蕙在展现宏观之际，并不逃避“政治正确”所涉及的敏感话题。她主动提出这问题，正反分析，并向艺术的价值寻求答案。在这种时候，就可以看出本书的作者不但是一位有见解的评家，而且是一位有担当的论者。幸蕙以散文名世，但是在文学批评上也下过功夫。从一九八四年到一九八八年，她曾经一连五年独力编选尔雅出版社主持的《年度文学批评选》，不但卷首有序，每篇文末有编者按语，而且卷末还详列相关数据，对于评论的敬业，成绩可观。

不过，评论的谨慎与细致，并不能掩盖幸蕙身为散文家灵动清雅的风格。《悦读余光中》书里有不少段落，虽然旨在赏析与诠释，而娓娓道来，却有抒情小品的韵味。

《西螺大桥》引出她这样的感想：“而就在那年春天，诗人与桥一场意外美丽的邂逅，大哉西螺！竟以一种力、美、意志，与绝对清醒、酷静、刚悍不屈的强者形貌，震撼了诗人，在天地间煌煌然向诗人说法。”

在卷首的《答客问》中，她自述每天在桌前如何撰写此书：“常常，我会听到窗外有鸟叫声，屋里，四只猫都各在它们认为最舒服的位置或角落安睡，我的心总很宁静，觉得很幸福。”

谢谢她悦读余光中，让我能悦读陈幸蕙。

——二〇〇二年七月九日

散文也待解梦人

——序陈幸蕙的《悦读余光中：散文卷》

在《悦读陈幸蕙》一文中我曾说过："幸蕙做事，一向贯彻始终，井井有条，明媚的笑声却以坚定的意志为后盾。"果然，在《悦读余光中：诗卷》出版六年之后，也是在端午期间，她又完成了其续篇《悦读余光中：散文卷》，仍然交给尔雅，将于七月出书。

《散文卷》的风格依然维持诗卷的特色——平衡与兼顾：有微观也有宏观，有专注也有融贯，有欣赏也有分析，更重要的是，有比较也有评价。她的功夫下得很深，不但遍读了我的散文，更旁及我的诗作与评论，所以无论是主观的欣赏或客观的分析，都能举出我相关的诗篇或论述来并比印证，真的是打通了任督二脉；不像有些学者，论我诗时目中不见吾文，论我文时目中不见吾诗，未能"牵一发而动全身"。幸蕙于我的诗、文，无论是主题或文体，都熟极能详，历历如数家珍，令我自己都常感惊讶。在我心灵的地图上，潜意识的暗礁间，她来去自如，根本不需要我签证。她熟悉我的藏宝箱都藏在哪里，箱里藏的是什么东西，伸手一取，果然就是。十分反讽的是，我自己的梦境，有时竟然要靠她来导游。

身为“事主”，我一路悦读幸蕙这本散文卷，心情颇多起伏：读到感性的片段，好像遇见激动的粉丝；读到中肯的片段，好像发现清醒的知音；而读到坦率的句子，又似面对严肃的学者。不过前两种情况还是居多，有时我还希望她的称赞能稍加节制，以免“溢美”，而且较易“取信”。但是另一方面，我又担心她果真“收敛”起来，把赏心乐事拗成学术论文，演成意识正确、理论先导、附注连篇、评价虚玄的大阵仗，反会失去自然，而令一般读者不愿亲近。

美国评论家柯能伯格（Louis Kronenberger）在《批评与欣赏》一文中早就慨然指陈：

> 批评原是最高尚的职业之一，可是有时候批评家自己也和受批评之害的读者一样，对批评极感厌恶。批评家对于永远坐在审判席上感到畏缩，对于经常要决定判词感到心烦。尤其是因为审判总是这么冗长，而被告总是这么乏味。有时批评家实在也乐意换批评为欣赏……实在也是因为我们生活在这种时代的关系——在我们这时代，文学已经沦为科学；古人相信天才的步履轻捷，今人考验天才的可靠方式却是：看天才步履是否沉重……一个人应该以感激的心情去推荐使自己快乐过的东西；此事本来就很有

意思。当然，别的一些工作——诸如解剖你厌烦的作家，或者压低你认为名过其实的作家，或是凌迟你厌恶的作家，也会有非常实际的益处……可是如果你去研究柯内叶（Pierre Corneille），因为你嫌他沉闷；或是探讨卡莱尔，因为你讨厌他；或是你攻击歌德，因为你认为他名不副实：这种研究却有一大不利，那就是，你必须把他们的书读完。你必须努力奋斗，至少也得沉住气读下去……相反地，欣赏不会像批评那样沦你为自我主义者，更绝不会害你做殉道的烈士……可是如果你不小心，欣赏也会使你显得愚蠢可笑。高明的欣赏绝不敢放纵自己：尤其因为在欣赏的文章里，我们的写作没有正式的限制，加以我们的身分既是辩护人而非法官，就必须维持最严格的分寸。兴酣意满固然是一大优点，但夸张过火却沦为一大危机。欣赏的文章不怕你对自己拥护的作家写一点抒情诗，却容不得你写虚构小说。

柯能伯格的文章十分精悍，可惜我只能酌量节引，幸好全文我早在四十多年前已经译出，不用临序再费手脚。这一段引文对幸蕙和我都大有启示，而对于今日的文坛、学界也不见得没有益处。

幸蕙在这本《悦读余光中：散文卷》中，投入了六年的心血，真是一大工程。但她实际完成的，还不止这些，因为还有不少赏析我游记的文字，近年陆续刊于《明道文艺》，限于篇幅，未能收入本卷。尽管如此，她在本卷对我的散文，详述而又细品的，从《九张床》到《娓娓与喋喋》，多达四十五篇，约占我散文产量的四分之一。其中牵涉的文类，从小品到大品，从纯情文到夹叙夹议的杂文散论，品种繁多，足见散文卷之散文一词，是取其广义。至于书中卷五各篇，则通论我的十一本散文集，言简意赅，实为一串迷你书评。

一生的著作有这么多知音来悦读，悦读之不足，还要赏而析之，评而介之；赏析评介之不足，还要集而成书，求其播远传后，令我十分感动。幸蕙推荐诗卷之不足，更益之以散文卷，实为知音之中坚。尔雅出版社先后推出这两卷《悦读余光中》，也给我莫大的鼓励。这么多年我一直创作不断，固然是因为志趣所在，不吐不快；另一原因正是不忍辜负这么多知音对我的期待，不能让他们的预言落空、美言溢美。他们把我的箭靶立得那么远、那么高，我怎么能袖手，任其有的而不放矢呢？所以八十岁了，这支笔还不能就放下。

——二〇〇八年六月十五日于西子湾

种瓜得瓜，请尝甘苦

——读詹澈的两本诗集

1

在五十年代中期出生的诗人之中，詹澈该是“晚成”的一位。陈黎、向阳、焦桐，远比他更早成名。其实早在七十年代中期，他已经在《草根》及其他刊物发表诗作，但是要等《西瓜寮诗辑》陆续问世，才引起广泛的注意，至于连获诗奖，更要等到九十年代后期。比较重要的诗选，除了九歌版的《新诗三百首》以外，其他如书林版的《台湾新世代诗人大系》、九歌版的《新诗二十家》，甚至九歌版的《中华现代文学大系——台湾：一九七〇至一九八九》，都未选詹澈的诗。其实《新诗二十家》之中，有三四家的成就未必超过詹澈。

詹澈生于彰化，童年随家人迁往台东，后来不但毕业于屏东农专，更追随父亲务农，成为夜宿西瓜寮的果农，终于成为农会甚至农民运动的中坚。于是“农民诗人”的光环就落在他的头顶，成了一顶桂冠，或者一顶瓜帽。

詹澈长年定居在台东，而且像西瓜一样匐地而亲土，其诗有如瓜茎瓜藤，牢牢地密密地紧缠着那一片后土。被称为“农民诗人”，自然当之无愧。他的身分与位置离台北的文坛最远，在黑色钢琴的都兰山下，他大可据地自雄，独揽“农民诗人”的头衔，做一个定额占缺的诗坛藩镇。

可是詹澈无意把瓜皮帽戴成桂冠。在《西瓜寮诗辑》的自序中他说得很明白：“我被定位为‘农民诗人’……尚有一点不满足，这大概是一个创作者与评论者间必然会有的距离，只因为我不想只是成为一个‘农民诗人’，而是作为一个‘诗人’，例如陶渊明与郑板桥、弗洛斯特或里尔克，惠特曼与艾青、歌德或叶慈。”

詹澈一口气举出了八位诗人，其中陶渊明、郑板桥、惠特曼、艾青都亲近平民，有民胞物与的胸怀。陶渊明是一位热心的隐士，兼有儒家的关怀与道家的超脱；郑板桥为灾民请赈而罢官，也是提得起放得下的仁者；惠特曼不但同情平民，甚至拥抱一切生命；艾青对中国北方的农村有深情，也有热血。至于弗洛斯特，表面上似乎是新英格兰的乡土诗人（regional poet），其实他就近喻远，以小喻大，不过把新英格兰当作发言台，所言往往在天人之际，有埃默森形而上学的妙旨。

《西瓜寮诗辑》的作者没有提到爱尔兰的彭斯（Robert Burns）。彭斯不折不扣，倒是一位生于农村耕于农村的诗人，可是他的诗并不限于农村。他不但是情诗高手，也擅长写爱国诗、讽刺诗、谐谑诗。他的乡土诗往往洋溢民俗的喜悦与生趣，并不怎么突出悲情，例如《汤姆遇鬼记》（*Tom o' Shanter*）就是冶恐怖与谐趣于一炉的叙事诗杰作。《惜往日》（*Auld Lang Syne*）歌咏友情的历久弥笃，久已成为世界上最有名的骊歌，甚至是最有名的民谣。在法国革命的感召之下，他写出歌颂匹夫尊严的进行曲《何足道哉》（*For A' That and A' That*）。这么多彩多姿、生气蓬勃的民族诗人岂仅是苏格兰之子，岂仅是农民的代言人？彭斯已经属于全世界，简直是世界公民。

梵高也是如此。早期他在故乡荷兰与比利时常画农夫、农妇、渔夫、织工、矿工；代表作《食薯者》如魔如魅的画面正是矿工之家的苦味晚餐，但那苦味却令人愈嚼愈甜。梵高最美的一幅农夫画像是《农人艾思卡烈》，在他逝世百年的回顾大展上，这幅杰作与另两幅画像——《诗人巴熙》《情人米烈》——并列，正好说明他用心的对象不限于某一种人。其实他笔下的邮差、医生、店主、兵士、妓女、妇人、少年等无不眼神栩栩、性情流露。他的星空颤动成光的旋涡，他的向日葵暖到人心深处，那么透熟热烈，简直是大地所生、太阳所宠。

梵高的艺术已经超凡入圣，化朽为神，升到了宗教的境地，所以能越过种族、阶级、时代的局限。说他是农民画家或工人画家，反而把他看窄了。

詹澈说自己不甘仅仅定位为农民诗人，说明他选择的诗路是宽阔的，并不自限于田埂之间。在《西瓜寮诗辑》的自序里，他叙述有一次吴晟和他讨论农村诗的得失，他坦白指出吴晟的近作“在语言上仍保持他惯有的质朴与口语风格，但在内容上强化了批判，因此在诗的质素上较淡了，好是好但不够好”。又说当时吴晟“质疑为什么同样写农村与农民，我（詹澈）的作品在这几年起了变化，有些让他不懂，他似乎不赞成我的变化”。

这一段对话很有意义，对厘清“农民诗人”的身分颇有价值。吴晟认为他写诗是为了抗议政客破坏生态，所以要写得让人看懂；詹澈则认为批判现实与经营诗艺之间，应保持微妙的平衡。

和一切艺术家一样，每个诗人都有其所属的社会背景，甚至更代表了不同的意识或价值，但不能因为他立场正确或代表性强，就可以在诗艺上从宽评分。写诗不是棋艺的“让子赛”，也不能像政治分配一样设保障名额。在亚波罗面前，各行各业该是机会均等的。詹澈不愿被“农民诗人”的标签贴死，宁愿在同一起跑线与所有诗人赛跑，表示他对自己的诗艺抱有信心。

詹澈与詹朝立虽然是同一个人，但身分各有不同。詹朝立可以带十万农民上街，詹澈却只能独自一人入诗。诗人不能揩农民领队的油。

《西瓜寮诗辑》封面内页对詹澈的介绍是：“他是现代知识分子，是农运推动者，也是传统的农民诗人。”这三重身分构成了诗人詹澈的“圣三位一体”：农民身分给他经验；农运推动者身分给他热情；诗人身分给他思考，令他高瞻远瞩。

和其他艺术家相同，诗人乃民族想象活力之维护者与解放者。诗人的筹码是文字，他的元素是自己民族的语言。他应该认真探讨自己民族的语言究竟有多大的能量，并且试验自己能运用那能量发出多大的力量，以完成多大的功绩。物理学上的“化能为力，运力成功”，对诗人该有启示。

一切艺术的创作，除了知识与经验之外，还有赖想象。所谓想象力，源自天真未泯的童心，亦即好奇；好奇导向了解，了解导向同情，同情到了深处变成认同，于是寸心便可纳造化，方寸便通于大千。所谓“民胞物与”，不但是仁者之至境，也可以是诗人的心情。唯想象开放而畅通的心灵，始能越过“人我”与“物我”的边防，自由出入于“主客”与“真幻”之间。

诗人的功力在于用文字做护照，在现实与想象之间可以出境又入境，来去自由。就凭这公然走私而不失妙手的障眼法，他能将“美”带入境来，给我们一次又一次的惊喜。理想的诗人应该有这么广大的神通。

2

在《堡垒与梦土》一诗中，詹澈把西瓜园喻为梦土，而西瓜寮比作堡垒。诗意便在虚实之间左右逢源，迂回前进，一个分神，西瓜竟都埋伏成地雷，令人吃惊。虚实之间几度反复，战争在童话的背后演习，超现实的惊骇效果简直可入达利恶魔的画面。其实就堡垒与梦土两个意象而言，堡垒之坚实与梦土之缥缈也形成鲜明的对照，虚实之间令人想起堂吉诃德以风车为巨灵，当羊群为军队。

《有时会带一本书》用恬淡而从容的口吻，描写作者自己在西瓜寮里偷闲翻书的心情，足见瓜农的生活里未必容不下一个现代的"读册郎"。闲翻的书从《史记》到《地藏王菩萨本愿经》，从《资本论》到《毛语录》，把封建的、迷信的、前进的书都包罗在内，足见这位果农读物之杂，与《吾乡印象》的种田人颇异其趣。

至于《与夜河平行》一首，写一个自然人在辛苦了一天之余，委身于神秘的夜色与性感的河水，其境在天人一体、物我相忘之间，更与革命啦农运啦意识形态啦无关，毋宁较近于惠特曼与聂鲁达。其中描写作者在河滩下游赤身仰卧，"耳朵和鼻子都浮出水面／水线紧贴手肘顺流过脚尖／眉心和鼻端对准丹田下翘起的准星"，天真而有谐趣，颇近陶潜"纵浪大化中，不喜亦不惧"的气派。其后的两行，"夜用光犁开银河／溪河被弯月切出两岸"，也有童话拟人格的美感；但是能想到动词用"犁"字，又将弯月隐喻镰刀，恐怕还是得力于务农的生活吧。

3

《海浪和河流的队伍》收集詹澈从一九九八年迄今的近作，共六十二首，分为两辑：第一辑《东海岸速写》占三十七首，正如辑名所示，多以台东沿海，尤其是都兰山影卑南水声之间、本乡本土的自然景色为题，吞吐的场域极其壮阔。造化在昊天与沧海之间，郁郁垒垒、堆栈着筋骨裸露的无穷石阵；到了詹澈笔下却少柔美的抒情，而多阳刚的刻划，几乎刀刀见骨，有如板画。于是受伤的石体骇目惊心，成了受伤的人体，像在控诉。《石头山》这么诉说：

钢的机械怪手，背后的权势
突破所有禁令
从它脖颈开始挖掘
从耳腮挖向太阳穴
向海洋的歌唱变成向天呐喊
石头山，突兀而美丽的地标
受伤的头颅，东海岸山脉的起点
在两种海底板块之间浮起
在两种上升的力量上面
一面歌唱，一面呐喊

拟人格（personification）的比喻和动力学（kinetics）的叙述，是詹澈惯用的手法。比较成功的例子可见《水往上流》：

亿万吨的山体静静使力
水流从鼠蹊和脚趾间出
一条透明银白色水蛇

匍匐在岩石上

向太阳出来的地方，往上爬升

短仅八行的《水的胎记》，把地理和人体虚实交叠，造成蒙太奇惊疑的效果，有海市蜃楼的魔幻：

站在长长的海岸线上

看见一个岛浮起海洋的鼻尖

站在那个岛上

看见岛的肚脐

站在岛的肚脐上

看见海洋脸上一颗痣

看见水的胎记

时间的伤痕

《陨石碑》短短十六行，设想奇诡，末段用平易的句法营造出神秘的传说，简直可入叶慈的诗篇：

据闻用陨石做墓碑的诗人

能在死后通晓天文

生前所写的诗句

都可以上奏到三十三天

成为一千年后
再生为人的注记

当然，这六行的诗意若由叶慈来写，句法该会更紧凑、老练。例如此诗的首段：

被陨石落印的山谷
下陷如一个墓穴
在前面的山头
应是那块陨石特大的墓碑
苍鹰靠近它
解读那些被宇宙线画刻的碑文

不但诗意高超，而且文字脱俗，可是如果换了叶慈或者弗洛斯特来写，后四行也许会更紧凑如下：

前面的山头
应是它特大的墓碑
苍鹰飞下
解读宇宙线画刻的碑文

《疾驰在东海岸公路》开始的两行，营造出一个非常生动的比喻，令人过目难忘：

东海岸公路慢慢弯成出鞘的刀
刀刃镶着一线夕照

可惜这比喻凭借的动词“弯”还未将动感发挥到极致。如果稍加调整，变成“东海岸公路慢慢抽弯刀出鞘／刃锋镶一线夕照”，不知作者以为如何？其实，我觉得作者在命题、布局、比喻各方面均有所长，思路与感性也颇可观，但在语言的掌握上仍有精进的空间。简而言之，诗意甚旺，但诗艺尚应加强，才能火候到家。

第一辑还有两首长诗，各长两百行左右。《海浪和河流的队伍》写阿美族的舞蹈，用短句上下并列，中间分出清湛的一线水平，隔岸的上下两截色彩交错、男女互动、形影交流，而时时用谐音贯串成趣，例如：

他们喊她们　她们撼他们
她们捍他们髀　她们的汉使她们汗

《瀑布抽打山的陀螺》写布农族八部合唱的天籁，都就地从大自然取材，受到瀑布、蜜蜂、陀螺、候鸟、闷雷的启发。此诗结构井然，音调流畅，善于利用谐音拟声，例如：

从无而旡，而芜，入乌而嗡
如瓮，山谷四面环壁
瀑布用手，以阳光撞击

全诗如能多人合诵，并突出音响效果，甚至佐以八音合唱，当有小小史诗的气概。此诗的题目就是十分生动的比喻，兼有视觉与听觉的感性。

第二辑《坐在共认的版图上》跨越了“后山”的背景，将关怀投向外岛与大陆，朝鲜、韩国与中国澳门，题材比较多元，流露出一个现代知识分子的担当。《金光大道》借用了浩然的书名，却用来赞美朝鲜、韩国领袖二金的握手：这一握，“让人类有史以来最大的军火商／再失去一个市场”。《噢，门》变奏回归中国的澳门，很富创意，结尾尤饶余味：“噢，门／可以自由开启／可以继续自由出入的门。”《问顶玉山》不但题目取得好，兼有“问鼎”与“攻顶”的双关，而且全诗通透明畅，令人感觉高处果然不胜其寒；末段尤见警策：

这峰顶上的座椅
已被时间磨成玉冠
被人间磨成锯齿
“一切的峰顶”从初生向死亡琢磨
一首诗真能割裂天空
（请倾听那听不到的声音）

这峰之锋
有风如刀
是海峡向东的屏障
是环太平洋岛链的最高

第二辑的另一特色是记述交游或专写人物，多达十一篇，多少都有画像的感趣。其中包括对岸的诗人艾青、舒婷、沈奇，此岸的作家商禽、叶维廉、吴晟、钟乔，学者吴潜诚等。这一类的交游诗无论在中国或西方的古典诗中都常见到，反而在现代诗中不但少见，而且难得佳作。多年来现代诗强调个人的孤寂、内在的独白、玄秘的冥想，诗笔早已疏远了交游赠答的诗艺。其实以人物入诗，尤其是以朋友入诗，需要平淡而隽永的诗艺，对诗人真正是一大考验。这类诗，现代诗人很少能工，正如抽象画家往往拙于画人像一样。詹澈这些诗中，当以写艾青的那篇《艾草》最好，因为此诗用朴素而清刚的笔锋追摹艾青那种版画似的自由诗体，颇得真传，首段与末段尤甚自然、有力。可惜首段末行“有过艾草未被燃烧前顽强的生命力”一句，如果省去“力”字，当更整洁、浑成。我一直觉得艾青是一位博大浑淳的诗人，但论语言的弹性与紧凑，则尚未达于至境。詹澈师法艾青已有所得，似乎可以“转益多师”而精益求精了。

第二辑也是全书最后的那首《河间人亡于瓜月》，是一篇上佳之作，也是现代诗亲情主题罕见的珍品，看似平淡，却寓深情于细语，孝思耿耿，孺慕眷眷，真有阴阳界上殷殷惜别的体贴与周到，令人泫然。这首诗的题目取得好："河间"是祖籍河北的古称，有慎终追远的深意；"瓜月"指夏季瓜熟蒂落，也贴合果农的身分，尤合于作者父亲逝于壬午年阴历六月的事实。同时七字之中，前面六字皆平声，末一字用仄声拉起，前面的"瓜"字又分外朗亮，所以音调十分圆浑。后四段均以同一叠句开端，而一连五段均为九行，既呼应又整齐，是挽歌有效的形式。全诗节奏低沉悠缓，意象有佛教的悲悯与超脱。贴耳细诉，足见父子情深。溪水东流，有时光不驻、归源返本之感，何况卑南溪甚至台东一切溪水原都东流入海。此诗最宜熄灯燃烛，在台上低声慢诵，当必十分感人。

——二〇〇三年三月二十八日于高雄左岸

别有彩笔干气象

——我读“怀硕三论”

何怀硕手中的那支健笔，不但能画，而且能文。他的书法也很俊逸：三十年前为我所写的黄庭坚水仙诗，一直高悬我客厅的显处。何怀硕当然是卓越的名画家，也是犀利的评论家，笔锋所至，广阔的题材如生命与社会，专业的领域如中西画史与画家专论，无不雄辩滔滔、趣谈娓娓、动人清听。

到一九九八年止，他的著作已有十三册，但其中有部分重叠，而一九九八年所出的“怀硕三论”，即《孤独的滋味》（人生论）、《创造的狂猖》《苦涩的美感》（合为艺术论上下卷）、《大师的心灵》（画家论），当为他一生评论核心。加上二〇〇三年新出的经验谈《给未来的艺术家》，评论家何怀硕的成就相当可观。

《给未来的艺术家》令我惊喜，因为所附的插图令人大开眼界，不但有中西现代画的名作，还有当代日本与中国的佳作，大多为我平生初见。而尤其令我兴奋的，是其中还包括何怀硕的最新作品《梦幻金秋》(二〇〇〇)与《观音山》三幅(二〇〇三)。另一新作《川端康成》肖像(二〇〇三)，继以前的《吴昌硕》《齐白石》《黄宾虹》《杜甫》之后，说明了何怀硕的人像画另有胜境，不容他当行本色的山水画完全遮掩。

《孤独的滋味》是何怀硕的人生论，是他在台港报刊所写的专栏中选出的六十六篇文章，题材自宗教到文化、从美容到嗜好、从自由到自卑、从悲观到快乐，有的形而上，有的尘世间，有的说理，有的抒情，显示作者兴趣之广、学养之富。大致说来，作者的态度是严肃的，却不时透出幽默，甚至冷嘲热讽，有时更正话反说，大做翻案文章。例如《说减法》一篇，就指出现代人物欲太重，凡事贪多，反为所累，所以若求心安理得，就应舍无餍的加法而行有守的减法。又如《说自由》一篇，开端跟鲁索抬杠，径说“人乃生而不自由”，因为时代、地区、家庭、体质、相貌等都已先天注定，不由自主。又说人之一生，孩时固然不能自主，老来又何曾能得自由；中间的青年与中年更是难关重重，沦为虚荣与贪念之奴，所以自拯之道只有在精神上超越这种种束缚。

何怀硕的文笔大致流畅自然，不时有警策之句；说理的时候不沦于单调，故有理趣，而抒情的时候则更见生动，富于情趣。例如《说今昔》这一段：

我们无法证明现代人爱情的“幸福”比古人更多更美

好，但我们能够证明过去的爱情更深、更痴、更持久、更专一、更伟大。我们的“物证”是过去留下给我们的情诗、情书、爱情故事比现代更多、更动人。

《说食色》一篇，在布局、条理、论析上十分紧凑、明快，但在细节的描写上却生动、活泼，洋溢着谐谑的腔调，可称幽默小品之绝妙上选。这种文章最难把握分寸，稍一逾越就会坠入恶趣，但作者采用简练浅明的文言，忍住冷面故作正经研讨之状，而读者却忍不住，早已爆发笑声了。且看此段：

饮食之行为，不论如何恣肆，也只是口舌齿牙之动作。粗俗与文雅，属于个人风度，大体而言尚能维持文明社会之基本要求，故饮食可行之公共场所，且可集体享用。性爱之行为则大异其趣。裸裎相向、性器交锋、全身动作、汗流浃背，甚且呻吟号呼，地动山摇。故注定只能由当事之两人，行之于密室。

《说昼夜》一篇其实以夜为主，简直是夜之颂，也是一篇上佳的抒情散文。文章一开始，就引《创世记》之说，说鸿蒙之初，渊面黑暗，神说要有光，光乃诞生，可见夜之存在先于白昼。文章及半，散文的宣叙调变成了诗的咏叹调：

> 夜也是鬼魂、精灵与一切神秘诡怪与幻想的发源地……如果说白天是儒法的世界，夜晚就是老庄的天下；白天是政经法商，夜晚是玄思、诗与艺术；白天是纪功碑，夜晚是忏悔录；白天是媚日的向日葵，夜晚是悄然自开的昙云。

到了文末作者更沉痛其词：

> 我不大敢看钟表，一看到凌晨已数小时，黎明在即，便觉得好像门外有拿着手铐的“差人”要将我捉拿，回到白昼的现实世界中去服劳役。

凡此种种足以说明，何怀硕不仅是人生世态的评论家，更是相当出色的散文家，甚至颇具抒情散文家的潜能。其实中国艺术的传统本来就有“画中有诗”之说，非但画境有诗，而且画上常常题诗，所以凡有中国文化修养的画家，本质上都是诗人，而会写抒情散文原很自然。所以在《绘画与文学》的长文中何怀硕就说：

> 诗为“精神理念”与“感性形式”之中庸，为客观艺术与主流艺术两端之和谐的结合。所以，我以为诗为一切艺术之灵魂。但这样说，似乎说一切艺术只是一个躯壳，我不是这个意思。换一句话来说，其他艺术与诗在最高精

神上是殊途同归。

我曾有《缪斯的左右手》一文，比较诗与散文的关系，结论是：“诗是一切文体之花，意象与音调之美能赋一切文体以气韵；它是音乐、绘画、舞蹈、雕塑等艺术达到高潮时呼之欲出的那种感觉。散文，是一切作家的身分证。诗，是一切艺术的入场券。”此意与怀硕之说当可互相印证。

怀硕的艺术论上下二卷，体大思精，是他专业评论的扛鼎力作。其中的五十多篇文章里，有些地方会相互重复，但是不论研究的是艺术的本质、艺术与其他领域的关系、中外艺术史观，或是个别艺术家的评价，何怀硕的论述都“吾道一以贯之”，基本的信念谨守不渝，那便是：一位艺术家努力的方向，应该是在民族性的本位上发挥自己的个性；如果越过民族性而要追求所谓的世界性，则不但民族性会被架空，而且会发现，所谓世界性实际上只是文化帝国主义泛西化的幻觉而已。但是在另一方面，中国绘画的传统累积既久，陈陈相因，对现代画家的压力太大，无论在题材或技法上都必须突破，所以向西方借石攻玉亦为生机。不过，取法西方只是一种手段，不能误为目的，否则就会丧失自己的民族性。同时也不必赶着西方的潮流一路追踪步武，成为西化之奴。中国绘画需要现代化，但西化不等于现代化：西而不化，就不能为现代化带来生机。美容，毕竟不是变化体质的健美之道。正如何怀硕在《说美容》一文中所说：“过度‘美容’的后遗症就是‘毁容’。”他更指出，改善中国绘画之道，也不尽在向西方取经。例如沿袭日久的文人画，养成了以简驭繁，以逸待劳，以不画为画，以留白为含蓄，以文人名士遗世忘俗自高，甚至沦绘画为文学雅趣之附庸。于是豪杰之士力图自拔，而有吴昌硕与黄宾虹向金石的铁画银钩去求古拙、任伯年与齐白石向民俗的江湖市井去求天真。

何怀硕的结论是：传统艺术要现代化，外来艺术要本土化。这个信念与我在文学上一贯的主张完全相同。

除此之外，艺术论中另有篇力作值得注意。《论“抽象”》一文长达二万五千字，正本清源地析论了所谓抽象的本质与来龙去脉，结论是抽象亦象，不过是世人少见多怪的显微微观或放大宏观而已，所以原则上也是具象的一种而非具象的反义。何怀硕继而指陈几何抽象画与表情抽象画之得失，担心所谓抽象画如果完全抽离了人文精神，势将沦为冷漠或纷繁的形式主义，不能感动观者。近年来我自己对抽象画与具象画之相对价值也已有不同的看法，认为具象画中如西方布鲁果的《雪中猎人》（*Pieter Brueghel the Elder: Hunters in the Snow*）或中国范宽的《溪山行旅图》，其博大深沉，仍为任何抽象画不能企及。

《大师的心灵》一书是何怀硕的画家论。此书使我得益匪浅，不但可以认识中国现代画个别的大师，更可进而窥探百年来中国画史的演变。何怀硕在近百年来的画坛名家之中，严格选出了八位大师，依次为任伯年、吴昌硕、齐白石、黄宾虹、徐悲鸿、林风眠、傅抱石、李可染。

八位大师均已作古，所以画坛地位较易评价。论籍贯，八人依次来自山阴、安吉、湘潭、金华、宜兴、梅县、南昌、徐州。其中浙江三人，江苏二人，其余湘南、广东、江西各一人；几乎都是南方人，而以江南最盛，占了一半。论年寿，除任伯年（55）、徐悲鸿（58）、傅抱石（61）三人未登耄耋之外，其他五人都过了八十，而齐白石、黄宾虹、林风眠甚至都过九十。因此何怀硕强调，长寿对大画家的自然发展，积渐为雄，实为重要的条件。他更指出，李可染生平的杰作大都成于四十岁到六十岁之间，其后二十年并无进境；但是黄宾虹一生的修炼，却要等到八十岁以后才灿然齐发，臻于他自许的“浑厚”与“华滋”。

何怀硕所选的这“八大”正好可以分成两代：前一代四人的年龄较为接近，其所以伟大，取法于西方者少而得益于主流传统之外的中华文化者多，可谓善于借俗反雅，或借远古以反近古。后一代四人的年龄显然与前一代差了许多：徐悲鸿就比黄宾虹小了三十五岁，但比李可染只大十二岁。而更大的差异在于，后一代毕竟去古更远而于西更近，所以对中国艺术传统的反省，得益于西方艺术的外援者较多。徐悲鸿得之于西画者，以印象主义以前的写实主义为主。林风眠之外援则得之于印象主义以降。以林比徐，显得“现代”多了。何怀硕独排众议，认为徐悲鸿虽不够“现代”，却将循序而进的写实主义之扎实功夫介绍了过来，未始无功。傅抱石的外援却来自日本，颇受日本近代画家中经过中国水墨画熏陶者的倒流冲激。同时，傅抱石在日本留学，也认真地学了西方的素描。至于李可染

“黑、满、拙、涩”的画面也常见明暗对比，浓墨之中每有神秘的水光树影，也隐含了西画的技巧。

何怀硕对自己所选的“八大”，从小就已敬爱有加，及长，更在感性的羡慕之外再加知性的钻研，因而行文之际学术的评析尽管严密，也难掩笔锋流露的深情。这八篇专论，简明深刻，虽然没有学术论文必备的注释，却都是扎实的好评论，也是生动的好散文。我读了两遍，深受感动。

尽管如此，在篇末的评价里，何怀硕在盛赞之余，仍不忘指陈大师的缺失。例如对李可染的评价，就指出他晚年实际上是不进却退，但是立刻说明有此现象的原因。最后何怀硕表示，李可染的技巧虽然圆满卓越，但人文精神的蕴蓄却相对稍弱。他说：

> 最好的艺术作品内容的意义与形式的意义应该声气相应；如果有所偏侧于形式的开拓，只要有创造性、有独特性，其价值还应得到某种肯定。基于这个观点，我几经考虑，仍把李可染列入近代大画家八人之一。

不过，李可染虽然“通融”了，张大千却未能列入“八大”。何怀硕在序言里花了两整页的篇幅，来说明何以名满天下的张大千不能入列。他列举的理由我完全赞同。我认为张大千的功力实在神妙，于传统技巧他无所不窥，真是一大行家，不愧西文所谓的 virtuoso（无求弗熟）。像毕加索一样，张大千也是一位妙手空空的“神窃”，不过张大千技能通神，可惜画中无我，而毕加索却能窃古变今，为我所用。

看得出，何怀硕心最仰慕的，是傅抱石。傅抱石风骨高古、气质雅醇，于中国微妙的诗境最为入神，对怀硕的感召显然颇深。也难怪怀硕给了他最高的肯定。

《大师的心灵》一书，由一流的名家来细说他孺慕的前辈，诚然高明，但所附的插图也选得很丰富，可以大开读者的视野。例如傅抱石的那幅《湘夫人》，印证的诗境是“袅袅兮秋风，洞庭波兮木叶下”。那帝子绰约的丰姿，那漫天降落的枫叶，衬着洞庭层层迢递的风涛，那种神秘的清淡高雅，虽然没有波提且利的《维纳斯之诞生》那么富丽、性感，但其微妙的魅力却不逊色，连屈原见了，怕也会惊艳不已吧？好在枫叶没用艳红着色，否则就堕入商业气息的陋俗了。

——二〇〇四年七月

序短贺寿长

——读夏菁的《可临视堡的风铃》

在我的作家朋友之中，相知已达半个世纪的夏菁，应在少数至交之列。结交之初，我们都住台北，而且都在城南，来往方便，见面频仍；共组“蓝星诗社”以后，更是如此。其后我们先后去美国读书、教书，工作动静不一，良会遂少。一九六九年我初去丹佛，曾往机场接了夏菁、杏涓，并开车送他们伉俪去更近落基山麓的可临视堡。其地背负巍巍众岳，俯临一展千里平铺数州的中西部大草原，真是大可临视。当时却未料到，此情此景，日后竟是故人晚年吟咏终老之乡。一九八五年，我们夫妇同去该地，在夏菁府上一宿，并享受了杏涓的美肴。他家轩敞明净，花木怡情，加以落基雪峰皑皑在望，令我油然而羡老友终于“欣托有庐”。

果然，《可临视堡的风铃》印证了我的预感：此集的八十篇散文小品正是作者从一九八八年到二〇〇二年的十四年间在他的“边堡”

与“雅庐”中俯仰天地的所感所思。

夏菁将这本文集分成两辑，自谓前辑的五十一篇文章，以生活环境、时代省思、旅游观感为主题，后辑的二十九篇则记述人物、友情、家庭。简言之，即前辑写地，后辑写人。其实两者很难区分，只是有所偏重而已。我倒觉得，这八十篇小品可以更加细分，成为自述、亲友、记游、妙想、杂论五种，每种都有代表的佳作。

自述的作品当然很多，《自剖》《只炒此一回》《风水生涯四十年》《折腕度年》《沧桑罗马行》《皎皎儿时月》都是佳例。其中《风水生涯四十年》一篇，顾名思义，容易误会是作者做过风水师的回忆；读后才笑悟，原来所谓“风水”是指作者以水土保持专家的身分，四十年来为自然生态防风治水的事业。足见夏菁取题每有妙趣。他例包括《拨钟入春》《男女无别》等篇。《折腕度年》《沧桑罗马行》两篇自述生平两大劫难，在记叙肉体受苦的过程，却少见怨愤而能豁达自宽，甚至不掩谐趣，是夏菁性情使然。

亲友一类可以《战争与母亲》《赏花人语》《梁门雅趣》《圆桌》等为代表。其中梁门是指当年我们常联袂去拜见的梁公实秋，战争是指抗战。《赏花人语》因花及人，描写到素有“绿手指”的夫人杏涓，最富鹣鲽情趣。《圆桌》则为“蓝星诗社”的几位诗人素描了侧像，虽未提名，却不难猜。

作者曾任联合国粮农组织专家，为了促进环保，去了不少国家，所以本书记游之作亦多，仅江南之行就有四篇，其他如美国、牙买加、土耳其、圣卢西亚等地也都入了游记，而以《土耳其之行》最饶谐趣。

至于妙想之类，则以《壁虎和黄昏星》《啄木鸟》《最长的一日》与《臆测未来》同题三篇为代表。《壁虎和黄昏星》与《啄木鸟》均洋溢着想象，非诗人无能为力；《啄木鸟》更饶谐趣。至于《臆测未来》三篇，夏菁凭他科学的素养、博览的见闻与活泼的憧憬，描绘出第三个千禧年的新世界；这种文章我就写不出了。其实《江南之游》的第三篇幻想葬身的几种方式，也设想奇妙。

杂论一类的文章包罗很广，但大致都因作者久居美国，深知这世界首强在“进步”之余亦难掩病态与隐忧，所以在负面着墨较多，俾东方国家警惕。《下午三点以后》《养不教，谁之过？》《向哥伦布算账》《男女无别》《都是计算机的错》等篇皆属此类。

半世纪前，夏菁和我同拜于梁实秋先生之门，受益不浅。梁公咳唾生风，庄谐并作，有时我阳奉阴违，不尽听信。我要译《梵高传》，他说节译便可，我却全译。我去美国，他劝我不可开车，我却学了也开了。梁公为文，以短为上，崇简洁以为美德，所以“雅舍”文章罕逾两千言者。这一点，夏菁却力行终身，我则另有打算，竟上了梁公力斥而徐志摩力探的“跑野马”之征途。

不过，两千字以内的小品，仍有够大的乾坤可供散文家发挥。夏菁在如此的篇幅里也写出了不少耐人寻味的作品，例如《剑道即人道》就是一篇知性明澈、论析中肯的文章。《出门趣事多》写他在今日大陆旅行的四次经验，有负面，更多正面的同胞感情；其中《岳王庙的奇遇》一段饶有旧小说的趣味，而《卧车中的礼让》更兼有幽默与同情，没有夏菁谦让而温厚的天性，是写不出来的。书中的佳句妙语可引的不少，例如《只炒此一回》自述在美国夸口要大请客，手艺却毫无把握，而客人已闻香将至："忽然惊觉到名单已备，菜单还在虚无缥缈之中。"《土耳其之行》写该国币值太低，动辄五六位数字；夏菁建议他们减去几个零，该国官员竟答："这样，我们就做不成百万富翁了！"

当年夏菁和我同在台北，曾发豪兴，相约八十岁同登泰山赋诗。那时只道岁月尚多，夸下海口再说。可惊觉弹指间已到了眼前。泰山早已在等待人了。明年秋天夏菁就是一位 octogenarian 了，且以此序预为故人贺寿。

——二〇〇四年八月

指点迷津有书迷

——序李炜的《书中书：一个中国墨客的告白》

中国文化悠久，典籍浩瀚，读书人藏书既多，乐于坐拥书城，品味书香，日日俯仰其间，但与鸿儒交接，更成了书痴。《晋书》说皇甫谧“耽玩典籍，忘寝与食，时人谓之书淫”。所谓书香，不仅是指纸张与油墨的气息，更可喻文化熏陶的气氛。那当然是指中国的线装书。

至于向右阅读向左翻书的洋装书，有没有书香呢？当然也是有的，对于本书的作者李炜来说，更加如此。从这本《书中书》看来，李炜读过的西书应该十倍于我：他说到的欧洲作家，例如但丁的时人切科·安杰奥列里，我就前所未闻。李炜说到他时，也不是当作僻典杂学拿来炫耀，而是拿来与但丁对照，说明经典名著的光芒，也可能遮没了一些值得后人欣赏的佳作。

《书中书》一共谈论了三十位西方作家，其中英语国家的有九位，其他的二十一位里仅聂鲁达是智利人，余皆属于欧洲大陆。至于时代，则兼容古今，远则荷马、修昔底德、西赛罗，近则涵盖二十世纪。论身分包罗诗人、散文家、小说家、评论家、思想家。三十篇的命题也别出心裁：先则提出人名，后则应以相关的观念。人名也有一些例外，像浮士德，其实是许多传说依附而成的人物；像阿喀琉斯，根本是史诗的英雄；再像娜德希塔，乃是俄国诗人曼德尔施塔姆之妻。

李炜虽然年轻，西学之博中有精却相当惊人，令我想到钱锺书，不过钱公另有国学的深厚，非他人可以攀比。除了三十篇的题中人物之外，《书中书》涉及的名家与非名家至少百人。这么多人穿来插去都各得其所，或旁征主题，或增加风趣，为全文推展之所需。有时作者意犹未尽，更左右逢源，添上旁白，就像正餐之余再上甜点，足证厨房里异味尚多。

这些文章当然不是正科的论文，但是都深入浅出，娓娓道来，自然而又亲切，像是在抒情，又像是在说故事，其实背后的道理十分深沉，足以延伸为令人心烦的长篇大论。作者往往从小处、近处或侧面切入，似乎在讲一件趣事，但几经峰回路转，竟把读者带进了主题。所谓的小处或侧面，有时是一封信，有时是一段日记，有时是一段对话，把作者和他的朋友抬杠的问答编成了一幕小戏。

李炜的文体活泼生动，少见学院派面无表情的严整长句，在句法上颇有弹性，而遣词用字也多用简短浅近的语汇。这手法在他对戏剧性的主客回答之中，尤为奏效。另一特色在于他的幽默与想象，说明他如果转而从事创作，也当有优异的表现。他认为阿喀琉斯非但不是什么英雄，反而只是自私的佣兵，所发之盛怒也不是出于正义，接着他忽然说："如果阿喀琉斯生于今日，监护人一定会让他去参加什么研讨班，学习如何收敛脾气。"谈到纳博科夫与威尔逊对亨利·詹姆斯的小说意见相左，李炜又说："有些人的成见如同金刚石一般顽固，几乎可以用来切割玻璃。"

在评论浮士德与魔鬼交易时，李炜想象如果他自己要跟魔鬼谈条件，至少应坚持要一辆"火红的法拉利"；英文的原稿是"a fiery-red Ferrari"，双重的头韵可比美霍普金斯（G. M. Hopkins）与乔伊斯，可惜中文译不过来。

《书中书》是一位才学出众的书痴写给天下书痴共赏的一部奇书、妙书、绝书，在网络要颠覆书香的今日，尤其值得所有的"读书人"来细读。唯一的遗憾，是书中的绝妙奇文几无一字道及中国的墨香、书香。只能寄望墨客未来再出一本续集了。

——二〇〇六年十一月二十四日于高雄

故国神游

——序《历代散文名篇》

在波澜壮阔的中国散文之中，游记是非常独特的一类，但是散文家未必都擅写游记。散文家有专才与全才之分。专才或善于议论而拙于抒情，或适相反；全才则无论知性的议论或感性的抒情，都游刃有余。游记在散文之中，原则上该是感性重于知性；因为游必有地，亦必以时，地有景色，时分先后，所以游记不可能不写景叙事。至于情，则因景缘事而起，景在眼前，事经身历，俯仰流连之际，自然而然已抒情过半，只需在紧要关头画龙点睛，略吐胸中的感想，抒情便臻高潮。

一般游兴多在山水，所抒之情大致也是对造化的赞叹，亦即王羲之所谓的“仰观宇宙之大，俯察品类之盛”。至其极致，便到了柳宗元所谓的“心凝形释，与万化冥合”之境。山水游记的最高境界，往往是融哲学与宗教于诗兴之中。难怪《历代散文名篇》的二十七位作家之中，诗人占了十四位，而全书三十五篇游记之中，诗人所写的占了二十篇。

游记有时有地，当然更有人。有了人，当然要叙事、抒情、议论。没有人，也可以专写景色、论形势，便成了山水记或方志，属于地理学了。例如《水经注》，不但考述地理人文，而且善于写景，常为后人诗文写景的依据。《三峡》一段综述四季景色，乃是当地常态而非某人某次的经历，"每至晴初霜旦，林寒涧肃，常有高猿长啸，属引凄异，空谷传响，哀啭久绝"之类的名句，千古美之。但是山水之中没有人物活动，所以该是山水记而非正宗的游记。

这本《历代散文名篇》虽以游记散文为主，但是对游记的认识，采广义从宽，所以《三峡》也能入列。其他如咏物、述志的《爱莲说》与《陋室铭》等，也从宽收容。至于《秋声赋》，写的虽然是秋夜风起、寒斋独坐的心情，却将悲秋之感提升到哲学的观照，而彻悟生命之变莫非造化之常。这当然不能算普通的游记，却不妨认作神入造化、心游太玄吧。

其他多篇游记散文，当以山水为主，风土人情为辅，形形色色，见智见仁，但都不出两个极端：一是议论多于抒情，另一则是抒情多于议论，简而言之，则是一端知性，一端感性。例如王安石的《游褒禅山记》，事简景稀，游兴原就不浓，议论倒是发得不少。方苞的《游雁荡记》也是如此。两者志不在游，只在借题发挥而已。其他如苏轼的《后赤壁赋》、范成大的《峨眉山行记》，纯然写景、叙事，全篇不涉议论，完全投入其地其事，可谓感性游记之典型。又如柳宗元之《小石潭记》、张岱之《湖心亭看雪》，事少而景切，寥寥数笔，画面逼真，均为游记之绝妙小品，可玩一如画中的扇面册页。

书中大多数的游记，则介于上述两端之间，比例虽不一致，但知性与感性之间均能相辅相融。例如苏轼的《前赤壁赋》与《石钟山记》，便都抒情饱满、议论纵横，均为感性与知性兼胜之作。范仲淹的《岳阳楼记》亦可作如是观。这一类夹叙夹议的作品，才是游记散文的上选正宗。

有选必有所遗，任何好选集都不能免。不过本书选了二十七位作家，唯独缺了华山夏水的第一知己徐霞客，却令我不解。

每一篇古人的正文之后，都附了一篇白话文的“意译”，篇幅往往是正文的五六倍。初看似乎太冗长，在正文的诠释之外，似乎发挥太多。及至发现除此之外本书别无批注，才知道批注已经融入意译之中，一事不烦二主，已经一并解决了。

例如陆游的《入蜀记》之一，开头的一句：“九日，微雪，过扇子峡。”意译就说明是陆游“重新起用，入蜀为官……干道六年（一一七〇年）十月九日”，把时空关系交代清楚。又如罗文俊的《游岳麓记》有这么一句：“嗟嗟，逆气扇虐而后，湖湘人士残敝已极。”因为罗文俊生平不详，我还以为是指太平天国，看了意译才发现原来是指“当初吴三桂反叛的狼烟乍起，民生凋敝，湖湘的读书人飘零已极”。所以意译确有帮助。

不过，正文也好，意译也好，毕竟都是文字。大好的华山夏水，真的像《水经注》与《徐霞客游记》所写的那么神奇吗？真正可以拿来印证的，除了巍巍五岳、迢迢九州岛之外，于古，还有许多名画；于今，还有日趋精美的摄影，可以助兴。名画，是虚而美；摄影，是实而真。《历代散文名篇》之动人，恐怕有一半要靠这些虚实相生的“插图”。

本书三百多页，每页都有插图，有时还不止一幅，可惜小幅一点的往往不注出处。这些精选的插图美不胜收，有些是书法，例如王羲之的《兰亭集序》，文徵明的《岳阳楼记》与《醉翁亭记》。更多的是江山多娇的摄影：有些确是针对正文所记的景点，可以指认；另有一些则是增添气氛，可以图文相彰。钱谦益《游黄山记》所附的几帧摄影，简直要和正文媲美。一九九九年秋天，我曾应邀在岳麓书院演讲，所以罗文俊《游岳麓记》一文所附的摄影最令我惊喜。

不过书中最动人的插图，仍是历代山水人物的名画，作者从米芾到钱杜，令人应接不暇。其中选得最多的是明清的大家，尤以陈洪绶、石涛、任伯年为主，令人大开眼界。石涛的《黄山图册》妙想入神。陈洪绶的《杂画册》之四，激湍回波，构图奇美。任伯年之作多达十三幅，无一不妙，可惜《承天夜游》一幅，有其画而未选东坡的绝妙小品。如此名画，才配得上如此名篇。对照之下，似乎观赏了一场散文大家与丹青高手的创作比赛：故国神游，还有比这更妙的方式吗？

——二〇〇四年六月二十七日

附注：此书二〇〇三年由上海华东师范大学出版，后由香港明窗出版社出繁体字版。

第三辑

腕下谁能招楚魂？

“傅抱石的世界”画展，大而至于三五九公分宽的《九老图》，小而至于二十八公分阔的《唐人诗意图册》，一共展出傅氏的代表作一百二十余幅，是近年艺坛的一大盛事。先后两次，我专程北上，入屠门而大嚼，总算亲炙了中国现代绘画最富古典诗意的这位大师。能够如此密集地恣赏到这么多杰作，我的快意几乎像一九九〇年在荷兰饱览梵高的百年大展。湘夫人脉脉的眼神一路从台北，不，从洞庭湖睇我到高雄。

傅抱石高超的艺术，在山水与人物两方面都有贡献。他的山水不但独创皴法，而且善于布局，一图之中不但气吞大局，而且精营细部，能放能收，亦秀亦豪。例如《携琴探幽》一幅，无论布局、色调、皴法都浑然一气，高奇清古之中透出飘逸的神韵。我神游其中，幸福有如仙人。

傅氏的人物多取自传说、历史或文学艺术。无论是屈原的沉郁、文天祥的忠贞、怀素的出神或谢安的自在，他腕下的人物，传情首在眼睛。无论是表情或体态，勾勒或用色，他的人物画都宁苦不甜、宁涩不滑、宁拙不媚，总之都不落俗气。

其中傅抱石屡画不倦、老而更妍的一题，是“湘夫人”。他不但画过《九歌》众神的图册，还画了巨幅的《云中君与大司命》，但是最令他专情的是《湘夫人》。在这次台北的画展中，我们看见的《湘夫人》，有三幅之多，依次作于一九四三年、一九四五年、一九五四年。显然，这主题他愈画愈好。一九四三年最早的一幅，只见木叶纷坠，却不见洞庭波起，而湘夫人也不如后来的三幅那么生动自然。一九四五年的一幅，添了湖波，但是湘夫人只有侧影，而画面的立轴太过狭长，难以展现浩淼的风波，可惜了。

公认为杰作的一幅，作于一九五四年，是一一八公分乘二〇五公分的横阔巨画：湘夫人在画之中央偏左，半侧向右凝睇，湖波层叠，枫叶纷飞。中国古代虽有西施一类美人，但最令诗人神往的却是传说的湘君。湘君与湘夫人，究竟是舜之二妃，还是一对神仙夫妇；还是湘君指正妃娥皇，而湘夫人指其妹女英；还是应依王逸之说，认为湘君自为一水神，而二妃皆为湘夫人？自古未有定论，简直一笔糊涂账。不过傅抱石显然认定湘君与湘夫人并为尧女舜妃，亦即娥皇、女英；他画的两幅《二湘图》就是确证。

一九五四年的这巨幅《湘夫人》可谓神的具体，美的典范。其美，不可以西方的标准，例如《维纳斯之海诞》，来做衡量。这两幅杰作之间的联想，很难避免。维纳斯是爱神，从海浪中诞生。湘夫人为爱殉情，泪洒竹上，斑斑留痕，葬于洞庭之山，成为湘水之神。两位女神都是诗人历来歌咏的主题。一湖一海，两幅名画都以风起浪涌的水面为背景：维纳斯背后的海天，有一线水平分割；湘夫人的背后烟波浩淼，水天几乎一色。最有趣的，该是画面都有风来：维纳斯的金发向右侧飘扬，因为风神“若飞”（Zepher）从左飞来，正向她鼓腮吹气；湘夫人的乌鬓向后飘曳，因为“袅袅兮秋风”正迎面吹来。更巧的是，“若飞”吹的也正是西风，还吹落了朵朵玫瑰；而洞庭湖上的西风也吹落了片片的枫叶。两幅名画都是美之极致，却在构图上如此巧合，甚至巧对。

如果波提且利（Sandro Botticelli）能来台北看傅抱石的画展，走到这幅《湘夫人》的前面，一定会十分惊艳，发现美人也未必要裸体，黑髻又何输金鬘，锈蚀的落枫也不逊盛开的玫瑰吧。

这幅一一八乘二〇五公分的大画，可谓镇展之宝，可惜才过了半个世纪，竟已裂痕可数了。春与秋其代序兮，恐美人之易老；得要珍惜维护了。幸好《九歌图册》之中，另有一幅《湘夫人》，也作于一九五四年，篇幅虽然不及大画的十分之一，但端庄明艳却更胜前作。此幅可见女神转过身来，美目眄左，衣带翩然，却迎风飘右，落叶萧萧，亦随风旋舞，千浪起伏，远接天边。湘夫人的容颜白皙姣好，遥盼天涯，似有所待。衣裙与水天几乎浑茫一色，呈鸭蛋壳青，冷艳与前画之浅橙暖氛，形成对照。

傅抱石对湘夫人的仰慕深情，不但绘之再四，而且意有不足，更发为姐妹媲美的《二湘图》，将二妃对照，供于一图。傅氏于人物，单像与群像兼擅，尤擅在群像之中，正侧向背，将人体安排成变化多姿的多元空间。在《擘阮图》与《雅乐图》一类的杰作里，他将三人置于正侧交错的方位，安排之妙有如室内乐之三重奏。“二湘图”他至少写了四幅：两幅写于一九四六年，另两幅则写于一九六二年，布局上均似二人对舞，很有作曲中对位的技法。早年那两幅虽有高低起伏之姿，却限于太窄，有碍飘逸。晚年那两幅成熟多了。两图布局相同，差异只在一纵一横，落叶纷飞方位各殊。画家自题：“辛丑岁暮，得旧楮试笔写此，兼为钧儿示范也。”画面二妃半侧相对，落叶随风，衣袂翩然，一妃执扇，姿态婉转；一妃远眺，若有所失。人体之呼应，表情之默契，衣袂之共舞，枫叶之翻飞，合成一曲和谐无比完美无憾的颂歌。傅抱石谦称此图只是课儿示范之随笔，也许他自己都未料到，晚年炉火纯青，游心信手，落纸皆成妙谛，戏笔示儿，竟得此神品。对比之下，反而显得早年的那些“湘夫人”，意匠经营，求全心切，太辛苦了。

这幅《二湘图》写于一九六二年，距傅氏逝世只有三年。那时他应付政治需要，虽也努力画了《煤都壮观》《丰满道上》《关公桥》一类进步艺术家该画的题材，结果恐怕都事倍功半。倒是他一生萦心不忘的人神之恋，对湘夫人美丽而哀愁的不断追求，老而弥痴，笔下仍能潇湘招魂，令我感动。

《煤都壮观》一类作品，对于像傅抱石这样的大师来说，只是

“交差”。在他晚年，只有《平沙落雁》《山高水长》《听泉图》这些杰作，才是他诗心画魂深刻的探索。

——二〇〇五年三月十四日

心花怒放的烟火

——陈正雄的抽象艺术

三十多年前在台北，蓝星诗社的同仁聚会时，常有一位画家在座，我们称他为“蓝星之友”，更邀请他做诗社的“艺术顾问”，不但列名诗刊的同仁阵容，还将他的作品刊于封面。他是继杨英风之后，慷慨以作品来辉映蓝星的另一位艺术名家。他，正是今日名闻中外的抽象画家陈正雄。

一九七二年底，陈正雄在台湾省立博物馆举行画展，我在该年十二月十八日的《中国邮报》上刊出一篇英文的画评，对于他当时的风格有简要的分析，并指出他画艺的发展，是从具象转为抽象，但仍与其他抽象画家的风格有异。

我指出，当时他的风格虽已趋向抽象，却仍隐约可窥山水的格局，而且像其他同行一样，巧接了中国古典山水的传统，在画面大幅留白。不过，他人留白，常在背景，陈正雄之留白，却敢于放在前台。我又指出，他人用色，主攻黑白对比，从浓墨到浅灰，经营的多为单色系统；陈氏着力，却五色缤纷，但主客有序，能够调谐。

我更指出，陈氏用色的结构往往以深色或亮色为主而以相反的色彩为对照，或以相似而渐淡的色彩来缓冲：其整体效果，对照时有戏剧的张力，呼应时有抒情的韵味。

最后我说，陈氏的用色与造型虽变化多姿，但整个画面常洋溢着愉悦的心境（mood of goodly cheer），所以我称他的画艺为“丰美的洞见”（The exuberant Vision），那篇画评亦以此为名。

三十年一瞬而过，陈正雄的成就已历经世界艺坛与两岸画界的肯定，刮目再看，不仅画艺益见精进，而且画学更加转深，对抽象表现的追求更见透彻，同时反顾本土，对台湾原始艺术的收藏与推广也卓有贡献。这一切，大陆与海外的报导与评论已经很多。对陈正雄的评价《画布上的“欢乐颂”》，由知名作家祖慰执笔，画文并茂，即将在大陆出版。

陈正雄探讨现代抽象艺术的至纯之境近四十年，迄今仍孜孜不倦，像他这样目标坚定、理论贯彻始终不渝的画家，已经罕见。

抽象画创始的双杰，是荷兰的蒙德里安与俄国的康定斯基，其实都生于十九世纪后半期，距今都早逾百年，不能算“前卫”了。简而言之，蒙德里安具古典的清明与自律，有亚波罗的静观自得；康定斯基具浪漫的热烈与奔放，有戴奥耐塞司的生动自然。康定斯基的律动近于音乐，蒙德里安的沉静则近于数学，尤其是几何。美国女诗人米蕾（Edna St. Vincent Millay）的名句“唯欧几里得见识过赤体之美”（Euclid alone has looked on Beauty bare.），可谓一语道尽了抽象艺术的神貌。

年初，董阳孜以“字在，自在”为名在台北开过书法展，我曾为文指出她的狂草简直通于“抽象表现主义”的所谓“剧动画”（action painting）。这种近于扶乩的忘情创作，应可追溯到康定斯基。陈正雄基本的风格该是抽象的表现主义；当他忘情放手，意到神来，在单一的底色或交叠的五彩之上挥洒色点、色块，或者驰骋抛物线条，颇有波洛克的自由写意，更有“剧动画”的奔放快感。但是他的构图与用色都即兴而作，比较潇洒，与波洛克厚重密实的交织成网不同。

陈正雄的另一风格比较沉稳、凝练，可容赏者从容静观，不像前一风格的高速律动逼人眼睫，不让赏者休憩。这一类作品的构图，常见色彩的板块主客呼应，重心稳定，背景则大幅留白或大幅单调，给赏者的视觉以开朗的空间。这一类布局主客有序而色彩浓淡有层次纵深的作品，正如作者自己所言，巧妙而间接地向观众暗示山水如一则隐喻，最能满足观众的美感，因为它有立体感，不像前一类作品将一切造型压成逼在眼前的平面，更因为它慷慨留白（或留其他浅色、单色），不像前一类作品将视域填满，不留想象的余地。

以下且举数例，以明吾意。

《海舞》（一九七六）泯去一切细节，以层次有别的海蓝色营造出岸与浪甚至风的隐喻，而予人海阔天空之感。物象仿佛迷离，不黏不脱，正是抽象画艺之妙。

《海舞》（一九八三）用黛青高叠的色块，节奏生动地在左下方的画面营造前景，有惊涛拍岸的隐喻。至于右上方茫茫的“留紫”，则不落言诠地交给神秘的天空。整个画面的色调呼应得和谐而浑成，有冷艳惑人之感。

《四季之二》（一九八六）以浓黑与深蓝为主，散红与碎绿为辅，并衬以浅紫怯怯、淡黄隐隐，在白底上营造出一派春光明艳的繁华。手法高妙，好像把米罗的天真静趣，用一支着魔的牧笛全唤醒了。

《蝶影》（一九八九）用黑白纵横的前景笼罩在嫩绿娇黄的背景之上，十分抒情，虽然没有任何暖色相助，竟能隐喻出似真似幻的花痴蝶梦。此幅的清雅与前幅的富丽，形成突出的对照，可见作者调色之变化多姿。

《嵩高》（一九九〇）一幅，题目已佳，不但高高在上，而且山外有山。画面予人的幻觉，不是仰视，反而是俯视。观者仿佛是仙人，俯视可见积雪，或是浮云？背景遥遥应答鲜明的前景，像次旋律追随着主旋律。不过这些都太落言诠，质之画家，恐怕只能虚应一声“此中有真意，欲辩已忘言”了。纯就画艺而言，则调色与造型两皆高妙：低调的橙红与高调的白艳对照极美，再用暗红、纯银、瘦黑在其间穿引成趣，诚为绝色。又一次见证陈正雄确是“好色”高手。

《蓝天之两岸》（一九九三）更是造型与用色双捷的妙品。这一次前景的布局戛戛独造，从画面的左上方大笔淋漓一直挥洒到右下角，高速甚至超速的气势骇目夺神，令观者气为之旺。想不到两侧的背景竟是那样绝情的酷蓝，深邃得那么神秘莫测。画的是银河吗，比银河更神话；或者是瀑布，又比瀑布更童真。其实何必要追究落实呢？这不过是陈正雄心花怒放的烟火罢了，妙在这烟火永不熄灭。

《蓝与黑》（一九九二）用来做一九五六年至一九九三年《陈正雄回顾展》画册的封面，足见画家如何自珍。此画确也值得放在封面，因为它可以见证画家厚重纯朴而且沉潜的一面，与他紫嫣红的甜美常态截然不同。钝蓝、糙黑加上挫灰，组成了肃静低缓的视觉压力，庄重得十分耐看，又有低音管（bassoon）甚至土巴号（tuba）深沉的效果。

确实，陈正雄的抽象艺术常给我音乐的感觉：无论是七彩缤纷的急管繁弦，还是主客二色的此呼彼应，像协奏曲中众乐与独琴的问答，或是数色对话如三重奏、四重奏室内乐娓娓的清谈，他的画总像是在斑斓的光谱上弹琴，每到高潮，简直就迸发而成色彩的嘉年华会。也难怪为他写传的祖慰，径以《画布上的“欢乐颂”》为书名。我倒觉得在音乐家中，陈正雄流畅无阻的欢悦节奏更能令人想到莫扎特。

近六七年来，画家有意收起霓虹变幻的魔法，改向静态构图与文字线条的探讨，乃有《窗》《玉轮》《文字之舞》等系列的新作。

诸如《窗 99 系列》之方里套方，“玉轮系列”之外方内圆，都用中国书法为其肌理，对不识中文更不识草书的西方观众而言，这些神秘的线条只是“有字天书”，更添抽象艺术的玄妙魅力了。

——二〇〇三年七月

无愧于缪斯

——朱一雄其人其艺

二〇〇六年的清明节，厦门大学八十五周年校庆的盛大典礼刚刚结束，散场的两千校友之中，有两位老者在熙攘的人群里忽然相遇，先是一惊，继而一喜，一呼，一笑，终于相拥在一起。这激情的一幕，第二天出现在《厦门日报》上，成为最自然、最生动的照片。

照片中的二老，就是我和朱一雄学兄。他在厦大比我要早五届，所以当年我们并不认识。我们的初遇是在一九六一年，在马尼拉：当时两人加起来还不满七十岁，去年重逢，却超过一百六十岁了。

初遇在马尼拉，是因为那时我正在师范大学任英语系讲师。那年五月，菲律宾的侨教界举办了一个文艺营，邀王蓝、王生善和我去讲学，就住在一雄的府上，深深感受到他和夫人庄昭顺女士的好客热情。当时他们伉俪在侨教界十分活跃，与施颖洲、柯叔宝、亚薇、本予等合作，对促进中国台湾与菲律宾文化的交流颇有贡献。另一方面，一雄身为杰出的艺术家，在菲律宾国立大学及东方大学任教，与该国艺术界互动亦多，在菲二十一年之中曾十次当选为全国美术协会理事，并曾十次举行个人画展。

当时我在一雄府上做客一周，女主人对我们这些台湾来客照顾得十分周到，真正不愧宾至如归。他家的四个女儿也像母亲一样秀美清雅。后来我自己也有了四个女儿，做父亲的心情当能相通。其实一雄与我相通之处并不限于厦大同学与四女之父。一雄是江阴人，我的母亲和妻子都是常州人，皆属江南，相距只四十公里。一雄之家当然是艺术之家；我呢，译过《梵高传》，写过不少论画文章，修过一课“现代艺术史”，长女珊珊有堪萨斯大学艺术史硕士学位，并译过《现代艺术理论》二卷与《旷世杰作的秘密》，四女季珊留法研习设计，吾妻我存赏玉藏玉，并在高雄市立美术馆担任义务导览十年：我们也堪称艺术之家了吧。

我在朱家做客期间，一雄曾带领台北的客人与当地的画家去塔阿尔湖野餐写生，令我印象深刻，写了一篇抒情美文，即以湖名为题，后来收入散文集《左手的缪斯》里。文中有这么一段：“画家们也开始调颜料、支画架，各自向画纸上捕捉塔阿尔湖的灵魂。在围观者目光的焦点上，丹锋，这位现代画家，姑妄画之地画着，他本来是反对写生的。洪洪原是水彩画的能手，他捕捉的过程似乎最短。蓝哥戴着梵高在阿尔戴的那种毛边草帽，一直在埋怨，塔阿尔湖强烈的色彩属于油画，不是抒情的水彩所能表现。”

文中的丹锋就是一雄：当时他不但反对写生，恐怕也不赞成写实的具象。事隔四十六年，我已经不很记得了。最近收到他的女婿戏剧家纪蔚然先生寄来的《朱一雄山水画第二集》和一张十六幅山水画的光盘，供我为一雄在台湾艺术大学的回顾展写一篇序言，才发现这许多年来他的艺术与艺术观已变了许多。仅凭这有限的数据要为今日的故人写一篇序，当然是不够的。我所能为力的，恐怕只能写一篇间接而且不全的观后感了。

一雄在厦门大学攻读中文系，在马尼拉的圣多马斯大学改读美术院，前后的融合成就了他绘画的诗情画意。中国水墨画的传统赋他以基本的技巧，美国东部和西部的风景提供他取材的对象，两者如何调和对他是一大考验。这考验是双重的，不但对他身为画家，而且对他身为教画的老师：必须练成一种兼顾并利之道，始可律己而且度人。

我认为一雄山水画的艺术，是善用中国哲学阴阳相济之道。简而言之，可分三层来说明：一为大笔写意，细笔写趣；二为着墨为实，留白为虚；三为前景为主，背景为客。

例如在菲律宾时期所作的《大芋叶》，用大笔画枝，阔笔涂叶，然后用工笔细线来写地下的蜗牛、空中的蜜蜂，乃收对照之功。再看《风雪夜归人》一幅，诗句出自刘长卿的“柴门闻犬吠，风雪夜归人”。大笔的开阔雪景之中，有两人持伞过桥，家门已遥遥在望：归人与家门两者都用工笔细描，收聚焦之功。另《雍州早春》《日之夕矣，牛羊下来》两幅，远处的牛群寥寥数笔，都勾勒得诗趣可玩。

诗家警策，有“诗眼”之说；画家妙趣，也可称“画眼”吧。更有《屋顶山》《驼峰山》两幅，中国画境之中竟有美国乡下习见的简陋木屋，却浑然天成，相融无间。这些陋屋笔简而意厚，甚至富于质感。《驼峰山》一幅更有人坐在屋前，正待另一妇人，妇人像是刚从门前清溪汲水回来，身旁还有一只公鸡昂然独步，两只母鸡相对啄食，里面似乎有个故事。美式小屋因其古拙尚可纳入中式水墨画境，但是现代钢铁水泥建筑终觉格格不入。烟囱与铁桥，即使李可染、傅抱石勉强入画，也都看不顺眼。

至于“着墨为实，留白为虚”，更是中国山水画以“不画为画”之巧，一雄用来尤见其妙。他说，瀑布、云雾、冰雪三者都可用留白来造成。以不画为画，正是道家“无中生有”的哲学。不过白该如何来留，仍需巧心妙手之经营。留白，是要预留的。预留余地，才能化虚为实，为瀑、为云、为雪。“有”（commission）与“无”（omission），应该同时顾到。至于雪天与冰涧，却应在留白之外加以渲染，才不会和留白的雪地混为一谈。只要细赏《风雪夜归人》一图，就可得其中之趣。靠了这种技法，一雄的画面常能分出远、中、近三个“景段”，使画境似断而连，似分而合，而收呼应之功，并生神秘之感。

山水画布成主客之势，是中国艺术的传统：大致上主近客远，主大客小，主浓客淡。但是这种布局和西方画的透视又不一样，透视是肉眼所见的真相，中国山水的布局却展示心目中想见的意象，把瀑布移得近些、远山抬得高些、高峰屈就我们一些，都是超越现实的惯技。正如李贺所说："笔补造化天无功。"笔就是艺术，天就是自然了。例如《秀丽雄伟》一图，一雄解说，远景的瀑布本来是看不见的，画家缩地有方，把它移近抬高，以称心愿，就像造物主一样。主客之势当然也非必然，像石涛的布局往往就妙在打破常规，予人自由的惊喜。范宽的《溪山行旅图》，原在远处应为背景的山岳，却巍然而高、沛然而巨，直逼到观者的睫前，占了画面三分之二的空间，压得前景的主透不过气来，真是喧宾夺主了。

一雄的《溪山如画》诚为主客井然的佳构，但是《青翠山谷》一幅只见飞湍悬空，下临无地，其后亦几无余地，可谓"主不留客"。至于《幽山美地》一幅，飞瀑自天而降，稍事盘旋，更向虚空直落，全画突兀惊人，不留余地，无中生有，神龙只见旋腰不见首尾，真是一幅杰作。

另如《山中积雪》一幅，留白浑成，渲染无憾，无论远林近松、远山近石，或是一水蜿蜿、两人出神，都配合得十分美妙，也是一幅杰作，非印象派的油画所能为功。

我未能看到一雄更多的作品，看到的也未能睹其原作，所论种种恐怕未尽中肯。一雄晚年感叹一生追求太多的艺术形式，未能专精，而精力又大半耗于艺术教育，未能集中在创作本身。其实创作是成就自我，教育是成全他人，一为成己之业，一为成人之美，皆是为艺术贡献，而无愧于缪斯。

——二〇〇七年九月

墨香濡染，笔势淋漓

——董阳孜《字在·自在》观后

1

近十年来常应邀去大陆各地讲学，事后主人例必殷勤伴游，或纵览山川之名胜，或低回寺观、故居之古迹，而只要能刻、能题、能挂的地方，总是有书法可赏。

书法不愧为中国特有的艺术，不但能配合建筑与雕刻，而且能呼应文学与绘画；不但能美化生活的环境，而且能加强艺术的欣赏。无论是登高临水，或是俯仰古迹，只要有宏美的书法跃然于匾额、楹联或石碑之上，现场的情景便得以聚焦，怀古的气氛立刻就点醒了。这一切文化现场，豪杰与志士所徘徊不去，正好由书法来画龙点睛。广义而言，整个书法艺术就像是中华文化的签名，签在一切的亭台楼阁、一切的关梁阨塞之上，说，这一切都属于伏羲与仓颉的子孙。

所以面对名胜古迹，我常低回于历代的题咏之前，幻觉祖先的魂魄就在那神秘难认的篆隶之间向我泄密，就在那一点一捺、那顿挫转折之中向我手语，幻觉历史就躲在那后面隐隐地向我题词，有时是楷书的端庄，有时是行书的从容，而有时，是草书的狂放。

一九九九年中秋，李元洛、水运宪陪我在常德城外，沿着湛湛的沅水巡礼江边的“诗墙”。那是长堤石壁上用书法镌刻的宏观诗展，从屈原、宋玉一直到当代的新诗名家，再加上世界各国名作的中译，入选作品在千首以上。书法家入列者从古人黄庭坚、赵孟頫到今人启功、费新我，也逾千人。浩荡的诗墙除了诗、书交映，还有长幅的壁画，连绵二点七公里。终于走到了我和洛夫的诗前，就在我的《乡愁》下面，常德市政府的接待人员致赠我证书一纸，稿费百元，接着就要我留言纪念。

我题了“诗国长城”四个大字，围观者照例礼貌地鼓掌。我自信词题得并不离谱，但那书法实在不堪入目，别说什么力透纸背了，显然连毫端都没有达到。

这些年来回大陆，常在登临之余，凛然于猛一回头，案上的文房四宝早已在严阵伺候。题什么呢，倒难不了我。围观者以为我悬笔不下，是在构思吧，岂知我实在是难以下笔，因为拙腕管不住顽笔，轻毫控不了重墨，只要一落笔就满纸云烟，不，就乌烟瘴气了。

我常和朋友说笑：一个人要去旅行，最理想的安排是带一个银行家、一个博物学家、一个语言学家，还有一个像李小龙的武术家，如此就有人为你付账，告诉你草木虫鱼之名，为你办各种交涉，并担任你的保镖。这当然是太奢望了。可是我似乎还漏了一个同伴，那就是再带一个书法家去。一个像董阳孜那样的书法家，就可以让我只管觅句了。

2

书法之为中国艺术，具体而又抽象，明显而又高深，通俗而又出尘，实用而又唯美，真是矛盾而又统一。书法就像语言，人人都用，天天在用，但只有艺术家用来才美。我自己不擅书法，小时虽也在九宫格中临过柳体，但既无才气，也欠毅力，很快便放弃了。这么多年来，写硬笔还勉称整齐，一遇软毫就四肢无力；写小字还不成问题，但要写大字，就乱了方寸，鞭长不及。所以看到书法家的朋友如熊秉明、张隆延、楚戈、董阳孜者健笔淋漓，挥洒如意，墨汁上纸，或驻或行，或舞或飞，或峰回路转、柳暗花明，或盘马弯弓、蓄势待发，或轻舟出峡、顺流而下，看他们一管在握如挥魔杖，我总是艳羡之余，以指书空，模拟那夭矫笔势。如果我也能像那样信手随心，对客挥毫，尽成妙趣，则天下的名胜古迹就大可畅游，不用怕人要你留下“墨宝”了。

其实名人在江山胜处的题词，也不一定都好。以题词成癖的乾隆为例，我总觉得他的政绩虽佳，诗却平平，字也不出色。至于现代政治人物的“墨宝”，也常常言语无味，书法平庸，不免败人游兴，若被洁癖狂倪瓒撞见，恐怕真会派几个洗桐僮仆来清涤一番。在学界，也不见得有多少人擅书。我就见过有些中文系的教授笔迹之潦草，恐怕连草圣也眯眼难认，还有些则生硬不屈，像美国学生搭架起来的铁画银钩。如此一比，我又似乎不必太自咎了。

西洋也有书法之说，英文叫做 penmanship，也可称 calligraphy，源出希腊文，意为“美绘”，又称 chirography，也从希腊文借来，意为“手稿”。不过西洋所谓“书法”，因为习用的“笔”与纸跟中国所用的大不相同，注定了不可能发展成像中国一样高妙的艺术。古埃及用磨过的芦秆写在莎草纸上。从中世纪到十九世纪，僧侣在斗室里抄经，文人在书房里写稿，淑女在闺房里写情书，都是用一支鹅毛笔。苏格兰五英镑钞票上的诗人彭斯，一百法郎钞票上的画家戴拉库瓦，右手握的都是一管鹅毛笔。一八二八年以后，才换了蘸墨的金属笔头，半世纪后又被钢笔取代。不过换来换去，其为硬笔则一。

最有趣的是：西洋人做笔，用的是禽羽粗硬的一端，即所谓“翮”，亦即“羽根”；中国人却福至心灵，用的是兽毛软细的一端，无论是兔毫、羊毫、狼毫，甚至鼠须或鸡绒细毛，无不有柱有被，能达到“尖、齐、圆、健”的理想，于是擒纵控放，腴瘦曲直，乃可得心应手，无施而不宜了。

西洋虽有书法，不过聊备一格，毕竟硬笔光纸，变化有限，哪像中国的书法这么大气，可以勒石铭碑，可以挂壁悬匾、峙立楹柱。乐山大佛旁的百仞石壁，可以刻一个骇目夺神的超巨

“佛”字，可是好莱坞的坡上只能单调而生硬地竖立九个大字母（HOLLYWOOD），不过唐突四周的风景罢了，而西洋的书法家却无能为力。

我曾和英国乔治六世时代的代表作家布伦敦（Edmund Blunden, 1896—1974）通信。他的书法是有名的，却也不过字体雅逸，有点古色古香，若比中国书法的笔酣墨饱、满纸驰骤，就太驯顺拘谨了。钢笔写出来的拼音文字，怎么可能“墨分六彩”或“一波三折”，更不可能“飞白”。

3

去年初秋，因山东大学讲学之便，得游山东半岛东端的成山头。高崖险岬，岌岌乎危临于黄海的风涛，有石碑焉矗于龟背，上刻“天尽头秦东门”六个大字，笔画圆润简朴，应为秦小篆体，乃李斯随始皇帝东巡至此所书。那是我所见的最早书法，深受震撼。我不相信在古罗马，比李斯更晚一百多年的文人如维吉尔与奥维德，会在大理石上留下深刻的书法。在伦敦西敏寺的“诗人之隅”，石像栩栩，也不过刻名像座，绝无手迹。

中国诗人的书法，不论是悬在现场或印在书中，都令我感到兴奋，似乎与仰慕的锦心更亲近了一些，不仅因为书法也是艺术人格的载体，更因为当时当场，诗人全神所注，尽在妙腕所施。因为诗成之后还可以沉吟修改，但是书成之后就一笔不易了。

苏轼游踪既广，题署亦多。六年前在乐山江边，拾级而上，仰瞻了他题的“凌云禅院”横匾，黑底金字，右书“元祐二年”，左书“苏轼题”。书法浑厚自在，但不如《寒食帖》潇洒，也不如《赤壁赋》凝练，想是经过匠人描摹之故。依我久读东坡诗文所得的直觉，他的书法似乎不应该那么浑厚，倒应该像黄庭坚的倜傥自得。

最令我震撼神往的，是李白草书的《上阳台帖》，除题款外只有四句：“山高水长，物象千万，非有老笔，清壮何穷。”字则大小不拘，体则纵横所之，放敛随意。“老”“清”两字尤见雄豪，落款的“上阳台”三字也酣畅淋漓。这才是诗仙真正的老笔。

又如陆游的行草书《自书诗卷》，磅礴遒劲，有“大舸破浪，瘦蛟出海”之称。姜夔的书法人所罕见，但其《跋王献之保母帖》楷书谨严，秀气中透出潇洒。至于杜牧的行书《张好好诗卷》，有“雄健浑厚”之誉，我看普通而已，并不能满足我对晚唐才俊的期待。

书法从篆隶而楷书，从楷书而行草，发展的趋势从繁到简，从典范到率性，从舒缓到迅疾，似乎一直在加速。今日印刷术如此方便，甚至到了网络泛民主的地步。书法的日常任务既被架空，遂有退居“绝学”或“绝技”之虞。但是换一个角度看，书道也就卸下实用的重负，索性唯美是务，变成一门纯粹的艺术。

4

在当代的书法家中，董阳孜风格别树，也许是最前卫的一支健笔了。这些年来，她的字越写越大，风格越写越豪放不羁，篇幅当然也就越放越广袤，威胁到了展览的空间。她的多元风格行草相生，大小互补，动静交替，粗细皆宜，枯润配合，浓淡呼应，镕矛盾于一炉，炼出了弹性、张力、对比。一般而言，她用行书与行草为人题字，至于草书，甚至狂草，不便实用，就留下来满足自我的完成，以唯美为务。她的美倾向阳刚，多为力的表现，其力，生生不息，动而愈出。

若用音乐作喻，则她的行书是 andante（行板），草书是 allegro（快板），狂草简直是 prestissimo（最急板）。董阳孜可谓当代书法之动力学家。这当然不是说她不能静。例如《独乐》一幅之“独”，自给自足，寓动于静，不是力的释放，而是力的平衡。

尽管如此，当阳孜挥笔运臂，俯临于浑茫的白纸犹如神俯瞰着大地，不管事先意匠的经营曾如何惨淡，一旦落笔就人笔合一，正如剑侠人剑合一那样，只能纯以神遇，不能想，不能停，不能改，正如苏轼所谓“行于所当行，止于所不可不止”。在加速的狂草之际，那支着魔的笔几乎要倒过来挟持阳孜，领着她前进了。

这感发兴奋的一幕令我想起了扶乩，神灵附身而人不由己。更令我想到现代艺术的“抽象表现主义”，尤其是所谓“剧动画”（action painting）。波洛克、高尔基、克来因等运笔劲疾，以气势奔放见称，而所画又非具象，但是“速率”似乎仍落在阳孜的狂草之后。

这些年来，阳孜的狂草不但加速，甚至超速，到了“飙书”的险境。这么飙下去，可能有两个后果。其一是在高速之下字体变形，见山非山，见水非水，就像“超音速”的协和班机一样，引起“音爆”。于是书法便越界入画，无论在欣赏或评论上，美学的角度恐怕就要重加调整。其二就是所书词句的意义，恐怕会被架空。熊秉明在《中国书法理论体系》一书中指出，中国书法之观点有伦理一派，认为书法关乎人品，并详加引证。他引扬雄之言：“书，心画也；心画形，君子小人见矣。”又引明朝项穆《书法雅言》之说：“正书法所以正人心也，正人心所以开圣道也。子舆距杨墨于昔，余则放苏米于今，垂之千秋，识者复起，必有知正书之功，不愧为圣人之徒矣。”

这种书以载道的理论也许失之于迂，但是广义而言，书法一道至少是中国读书人的基本修养，未必严重到可判人格，却至少能反映书者的性情，总之具有文化与美学的意义。所以一件书法作品，写的究竟是什么词句，还是重要的。那些词句观众是否认得出来，至少猜得出来，对书法之欣赏与推广，仍有关系。观众如果总是认不出来，就会感到沮丧，甚至自卑，终于兴趣大灭。

阳孜的劝慰是：不必辛苦认字，只要用美感的直觉观赏笔法之妙就好了。可是这么说来，书法之妙岂不近于抽象画甚至图案装饰了吗？其实阳孜笔下所题，不是圣贤之言便是诗人之句，不是“智欲圆而行欲方”之类的哲理，便是“振衣千仞岗、濯足万里流”之类的诗情，无不深含中国文化的精神，实为民族智慧与情操之结晶。观众一面欣赏书法的美妙，一面又可体会文化的高超，一举两得，是最有意义的教育。但是如果观众苦苦辨认字义而不得，那就只见其形，不得其旨，就会感到有“隔”。

阳孜书艺之博大雄奇，正是古人的经典名句激发出来的。当她凝神舒腕，胸臆所蓄所荡，正是千古圣贤英豪共养的浩气，否则仅凭臂腕之功怎能挥洒出那样的格局。所以要求观众只凭直觉来欣赏形式之美，还是不够的。反过来说，如果书法家题的不是金玉良言，而是，譬如说，“痔疮”两个大字吧，那不但看的人看不下去，只怕写的人根本也就写不出了。所以书法上写的是哪些字，怎么会不重要呢？

幸而阳孜也体会到了：若要充分满足感性，仍须相当照顾知性，所以无论在书法集或展览场上，都提供了词句的文本与出处。正如她赞助的昆曲与评弹，也因加设字幕而更受欢迎。但是在高速飙书之际，我仍盼望她心存观者，不要太过绝尘而去，令人徒然怅望背影。我真想在她与观众之间做一个调解人，劝劝她不要“得鱼忘筌”，劝劝观众不要“买椟还珠”。

——二〇〇三年五月

第四辑

文法与诗意

阿西曼达斯

雪莱

我遇见来自古国的旅人，
说：躯体不存的两柱石足
矗立在大漠……在近旁，半沉
在沙里，更有具破脸，怒眉紧蹙，
唇角下撇，君临天下而冷笑。
足见雕师通透那桀骜心情，
刻入这顽石，仍栩栩如生，
而雕者的手，像主的心已朽掉。
座基上仍可见两句碑铭：

“吾乃阿西曼达斯，万王之王，
观吾大业，众霸主，谁能模仿！”
除此更了无一物，巨像已塌，
虚墟四顾是无限的空旷，
平沙寂寂一直远伸到天涯。

越过沙洲

丁尼生

落日西沉，有黄昏星，
　有朗朗召我的呼唤！
但愿我要出海的时辰
　沙洲上没有悲叹，

只有轻移如寐的晚潮，
　满得无声也无浪：
当初谁来自无边的浩淼，
　此刻要回乡。

暮色沉沉，晚钟声声，
　接下来便是黑暗！
但愿没有诀别的伤心，

当我要上船。

从人世间时空的范畴
　潮水或载我远行，
但愿能亲见我的舵手，
　当我越过了沙汀。

此地我译的这两首诗：雪莱的《阿西曼达斯》（*Ozymandias*）与丁尼生的《越过沙洲》（*Crossing the Bar*），在一般英国诗选中乃必选之作。雪莱所写的埃及法老王，译音本应作“阿西曼地亚斯”，在句中嫌长，雪莱算音拍时也把 dias 只算一拍，我乃缩为五字。雪莱这首诗，显然是要采用十四行体，但是他不擅写十四行诗，所以每写必错，既非意大利原体，也非英国的变体，有点不上不下。不过，以商籁而言虽然不工，写出来的却是一首好诗，我在朗诵会上常常选用。

雪莱自己不按格律押韵，我也就不客气，不全遵守他的韵序。他的韵序是 ababacdc，edefef；我的则是 ababcddc，deefef。阿西曼达斯指的是公元前十三世纪的埃及君王兰姆西斯二代（Ramses II）；雪莱作此诗，在一八一七年，正是拿破仑囚于圣赫勒拿岛之第三年，当有影射之意。译文倒数第四行的“众霸主”一词，原文为 ye Mighty。ye 乃古文第二人称复数，故译为“众”。但 Mighty 亦可指神，加上 ye 字，似乎顺理成章，可译为“众神”。可是公元前一世纪希腊史家席库勒斯（Diodorus Siculus）曾谓："埃及最巨大的雕像上有题词：'吾乃阿西曼达斯，万王之王；任谁欲问吾为何人，长眠何地，曷就吾之功业，一较短长。'"（I am Ozymandias, King of Kings; if anyone wishes to know what I am and where I lie, let him surpass me in some of my exploits.）此地之"任谁"显然是指人而非神。

此诗之文法有一陷阱，在第五行至第八行，原文是：Tell that its sculptor well those passions read/Which yet survive, stamped on these lifeless things, / The hand that mocked them, and the heart that fed. 译者必须看清文法，看出 them 是指 passions，而 fed 的受词也是 them，但被省去。最重要的是，译者应该知道 survive 乃及物动词，才能去追踪其受词：the hand，the heart。这一层关系不能掌握，译文就会不知所云。The hand that mocked them 意为雕者的手描摹了君王的表情；the heart that fed（them）意为君王的心流露出面上的那些表情。原文自第三行后半截一直到第八行末，一气呵成，用意深刻，但文法断而再接，颇为曲折。如果按文法来译，势必尾大不掉，沦为冗赘的散文，所以我快刀斩乱麻，干脆断为两句。细心的读者若能读通原文，看透文法，当解吾意。

丁尼生的《越过沙洲》真如中文成语所云："视死如归"。所以他有遗言，凡他的诗选，都应将此诗置于卷末。此诗分成短段，文法并不曲折，不算难译，但粗心的译者也常落入陷阱。误译常在第一段与第二段交接之处，其原文如下：

And may there be no moaning of the bar,
When I put out to sea,

But such a tide as moving seems asleep,
Too full for sound and foam,

一般译者没注意第一段段末的标点不是句号，而是逗点，因此文法也好，文意也好，必须连接下一段始能完成。同时，下一段首的 but 并非连接词，所以不能译成“但是”；而是介词，意为“除了”，在文法上乃上承前一段的 no。在文法上，When I put out to sea 乃插入的副词子句（adverbial clause）。文法的主脉是 May there be no moaning of the bar but such a tide as……有些译者把 but 译成“但是”，却忽略了后面根本找不到主动词，足见 but 绝非连接词。

译界常有“唯诗人始可译诗”之说，未必正确。诗人创作，“独赢”便可，若奢言译诗，却必具“双赢”的功力。姿态降低一点，说法平实一点，我们倒不妨说：“未入文法之门，莫闯译诗之宫。”

——二〇〇七年三月

叶慈少作两首

在柳园旁边

在柳园旁边和我的情人相见；
她雪白的纤足穿越过柳园。
她劝我爱情要看淡，如叶生树梢；
但我年轻又痴心，不听她劝告。

在河边的田里和我的情人并立，
她雪白的手扶在我斜倚的肩际。
她劝我人生要看开，像草生堤堰；
但我年轻又痴心，此刻泪涟涟。

当你年老

当你年老，头白，睡意正昏昏，
在炉火边打盹，请取下此书，
慢慢阅读，且梦见你的美目
往昔的温婉，眸影有多深；

梦见多少人爱你优雅的韶光，
爱你的美貌，不论假意或真情，
可是有一人爱你朝圣的心灵，
爱你脸上青春难驻的哀伤；

于是你俯身在熊熊的炉边，
有点惘然，低诉爱情已飞扬，
而且逡巡在群峰之上，
把脸庞隐藏在星座之间。

这两首诗都是叶慈的少作，也都是情诗，诗中的“她”和“你”可能都是叶慈苦恋多年而未能终成眷属的龚慕德（Maud Gonne）。慕德是演员，美丽而刚烈，热衷于爱尔兰的抗英爱国运动。她的美丽迷住了叶慈，但她的刚烈叶慈却受不了。叶慈为她而作的情诗并不止这两首，在名诗《为吾女祈祷》中，诗人甚至期望爱女将来能享受安定的家庭生活，不要学慕德的作风。

一般学者都认为叶慈的作品老而愈醇，他能成就二十世纪英语世界最伟大的诗人，主要是靠中年以后的“晚作”：因为那些晚作举重若轻，化俗为雅，能把生活提炼成艺术。对比之下，他的少作优美而迷离，不脱“前拉菲尔派”的唯美意识。这些我完全同意，却认为他那些少作虽然只有“次要诗人”（minor poet）的分量，其中颇有一些仍是不可多得的精品，值得细赏。《在柳园旁边》（*Down by the Sally Gardens*）是一首失恋的情诗：诗人怅念当年对情人的迷恋十分认真，但情人似乎不太领情，反而有意摆脱，所以慰勉他要看开一点，不可强求。可是诗人一往情深，不听劝告，结果当然是自作多情，吃了很多苦头。此诗向读者暗示了一则爱情故事，但其细节却隐在凄美的雾里，并未开展成为小说。也许如此反而令读者更感到余恨袅袅。最动人的该是每段的第三行：前半行似甜实苦，说不尽美丽的哀愁；后半行就地取喻，有民谣的风味。末行的“痴心”，原文是 foolish，译作“愚蠢”，当最现成，似乎忠于原文，但是不免拘于字面。英文里面，真正骂人是说 stupid；带点宽容与劝勉，才是 foolish。情人之间，说对方 foolish，反而有“看你有多痴”的相惜之情。事隔多年，诗人犹感余恨，不过是恨命苦，并非记恨情人。李商隐不是说吗：“此情可待成追忆，只是当时已惘然。”

《当你年老》（*When You Are Old*）里面的情人，由第三人称变成了第二人称，有趣的是：《在柳园旁边》里，诗人以“我”出现，但到了《当你年老》里，“我”一直在自言自语，却始终不提“我”了。

这就牵涉到末段第二行的“爱情”：原文 Love 是用大写，一般是指爱情之为物，亦即爱情之人格化。然则诗人的用意，究竟是指情人老来孤单，追思前缘，不胜惋惜，但那已经是过去的事了，像是传说，又像是神话；抑或是指爱她的人，亦即诗人（也就是次段第三行的“有一人”），早已远去，成了传说，登上了艺术之峰，与灿亮的名家为伍了呢？首段第二行，“请取下此书”（take down this book），是什么书呢？应该就是诗人正在写的书了，也就是这首情诗要纳入的诗集吧：当你年老，这本诗集就在你的书架上，所以要“取下”。于是你一面读着，一面就神游（梦见）往昔，发现当年追求你的人虽多，但真正爱你知你者，仅我一人。众多追求者爱你的青春（韶光）美貌，而我啊，即使你美人迟暮（青春难驻）也仍然爱着你呢。

学者曾指出，此诗起句来自法国十六世纪“七星诗派”领袖洪沙（Pierre de Ronsard）《赠海伦十四行集》（*Sonnets pour He*）之一，其起句为：“当你年老，夜晚在烛光下”（Quand vous serez bien vieille, au soir, la chandelle）。洪沙之诗大意是：“当你年老，烛光下纺纱，吟着我的诗句，说当你绮年美貌，洪沙曾赋诗赞你；我已经入土为鬼，躺在桃金娘的荫下。你也成了老妪，蹲在炉火旁边，悔恨自己高傲，错失我的爱情。与其空待明日，不如爱我今朝。”洪沙的情诗语含威胁，有欠婉转。叶慈起句学他，但温柔敦厚，更为体贴，无怨无尤，一结余韵袅袅。

——二〇〇八年三月

第五辑

帝国虽大，语文更久

——序第六版《牛津高级英汉双解词典》

自一九九七年香港回归中国之后，大英帝国就已成了历史，不再是日不落之邦了。但是英文的生命却日见茁壮，不但长留于以往的属地，而且变成了不少国家必读的第一外语。指定英文为官方语文的国家，已超过五十个。英文真的成了世界语。

语文的生命往往长于使用它的帝国：更早的例子是拉丁文。罗马帝国虽在五世纪末解体，拉丁文却通行于西欧，为法律、科学、宗教所必用，形同国际文言；俗化的拉丁文更发展为拉丁民族的语文，诸如法文、西班牙文、葡萄牙文、意大利文。因为诺曼人入主英伦，引进了法文与其所本的拉丁文，直到现在英文词典里仍保留了不少拉丁文字：例如 curriculum vitae（简历）；至于男女校友（alumnus, alumna），复数也仍沿用拉丁文的词尾变化（alumni, alumnae）。

目前以英文为母语的国家，包括英国、美国、加拿大、澳大利亚、新西兰，人口当在三亿七千万左右，比起中文母语的人口来仍少得多。但使用英文的人口之中英文非其母语者，比例显然远大于使用中文的人口之中不以中文为母语的人。目前各地的华人都在学英文，仅此一例就足以说明，学英文的外国人远多于会英文的本国人了。四年前我去莫斯科，就有一群俄罗斯的学童，对我说刚学来的几句英语。

英国人曾说：宁可失去印度，不可失去莎士比亚。印度很快便失去了，莎士比亚却风行全球。莎士比亚的光彩固然照亮了英文，但英文也因为日渐流行而推广了莎士比亚。如果莎翁写的是拉丁文，恐怕就不会像今天这么“活跃”。英文之所以这么“活跃”，开始应该是由于大英帝国之盛，后来自然是因为美国广土众民，代之兴起，大而至于政治、经济、军事，俗而至于好莱坞与麦当劳，影响遍及全球。何况英文的母语人口里，美国人占了三分之二。

就本身的条件而言，英文在西方语文之中，幸而还是较为易学的：数（number）、性（gender）、时态（tense）之类的词尾变化，远较其他西文单纯。其中动词的词性变化（conjugation），英文也幸而简明得多，不像法文、德文等一个动词的词根，动辄孙悟空吹毛一般，摇身有七十二变。英文当然也有难缠之处，例如拼法与发音就不很规则。法国文豪伏尔泰（Voltaire）学英文，发现 ague（疟疾）是两个音节，但结构相似而字母更多的 plague（瘟疫）却只算一个音节，十分不满，咒说这种不合理的语文，一半应交给疟疾，另一半应交给瘟疫。爱尔兰剧作家萧伯纳（G. B. Shaw）为了取笑英文发音之无理可喻，拼出了一个怪字 ghoti，问人如何发音。大家自然读成 goatee（山羊胡子），萧老笑道："不对，该念 fish。"众人怪问其故，萧老说："'gh' as in 'enough'，'o' as in 'women'，'ti' as in 'action'."

尽管如此，在众多西文之中，英文仍然比较简明，也比较接近中文。如果你去加拿大的魁北克旅行，就会发现双语并列的路牌或说明文字，法文总比英文要长出一截，就可明白，何以英文会如此流行。

冷战时代结束以来，全球化的趋势日益明显。英文既已成为世界语，自然也就成了全球化沟通与传播的最有效工具，值得非英语系统国家的读者学习使用。而要学会使用此一利器，最有效的工具该是一本篇幅适中、释义简明、文法精确、例句充足的英文词典。牛津大学出版社的 *Oxford Advanced Learner's Dictionary*，为庆祝出版五十周年而推出的第六版，正是这么一部合用的上好词典。

一七五五年英国文坛大师约翰生博士（Dr. Samuel Johnson），在辛苦编写了七年之后，终于出版了他独力完成的《英语词典》（*A Dictionary of the English Language*），令文坛大感意外，因为对岸的一部法文大词典是由法兰西学院的四十位院士群策群力，达四十年之久，始能为功，而约翰生博士财力有限，只雇得起六名书记。

约翰生的博学慎思与维护本国语文的使命感，令后来的词典编者十分敬佩。不过他要维护的是英文的清纯，而他要指点的是作者而非读者。五十年前霍恩比编辑 *OALD* 的宗旨，却在指点高阶的读者，尤其是英文非母语的外国读者，如何读、写英文。霍恩比和他的朋友，从教外国学生的经验里发现，一般学生读、写英文时经常遇见的实际问题，可以靠一本条理分明而参考方便的务实词典来逐一解决。

OALD 最大的美德，是一切都以读者的需要为主，不但设想周到，而且设备齐全。尤其对于外国的读者，此书提供了种种方便，几乎处处都有“询问处”，可供远客“入境问俗”，处处都有明确易认的路牌、指标，可以“按图索骥”。遇有特殊情况，更有专业向导待命，立刻前来解围。每一个字或词都像一个人，*OALD* 会向读者详细介绍他的名字怎么念（发音），他的身分为何（名词或动词），他的来意何在（各种定义），他有什么习惯，常与何人来往（例句与词语搭配），他与貌似的家人如何分辨（同义词分析），他与表亲的乡音有何差别（英语与美语发音并列）。

新版的 *OALD* 在编排方面更提供了新的方便。例如介绍某字的身分，便更有条理，更加醒目。concern 一字，在发音之后，立刻介绍身分：动词、名词。接着便用出列的小黑方块来明确标示，分别解释两种身分。此字作动词有五解，每一解之前都有醒目的小标题；作名词又有五解，同样以小标题点明。如此编排，真是眉清目秀，读者速查，几可一目十行。

新版的 *OALD* 比起两百多年前约翰生博士个体户的操作方式来，更有一个优越的条件。多达一亿字库的英国国家语料库（British

National Corpus）与牛津大学自己的语文研究计划，提供了用之不竭的实例，来印证当代的英语可以如何运用。

除了用本国文字来释义的单语原本之外，*OALD* 又发展出各种外文与英文对照的双语版，更扩大了此书的功用。《牛津高阶英汉双解词典》自一九七〇年出版以来，一直广受华人读者欢迎，十年来我自己也习用此书，颇为受益。兹因此书单语本第六版改进甚多，英汉双解版也相应编译新版，以应二十一世纪英文发展之新局。无论是词义或例句的新译，尤其是所译例句，英汉双解版编辑同仁投注的心血都十分可观，成绩斐然。英汉双解的词典已经涉入比较语言学，简直可称小型的“英译中翻译大全”，影响所及，当会左右当代翻译的风气，则其意义已不限于学习英文了。相信双解版必能精益求精，迈向至善。

——二〇〇四年二月

字是生理，句是生态

——序第三版《朗文当代英汉双解高级词典》

十八世纪的英国文豪约翰生（Samuel Johnson）曾经说过：“编词典算得是于人无害的苦差事。”此言带几分自谦、自嘲，也不无一点自慰，因为他自己独力编写的《英语词典》（*A Dictionary of the English Language*），仅例句一项就搜罗了约十万名句，不愧是英文词典的扛鼎之作。他又认为：“词典就像手表；即使最坏的也聊胜于无，而最好的也不能指望它完全正确。”

约翰生博士说得没错。再好的词典也只能教人不犯错，少犯错，充其量只能教人写出通顺畅达的文章，却无法提供文采与妙思。杰出的作家或学者，当然不能只靠一部好词典。但是反过来说，再杰出的作家或学者也不敢自夸他可以完全不靠词典。我写作中文与英文，已逾半世纪之久，可称“资深”，也薄有虚名，但每成一文，仍不免再三翻核词典，以求心安。

词典可称“案头老师”，不但随时可以请教，而且几乎有问必答。读者要把英文学通，必须勤翻词典，最好是翻破几本。一般人学英文，每从单词入手，而且以为单词记得越多越好。其实徒记单词而不会活用，反而会消化不良。例如 rainbow 或 strawberry 之类的单纯名词，当然多记一个是一个；可是像 come 一类的常用动词，定义既多，和其他字眼的搭配（collocation）亦多，如果只记得单词本身，其实无法左右逢源，用处有限。come 一词的搭配，所谓 phrasal verb（词组动词），就包括常用的 come across，come by，come down，come off，come on，come out，come up，come upon，等等；如果都不会用，或者只是一知半解，就不能自命已经掌握 come 一词的全貌。

《朗文当代高级词典》告诉我们，单词本身是静态的，但与其他的单词发生关系，就有了动态。例如发音、词类、定义，都是一个单词的静态；但是把它与其他单词搭配，甚至用在实际的句子里，就有了动态。静态可谓单词的“生理”，动态可谓单词的“生态”。《朗文当代高级词典》在字词的搭配与例句上，举证丰富，把常用的生态分得非常清楚。例如 Only 7 people attended the meeting. / Please let us know if you are unable to attend. 这两句例证就说明了，attend 作动词用，可以“及物”，也可以“不及物”。至于 attend 之后加上 school 而不带冠词，意为“上学”，就成了一个习用的词组。

七年前我曾为《朗文当代高级词典》英英 / 英汉双解版的初版写过序言。二〇〇四年新出的这第三版加了不少新项目，例如三千个常用单词在书面语及口语中使用的频率，对于以汉语为母语的读者就十分有用。

冷战结束以来，英文渐已成为世界语：十三亿的中国人与一亿多的俄罗斯人都在学英文，数量之多，远超过了英、美、加拿大、澳大利亚、新西兰的母语人口。但在另一方面，近日学起中文来的外国人，也已增至三千万人。所以这部英汉双解的朗文词典，不但造福全球华人，而且可以反过来用，同样有益于英语世界的中文读者。

——二〇〇四年三月

良缘全靠搭配

——序《牛津英语搭配词典：英汉双解版》

一般人读英文，对于博记单词的人自然十分佩服，认为识词既多，本钱一定丰富，花起来想必很阔。可是英文的句子虽然是用个别的单词符串联而成，但在单词与整句之间，往往还有不少熟词词组，如果搭配不当，呼应不灵，则不仅句法不畅，语意也会欠明，整个句子就患了语病。

单字独词，如何拼字，如何发音，词性何属，语源何从，语义何解，凡此皆属此字之生理。可是仅仅识其生理，还不足以充分认识其生命，尚须更进一步，来熟悉其生态。这单字独词，如果是名词，该配什么动词、什么形容词，才合得来，才皆大欢喜。如果这名词遇到别的名词，又该由什么介词来从中介绍，才不致唐突？如果我们要用的是形容词，它可以走到名词的前面吗？如果是动词呢，哪一个副词跟它最谈得来，而它自己，喜欢主动呢，还是天生只能被动？这一大堆问题，绝非只懂某字某词的生理所能解决。

lavender是薰衣草，swallow是燕子。这种单词多记得一个当然就好一个。但是越普通的单词，例如take，make，turn，come，或是way，state，hand，house，因为交游广阔，关系复杂，就越难认识它的身分与想法。如果我们不知道turn down，turn up，turn into，turn off或是about turn，turn of the screw，turn of mind是什么意思，则我们实在难称已经认识turn这个单词，何况此单词本身就有几十个含义。

因此，仅仅死记许多孤零零的单词，而不能让它们广结善缘、左右逢源，活跃在真正的句子里，不过是学英文的笨方法。我在大一时交英文作文，有“The hero in the novel is...”之句，老师改成“The hero of the novel is...”，并且告诉我说，the hero in the novel乃是中文“小说里的主角”之直译，不合英文语法。此例虽浅，却可以说明英文“名词＋介词＋名词”的语法，必须用对介词。这正是词语搭配的问题。“英文信”得说a letter in English，而不能说a letter of English。“用方言交谈”得说conversation in dialect，而不能说conversation with dialect。最普通的例子恐怕就是Merry Christmas and Happy New Year了，不能说成Happy Christmas and Merry New Year，尽管意思并无差别。这些正是一种语文的生态，如果不加尊重，就是“失态”，也就是“瞎七搭八”。

丘吉尔不但是英国的民族英雄，也是善用母语的演说大家。据说，他主张演说只用八百单音节的英语“土字”便已足够；其实如果真正善于搭配，单词动用得少也无大碍吧。据说希特勒轰炸伦敦，丘吉尔召集内阁，商议应用什么短语来告示民众要“灯火管制”。博学的大臣们只想到termination of illumination之类的文言高调。丘吉尔毕竟雄才大略，高人快语，只用了两个浅字便一锤定音：Black out!这搭配多么简练！

牛津版的这本搭配词典，在《牛津短语动词词典》与《牛津习语词典》之后，提供了学习英文的又一高招。有此“显笈”，莘莘学子甚至一般学者在觅词、造句、成文之时，就不愁无图寻宝了。真可惜当年我学英文，尚无此书。真庆幸今日有了此书，我仍然可以获益。

——二〇〇六年十一月

入境问俗

——序《麦克米伦高级英汉双解词典》

十八世纪英国文坛的大师约翰生博士（Dr. Samuel Johnson），穷七年之功独力编写了第一部兼具分量与规模的《英语词典》（*A Dictionary of the English Language*）。他自述编写此书的原则："吾已竭力提炼吾国语言，求文法之清纯，并将粗鄙之俚语、放浪之俗词、反常之拼凑悉加清除。"

约翰生的才学、毅力、使命感令人钦佩，但是两个半世纪之后，英语使用之广，变化之多，影响之巨，已远非大师所能想象。大师若能见到今日的英语词典，定会大吃一惊，想不通为什么 pizza, kiosk, yoga, judo, kung fu, feng shui 一类的怪词会大举入侵，更不明白 WASP, NASA, UNESCO 一类的缩写有何必要。约翰生是文学家，有心肯定、维护、发扬英语的文学传统。他饱读经典，博闻强记，提供的例句多为莎士比亚、朱艾敦、蒲伯、史威夫特的作品。今日的英语词典则不同，多由语言学家来主编。文学家与语言学家的兴趣当然不同：文学家研究的是天才如何说话，语言学家关怀的却是一般人如何说话。“英文非母语”的人，尤其是学生，要学的当然是“英语乃母语”的一般人如何使用英语。

今日的词典学家早已站在“英文非母语”读者的立场，设身处地，预期他们学习英语常会遭遇的问题，为他们编出易查、易解、易学的词典，方便成亿的各国学生，真是费尽苦心，令人感动。所谓 user-friendly（体贴用者），正是此意。

约翰生博士独力编写英语词典，虽有零星前例可循，但无支持的小组相应配合，不可能做到今日词典编排得这么井井有条。所以历来的学者常引 cough 一词之定义为例，见证他割鸡竟用牛刀。他说：咳嗽乃是 A convulsion of the lungs vellicated by some sharp serosity. 定义句中竟有两字在今日大字典中都罕见，实在小题大做。不过，他对 needle 一词的定义却是：A small instrument pointed at one end to pierce cloth and perforated at the other to receive thread, used for sewing. 二十一个单词中，除了 perforated 之外，其他全在《麦克米伦高阶英语词典》所列的两千五百个“定义词汇”（defining vocabulary）之中，又常为学者所赞。近十多年来，英语研究学者不断累积而成的“世界英语语料库”（World English Corpus）收存的词句已多达两亿，成为语言学家，尤其是词典学者，用以探取实例的一大宝库。约翰生博士援引英国名家的锦心绣口，当代英语学者的例句，却落实在广大使用者日常生活的言谈之中。*MED* 不但在卷末列出了基本的“定义词汇”，更在词典中用红字标示常用词，再以红星的数量来强调该字使用的频率，对“英语非母语”的读者诚善尽向导之责。语云：“入境问俗。”学习外文也是一种“入境”，勤查词典就是“问俗”。词典之编辑，要务就在便于读者随时随地可以问俗。那“俗”不是伧俗，而是通俗、习俗，亦即 idiomatic usage。

不过，《麦克米伦高阶英语词典》之编辑并非一味随俗、务俗、教俗，对于英语使用的雅俗之分、今古之异、轻重之别仍然十分用心。十万词条之中，往往也用意大利斜体标出何为雅（literary）、俗（colloquial），何为庄（formal）、谐（humorous），何为老派（old-fashioned），何为失礼（impolite），何为冒犯（offensive），使入境未深的“旅客”知所取舍，用对场合。这正是语言的社会化、族群化、地区化、性别化，等等，所以这些斜体其实非常正点，读者不可错过，以免沦于“化外”。

英美之别也是学习英语的一种麻烦。幸而我早年学了美式英语，中年有十年住在香港，渐渐改口说英式英语，所以近三十年来得以改用“不列颠腔”（British English）来教莎翁与拜伦的诗篇。试想，用美国腔来念英国诗，实在格格不入：clerk 怎么能和 park 押韵？读者如果要认真读英美文学，就得注意兼用英式与美式的词典。例如流行音乐常用 Tin Pan Alley（锡锅巷）一词，英式词典里就找不到。另一方面，我在 *MED* 里发现好莱坞竟有 Tinsel Town（浮华城）的绰号，也十分惊喜。

MED 另有两大特色，造福读者甚多。其一为词条定义之撮要扫

描，亦即所谓“菜单”（menu）。定义不多的词条不需要另加此栏，但是定义繁富的“三星词条”如get或take，各有十五个或二十六个定义，一时无暇通读，即使通读一遍也未能全解。这时前面的“菜单”就可供一瞥扫描，就像一时不能详读报纸，仍可一瞥头条一样。另一特色就是数量虽然不多但是比喻十分生动的所谓“隐喻”栏（metaphor），把一般人日常习用而不自觉的文学语法加以分析、点明，足见日常用语也尽多诗情画意，未必就与文学截然可分。例如The speech was met with torrents of abuse与They were showered with praise两句，生动之处正在torrents与showered，均借水势之大来形容毁、誉之多。由此可见这部*MED*词典一方面尽力帮助读者“入境问俗”，但另一方面也有心指点读者莫忘“俗中求雅”，俾能“雅俗共赏”。

《麦克米伦高阶英汉双解词典》将英文原文的*MED*全部译成中文，让广大华语世界的读者能在英汉对照之下，左右逢源，好好学习英语，实在是一大贡献，当然也是费时费力的一大工程。*MED*经过中译而变成双解的词典，其功用就不仅在于学习英语，更在向读者示范英汉双语之间的翻译之道。这件事如果做得好，读者可以兼习翻译；如果做得不当，则拙译甚至劣译将流传更远，污染更深，罪莫大焉。目前华语世界的中文，恶性西化已颇严重，如果还有畅销的词典出来提供反面教材，那就更加可怕。不过，在苏正隆先生主持之下，我相信必能力矫时弊，挽西化之狂澜，返中文于清畅。就我浏览所及，这部双解词典在这方面已经做得相当认真。

英语发展至今，几将席卷世界，但是在许多新观念的激荡之下，遣词用字已在压力下发生变化。性别压力便是佳例。女性做了系主任，要改称 chairwoman，若要中立则可泛称 chairperson。至于 authoress, poetess 之类，也已太老派了。*MED* 甚至删去了 poetess 一词。问题是 person 里仍然有个 son，而 woman 里面仍然有个 man，字源学者说，在中世纪此字原为 wifmann。在禁忌森严的当代英语里，男人像置身禁烟区的烟客，要小心了。

MED 在《语言提示》专页中提到这敏感问题，指出 Each student brought his own dictionary 有性别歧视，并建议可改为 Each student brought his or her own dictionary，或者 Each student brought a dictionary，或者 All the students brought their own dictionaries。可见英文的文法已经被自己的禁忌、意识形态的压力，逼得几乎无路可走了。*MED* 一二六一页为 seduction 一词下的定义是：A situation in which someone persuades another person to have sex with them. 此地的复数代名词 them 指的竟然是前文的单数 someone：令人感到英文似已词穷。

这就令我想到自己的母语，文法似乎不及英文精细，但是往往却较自由、洒脱。前述种种困境在中文里根本不成问题。中文只要说“学生各带字典”就行了，不必问是多少学生，更不必追究是男生或女生。就算男生、女生都有，也只要说：“学生都带了自己的字典。”“自己的”并不限性别，不像英文一定得说 his own 或 her own。中文的“其”字也无性别：例如“文如其人”，例如“人之将死，其言也善”。《诗经》的句子：“之子于归，宜其室家。”其中的“之子”

指的是新娘，后面的“其”也是。其实“人”在中文里也只是中性，要加上男、女才分出性别，不像西方语言一直用 man 代替人类。

MED 中译的工作极有意义，影响也很广泛。假如我有九条命，就会捐一条出来，共襄盛举。可惜我只有一条命，就只好为苏正隆先生写一篇序了。

——二〇〇七年六月十二日于高雄

何止 ABCD？

——序第七版《牛津高阶英汉双解词典》

人类语言的分歧，据说是因为天谴。《圣经》曾云，洪水之后，诺亚的子孙想造一座通天高塔，引起耶和华不悦，乃使人类语言不通，分散到世界各地。足见人类若要彼此了解，必须先有一种共同的语言，才能促进世界和平，进而窥探神秘天机。在今日的世界，英语已经成为这种共同的语言，因此不论先天以它为母语或是后天用它做第一外语，我们都必须善加学习。

英语虽然已成世界语，但和源远流长的某些语言相比，却年轻得多，只算后起之秀。英语的古文期晚到七世纪初才开始，中古期更始于十一世纪，至于所谓“现代英语”，出现时已是十六世纪初了。今日我们读莎士比亚的台词，已是古色斑斓，而读更早的乔叟作品，就更难懂了。但是我们读中国的《诗经》：“蒹葭苍苍，白露为霜。所谓伊人，在水一方。”虽然是两千多年前的歌词，却透明无碍。

翻开今日的英语词典，例如第七版的这本*OALD*，里面的十几万字当然都是英文，但若究其身世，则“外来语”远多于“土语”，不过因为“归化”已久，初学的人已难分辨。例如“心理学”（psychology）一词，便是由psycho与logy二源合成，psycho意为“心理”，却来自希腊神话的美女Psyche，亦即心灵之化身。又如“天文学”（astronomy）一词，原由astro加上nomen而来，希腊文意为“星之名”。再如diaspora一词，原为希腊文，意即今日英文的dispersion；此词当初乃指犹太人亡国之后流浪天涯海角，今日则泛指一般的去国怀乡。Odyssey一词，本为荷马第二部史诗，杨宪益先生译为“奥德修纪”，指希腊英雄奥德修在特洛伊城破后领兵返国，海上历险十年的故事，今日改成小写，亦可泛指远征久旅。以上数例，并非冷僻字眼，均已收入*OALD*，英文词汇源出希腊文化者不少，可见一斑。最好的例证恐怕要推“字母”（alphabet）一词：alpha + beta，正是希腊文的前两个字母。

英文的星期二到星期五，分别来自北欧神话的Tiu（战神）、Woden（大神）、Thor（雷公）、Frigga（神后）。源出拉丁的法文里，这些周日的名称却来自南欧的罗马文化：例如，jeudi（大神）、vendredi（爱神），用以称呼星期四与星期五，都是取自罗马神话。有趣的是，英文的月份名称却取自南欧文化，例如四月是取希腊爱神Aphrodite的前两个音节，一月则来自罗马的门神Janus，七、八两个月分别用两位大帝Julius Caesar与Augustus来命名。

英文日常用语，尤其是单音节的，例如 do、come、go、take、some、right 等，大半是古英文；丘吉尔就说，只要善用八百字的单音节古英语，演讲就能简洁有力。反之，音节愈多的字，愈加斯文深奥，就愈得乞援于拉丁文字。例如地中海（Mediterranean Sea）之名，就是 medi（中间）加上 terra（陆地）；又如血亲（consanguinity），也是 con（汇合）加上 sanguine（血液）组成。又如一封信，英文只说 letter，拉丁语化的结果却成了 communication。一本英文大词典里，拉丁语根的长字恐怕占了大半。但是有时候，单音节的字眼也从拉丁文透过法文传来，例如 beef、mutton、pork 等，就是从法文 boeuf、mouton、porc 借用。那是因为一〇六六年诺曼底公爵威廉征服英国之后，牛、羊、猪之名在牧人口中维持古英文不变，但做成菜后，端上桌来供征服者使用，却改成了征服者的语言。

英文从七世纪初发展到十七世纪初，一千年来从日耳曼的蛮族与先进的希腊、拉丁文化吸收了许多养分。但从移民新大陆以来，又从北美的生态与印第安的文化汲取了更多的语汇，同时对于祖国母语的文法也逐渐加以简化，尤其是在拼音方面。美国国势日强，等到大英帝国式微，所谓美式英语就演变成强藩夺主，开始影响全世界，更进而成为全球化的利器。

美式英语为英语扩大了词汇，植物方面如 eggplant、squash、sweet potato，动物方面如 bullfrog、groundhog、turkey，都是新生事物。Indian summer 指十月小阳春，Indian file 则指单行纵队。佯装卖傻叫做 play possum，言归于好叫做 bury the hatchel，都不是英国生活所见。

等到约翰生的子孙更进一步，移民去加拿大、澳大利亚、新西兰、南非，英语的世界就更为扩大，词汇与成语也更多彩多姿。单是澳大利亚就添加了诸如 kangaroo、koala、boomerang 等生动的字眼。

美式英语为正宗的“不列颠腔”增加了活力，其好奇的弹性不断吸收各种语言的成分。美国素称民族的熔炉，美语也可称外来语的炼丹炉，食量惊人。翻开 *OALD* 第七版的 K 字部，盈目尽是日语：karaoke、karate、kanji、katakana 接踵而来，那是因为日本的西化早于中国，西化程度也深得多，何况“二战”之后还有一段美管时期。相对而言，中文进入英文的比例似乎少得多：西方认为日本可以代表东方文化，恐怕也是一大原因。近日我接到洛杉矶亨廷顿图书馆新建中国花园“流芳园”落成典礼的请柬，可以感受到因为中国崛起西方对中国文化的重视正在加深。相信未来英文字典收入中文的分量必会加重：可收的中文字何止 kung fu 与 feng shui 呢？

英语使用之广，已经跨越了政治、经济、文化，尤其是科学与教育各领域，即使在其他所谓“先进国家”也强势难挡。就连对“美帝”最具戒心的欧盟，也不免以英语为第一“使用语言”（working language）：法文只有屈居下风，后来更迫使另一主要“使用语言”的德文靠边站。公元两千年才开始，在校学习英文的欧洲学童，已高达四分之三。联合国的会员国里，以美式英语为第一外语的，更多逾一八〇个国家。二〇〇二年出版的畅销书《英语的故事》（*The Story of English: by Robert McCrum, Robert MacNeil, William Cran*）就说，估计到二十一世纪中叶，世界人口将有一半会使用美式英语。

全球化的浪潮挟美式英语而来，其势可惊。英语好的人当然可以沾沾自喜，做弄潮的骄子，但是深爱自己民族文化的有心人，却不免担心会遭淹没。如何西学为用而不废中体，该是华夏子孙要迎战的考题。至少李白与韩愈没有这种困境。啊不，李白也要听胡语的，韩愈不也要面对佛骨吗？

其实英语也并非一路势如破竹。英语传到世界各地，也不免受到本地化的压力，例如在新加坡就成了 Singlish，连发音也走了音。所谓 pidgin English，到处都有。美式英语也受到美式“政治正确”的操弄。例如某些技艺，以前只有标出 man，现在不可以了，必须兼顾女性，却又改得不够彻底。以前的 craftsman，现在一分为三，另加 craftswoman 与 craftsperson，但是 craftsmanship 却纹丝不动，并未三分天下。又如 marksman 一分为二，加上 markswoman，但是 swordsman 项下却未加 swordswoman。女侠该如何称呼呢？《卧虎藏龙》里那些咄咄逼人的女侠怎么办呢？

一部英文大词典，收集的其实远不止 ABCD。学习英语其实等于认识西方的过去与世界的现况。据说钱锺书最喜欢读词典，很有道理。词典是可以读的，学问愈好，读得愈有趣味。这部新版的 *OALD* 正是如此。

——二〇〇八年一月

第六辑

被诱于那一泓魔幻的蓝

——序《二十世纪海洋诗精品赏析选集》

1

中国目前的海岸线，北起鸭绿江口，南迄北仑河口，长达1.84万公里，自古且有“四海之内皆兄弟也”之说，然而海洋并非中国文学的重要课题。虽然徐福探东海、郑和下西洋，这些传说与历史无人不知，中国文学的墨水里却少海蓝。相反地，苏武牧于北海，张骞通于西域，却在诗中留下不少白雪、黄沙。尽管如此，我们祖先对神秘的海洋仍是十分向往。孔子曾叹：“道不行，乘桴浮于海。”庄子也海话夸夸，说什么北冥有鱼，其名为鲲，化而为鸟，其名为鹏，怒而飞，海运徙于南冥云云。

传说认为东海有蓬莱、方丈、瀛洲三座神山，其状如壶，又名三壶山。希腊神话却认为英雄死后都去的极乐世界（Elysium），远在极西的大洋之中，故又称幸福群岛（Happy Isles）。

不过传说毕竟是传说，即使李白也不禁叹道：“海客谈瀛洲，烟涛微茫信难求。”曹操东临碣石时，写了《观沧海》一诗，其中最有气象的两句是：“日月之行，若出其中。星汉灿烂，若出其里。”这恐怕是中国咏海诗最早的名作了。可惜后继的作品实在不多，即使有名作也多为短制，其分量更难比西方同类的巨著。

中国古典诗中歌咏江、湖的杰作很多，但写海的却罕见，偶有涉及海洋，也往往一笔带过，很少大规模地正面描写。中国疆土广阔，关山行旅，江湖行舟，多半无须航海，哪像古希腊的英雄，国小岛多，没有一处离海岸超过一百二十公里，至于跨海东征，或是横海归渡，更是全凭波程。特洛伊的王子国破之后流亡海外，先到迦太基，再去罗马立国，所经也都是地中海的浪涛。

李白的想象恣肆不拘，但真正咏海之作罕见。《渡荆门送别》之句：“月下飞天镜，云生结海楼。”其中海楼当为造境虚写。倒是《公无渡河》一首，李白旧题新赋，竟想象狂叟溺死在黄河里，被冲入海：“公果溺死流海湄。有长鲸白齿若雪山，公乎公乎挂罥于其间。”神奇而恐怖的意象，简直可比西方的《白鲸记》。

中唐的李贺想象力也很高妙，所写《梦天》一首后半是：“黄尘清水三山下，更变千年如走马。遥望齐州九点烟，一泓海水杯中泻。”所谓“三山”正是蓬莱仙岛，而黄尘是陆，清水是海。前两句乃指沧海桑田，自天上的神仙俯视，简直迅若走马，千年不过一瞬。后两句乃指神仙下望人间，九州岛不过缩成九点人烟，沧海也不过像一杯水而已。这神奇的远景，李贺比航天员早睹了一千多年。

苏轼大笔淋漓，晚年更谪居海南岛，照说写海之诗应该大有可观，可惜这方面也着墨不多。《澄迈驿通朝阁》二首之句，“杳杳天低鹘没处，青山一发是中原”最为著名，写乡愁黯黯很有神韵。《登州海市》写蜃楼幻景也有妙笔：“东方云海空复空，群仙出没空明中。荡摇浮世生万象，岂有贝阙藏珠宫？心知所见皆幻影，敢以耳目烦神工。岁寒水冷天地闭，为我起蛰鞭鱼龙。重楼翠阜出霜晓，异事惊倒百岁翁……斜阳万里孤鸟没，但见碧海磨青铜。”第九句正写蜃楼，末二句则以影灭复晴、水明如镜收篇。这首诗在苏诗中不算最好，“耳目”一词也欠妥帖，毕竟海市蜃楼只是视觉的奇迹，并不可听。坡公在海南有一首五古长诗，题目也长，叫做《行琼儋间，肩舆坐睡，梦中得句云：“千山动鳞甲，万谷酣笙钟。”觉而遇清风急雨，戏作此数句》。前面的十二句是：“四州环一岛，百洞蟠其中，我行西北隅，如度半月弓。登高望中原，但见积水空，此生安当归，四顾真途穷。眇观大瀛海，坐咏谈天翁，茫茫太仓中，一米谁雌雄？”

谈天翁是指战国末期的哲学家驺衍，人称谈天衍。《史记》里说他认为：“中国名曰赤县神州。赤县神州内自有九州，禹之序九州是也，不得为州数。中国外如赤县神州者九，乃所谓九州岛也。于是有裨海环之，人民禽兽莫能相通者，如一区中者，乃为一州。如此者九，乃有大瀛海环其外，天地之际焉。”驺衍之言，时人以为不经，但以今日回顾，九州岛之外有大海环绕，正是世界尽头，说得完全正确。至于“茫茫太仓中，一米谁雌雄”的警句，则出自《庄子·秋水篇》北海若语：“计中国之在海内，不似稊米之在太仓乎？”海若，就是我们的海神，本来就无须向希腊去借用波赛登（Poseidon）。

古人正面写海的好诗实在不多，其后值得一提的反而是一位并不很著名的诗人——孙元衡。他是桐城人，康熙年间曾官台湾同知，诗中多咏海外风物。其《渡海》一首值得全引：

> 捩舵扬帆似发机，茫洋自顾此生微。
> 乱山断处天应尽，一发穷时鸟不飞。
> 鱼眼光边波闪烁，龙涎影外国依稀。
> 壮游奇绝平生冠，斯语东坡未必非。

此诗最奇的是第三联：鱼眼是指鱼目所见的景色吗，还是暗喻隆起的水平线呢？龙涎当然是指鲸鱼，更有鲸鱼喷水的联想。一发穷时当指陆地尽头，语出东坡。所以诗末说，就连东坡也不会否认我此游之奇。我想这首诗很可能写于从大陆渡台途中。

这本《二十世纪海洋诗精品赏析选集》既以上一世纪为选材时段，则其开始十多年间的古典作品似也不应缺席。梁启超这首《澳亚归舟杂兴》写于自澳大利亚赴日本舟中，时为一九〇一年五月：“拍拍群鸥相送迎，珊瑚港湾夕阳明。远波淡似里湖水，列岛繁于初夜星。荡胸海风和露吸，洗心天乐带涛听。此游也算人间福，敢道潮平意未平？”

这首诗也不算是梁任公的杰作，至少比他的《自励》七律名句“世界无穷愿无尽，海天寥廓立多时”要逊色了。任公在漫漫的航程中写此诗时，恐怕还想不到，展开在他前面的二十世纪，将改用白话来写新诗，写许许多多咏海的新诗。

2

列入这本海洋诗选的一百三十二位诗人，始于郭沫若，止于詹静佳。两人的年纪相差八十六岁，大致说来，已经隔了三代了。郭沫若的《立在地球上放号》写于一九二〇年：这八十年来，新诗在主题、形式、语言各方面都变化很大，简直可比莎士比亚所谓的“海变”（sea change）。但是这本选集中的两百多首作品却有一个共同的主题：海。

什么是海洋诗呢？这名词颇难界定。如果说，以海洋为主题而正面写海的诗才算海洋诗，那这本选集里有不少诗都不合格。许多诗其实写的是人，而以海洋为其背景；或是以人情、人事为主体，而以海洋为衬托、为比喻；或是出入于虚实之间，写岸上人思念海上人，或海上人思念岸上人；或是写海陆之间的特殊空间：海岸。

“五四”初期的第一代诗人，诗艺青涩，诗思浅薄，写海多用虚笔，空空荡荡，不能落实，令人觉得情浮于景，并未交融。郭沫若、王独清一味排比，有气势而无韵味，失之于粗。宗白华、冰心，甚至徐志摩，一味纵情，言之无物，失之于浅。倒是闻一多的《七子之歌》，把割给列强的七块华夏领土写成失养的孤儿，在天涯海角哭喊母亲，十分感人，作者真不愧是爱国志士，能把梁启超、秋瑾的精神用新诗来传承。刘延陵的《水手》写离家远航的舟子在海上的月夜思念家里的妻子：

月在天上，
船在海上，
他两只手捧住面孔，
躲在摆舵的黑暗地方。

他怕见月儿眨眼，
海儿掀浪，
引他看水天接处的故乡。
但他却想到了
石榴花开得鲜明的井旁，
那人儿正架竹子，
晒她的青布衣裳。

这首小诗结构紧凑，语言清纯，意象不但生动而且对照鲜明。舵旁的阴暗孤寂反衬出井旁的明艳可喜。那人儿也许不是妻子而是情人，不管如何，她在石榴花开的树下挂晒衣裳的倩影，比起徐志摩《海韵》里那女郎的做作来，自然得多，也真实得多。刘延陵这首《水手》确是早期新诗最成熟、最完美的佳作之一。

不少咏海的诗，其实是在喻人。绿原的《航海》，寥寥数行，用最简洁的手法，以海景的变化喻人心的矛盾与阴晴。第二段不用动词，只用了两组同位词，便点出了主题：

人活着
像航海
你的恨，你的风暴
你的爱，你的云彩

流沙河的《贝壳》也是一首完整而美丽的咏海小品，不过他不直接写海，却用一枚贝壳来因小见大，就近喻远。此诗有一小引："妻去青岛看望她的叔父，昨日归来，带回一只贝壳赠我说：'看见这东西，我就想起你。你为什么不写一首诗呢？'"

曾经沧海的你
留下一只空壳
海云给你奇异的纹理
海月给你莹莹的珠光

放在耳边
我听见汹涌的波涛
放在枕中
我梦见自由的碧海

流沙河这首《贝壳》是一篇咏物诗。中国咏物诗的传统讲究的是状物即所以喻人。“曾经沧海”妙用成语，不但暗喻作者饱经世情，包括爱情，更可以联想沧海桑田的世变。第一段的“你”实咏贝壳，但到了第二段却转为了“我”，不过“我”听见、梦见的却返归于“你”，“你”所由来，也正是海，“你”的故乡。这首小品轻灵工整，首尾相衔，以沧海始，以碧海终：相信卞之琳见了，也会称善。

诗人置身波上，将此躯之区区全交给烟水的浩浩，正面来写蓝色世界，那就不是岸边观海之近、以海喻人之虚可比的了。这时诗人的功力就必须攫住海之所以为海的感性，甚至知性，才交得了差。且看痖弦的《远洋感觉》：

哗变的海举起白旗
茫茫的天边线直立，倒垂
风雨里海鸥凄啼着
掠过船首神像的盲睛
（它们的翅膀是湿的，咸的）
晕眩藏于舱厅的食盘

藏于菠罗蜜的鲟鱼
藏于女性旅客褪色的口唇

时间
钟摆。秋千
木马。摇篮
时间
脑浆的流动　颠倒
搅动一些双脚接触泥土时代的残忆
残忆，残忆的流动和颠倒

通风圆窗里海的直径倾斜着
又是饮咖啡的时候了

痖弦这首咏海诗不但感性十足，而且意象从古典转变到现代，中间更以晕船的意识流来承接，末段两行一笔荡开，余韵不绝。可惊的是，早在四十年代，年轻的辛笛竟写出了感性与知性并兼的这首《航》：

帆起了
帆向落日的去处
明净与古老

风帆吻着暗色的水
有如黑蝶与白蝶

明月照在当头
青色的蛇
弄着银色的明珠
桅上的人语
风吹过来
水手问起雨和星辰
从日到夜
从夜到日
我们航不出这圆圈
后一个圆
前一个圆
一个永恒
而无涯涘的圆圈
将生命的茫茫
脱卸与茫茫的烟水

黑蝶与白蝶，青蛇与明珠的意象，富于感性。但将洪水世界简化为几何学最完美的圆形，却将经验抽象化了，乃有诗末以茫茫的生命对茫茫的宇宙之格局。《航》恐怕是“五四”以来咏海诗中最深婉的一首。

海洋的广阔、深沉、神秘、多变，海景的壮丽，加上海洋与陆地若即若离、千丝万缕的关系，确为诗人提供了无尽的题材，也是明暗取喻的一大宝库。以海为喻来写爱情，当然倍增浪漫之感。郑愁予的《如雾起时》借瑰丽的海景来妙喻情人的绮思，直到今日仍令读者惊艳：

我从海上来，带回航海的二十二颗星。
你问我航海的事儿，我仰天笑了……
如雾起时
敲叮叮的耳环在浓密的发丛找航路；
用最细最细的嘘息，吹开睫毛引灯塔的光。
赤道是一痕润红的线，你笑时不见。
子午线是一串暗蓝的珍珠，
当你思念时即为时间的分隔而滴落

我从海上来，你有海上的珍奇太多了……
迎人的编贝，嗔人的晚云，
和使我不敢轻易近航的珊瑚的礁区。

诗中人表面是水手，实际上是情人，但是一路写来，海上的景色与陆上女友的面容体态却互为虚实，相映成趣，其中意象的交射互补，灵活而且生动。例如首段，就航海而言，耳环是虚，它所暗示的船上警钟是实；发丛、睫毛、嘘息也都是虚，所暗示的雾与风才是实。反过来说，就爱情而言，灯塔却是虚写，它所暗示的美目才是实的。末段的编贝、晚云当然是指皓齿与脸晕。珊瑚的礁区当指女友的乳房之类，含蓄得极美，且带点幽默，更暗示这爱情尚在浪漫追求的初阶，不敢冒进。中段用赤道之横与子午线之纵来引出女友搽唇膏的红唇与为他而垂泪，虽以航海的地理为喻，却是两条乌有的虚线，作者竟能无中生有，化抽象为实景，真是匪夷所思，功力不凡。

郑愁予另一首咏海的名作——《水手刀》，却是实写航海的生涯了。此诗寥寥十行，前段写水手的洒脱而不着一“刀”字，只用了四个“挥”字，刀便在其中了。后段写水手的坚毅，只用了四个“被”字，就贯穿航程的磨练了。此诗结构单纯而紧凑，节奏则因这八个叠字的呼应，更于轻快中见变化与顿挫，名不虚传。以下引《水手刀》全诗：

常春藤一样热带的情丝
挥一挥手即断了
挥沉了处子般的款摆着绿的岛
挥沉了半个夜的星星
挥出一程风雨来

一把古老的水手刀
被离别磨亮
被用于寂寞，被用于欢乐
被用于航向一切逆风的
桅篷与绳索……

郑愁予没有做过水手，也未像痖弦那样入过海军，但是凭了他在基隆港务局工作的近水因缘，再加上想象的天赋，却写出了二十世纪五十年代一组咏海的杰作。不过写水手的诗当然也可以发展写实的风格，例如李钢的这首《老兵箴言录》：

学会在巨涛狂澜中走荡木吧
学会晕船，学会呕吐
让海魂衫上的海浪翻滚起来
撞你的胸膛，猛烈地撞你的胸膛
呕吐出所有的陆地吧
把一切岛屿都看作船
忘掉岸吧，忘掉岸
否则不是好水兵
凋谢你的蔷薇科的中学时代吧
挥手向带翅膀的信使们告别吧
到船头去，敞开出海服

让海水冲刷掉你的学生味
染蓝你，让海水蓝蓝地染蓝你

熟悉海浪，熟悉海风
熟悉舰长的海洋风暴脾气吧
否则不是好水兵

热爱海
让海藻缠满你的名字
让海蛎子爬满你的名字
热爱海
长出鳃来
长出鳞甲来
像一条鱼那样热爱海吧
否则不是好水兵

比起郑愁予的《水手刀》来，这首《老兵箴言录》结构没有那么严谨，语言没有那么凝练，节奏没有那么灵活，可是李钢的确入过海军，在诗中以老水兵“曾经沧海”的口吻向一个新兵谆谆劝勉，语气亲切感人，在单纯之中仍见想象的活力。他要新兵把自己想成一条鱼，长出鳃与鳞来，话虽无理，却合乎诗情。写海的诗每失之空泛，缺乏咸味。只有老水兵才会说到海藻、海蛎子上面去。李钢的诗风男性而阳刚。另一首阳刚之作，主要的结构纯以一连串十个同位词（appositive）组成，句法排比，势如破竹，末三行则以慢板（adagio）煞住作结。题目《海翅》也十分别致，我说的正是昌耀的作品，虽然只有九行，却凝练而又紧凑：

朋友，感谢你给我寄来一角残破的海帆。
是海的翅膀。是风干的皮肉。是漂白的血。
是撕裂的灵旗。是飘逸的魂。
是不死的灰。是暴风之凝华。
是呐喊的残迹。是梦的薄膜。
是远祖神话的最新拷贝。
感谢你给我寄来一角残破的海帆。
可信风平月静的子夜，
海上不再只有垂泪的龙女。

3

这本海洋诗选里列入了两岸的诗人一百三十二位，其中不乏已故的与犹健的众多名家，值得提出来赏析评比的咏海佳作当然不止我前述的这寥寥数首，但迫于出书在即，拙序也不能再发挥了。我要指出，本书选诗虽多，遗珠当仍不少，例如港澳新马的华文诗人就挂一漏万，像香港诗人锺伟民的力作《捕鲸人》曾获“青年文学奖”，就是二十世纪七十年代咏海诗的力作。其次，入选本书的海洋诗，未必是该诗作者最好的海洋诗。例如覃子豪的《我是一个水手》，诗质稀薄，语言松散，排比的句法单调而重复。显然是他大陆时期的少作，远远不及他后期收入《海洋诗抄》里的作品。至于我自己，入选的《高楼对海》一首，虽有海洋的背景，毕竟算不上当行本色的海洋诗。倒是较早的诗，例如《海祭》《心血来潮》《望海》，等等，较为合适。

我不认为自己是当行本色的海洋诗人。虽然先后在香港和高雄，二十七年来我一直住在海边，一抬头就和窗口的海蓝打个照面，夜深人静，海天之间只剩下我和涛声，我仍然只能算海港诗人或者岸上诗人。其实，这本选集里的作者，大半和我相似，只是有缘近海，对海出神而已，正应了四川人所笑的“旱鸭子”，下不了水，出不了海的。

真要做海洋诗人，用大格局来写有分量的海洋诗，最好还是真正“下海”，向蓝而又咸的帝国去朝拜海神，不，海若。否则就只好寄望于职业的下海人，例如水手、渔人、海军——最好是更深入的蛙人，或是潜艇的水兵——寄望从他们中间产生一位诗人。若是办不到，就只能安于在岸上望洋兴叹。不，也许不必兴叹，只要真是大诗人，或许只凭了关照（contemplation）、深思、想象，偶尔也能巧夺天工，捉到海魂。

我们这些海洋诗，也许还不致怎么愧对古人，但是面对西方海洋文学的盛况，仍远觉不如。英美的两大海洋小说家——康拉德与梅尔维尔，都有多年的远洋航海经验：康拉德做过商船的船长；梅尔维尔不但在捕鲸船上做过水手，还弃过船，更遇上过船员叛变。英国桂冠诗人梅士菲尔（John Masefield）小时就上远洋船工作，所写长篇叙事诗《拙画家》（*Dauber*）就是一篇地道的航海诗，其中描写船在风雨中险过合恩角的一幕，紧张而又壮阔，只有真正行家才写得出来。此外，拜伦习于航海，才写得出《海罗德公子游记》和《唐璜》那样的大格局长诗。即连只出过两次远门的柯立基，也写过神奇的六百行长诗《老舟子咏》。

其实在西方文化里，海洋不仅是文学的重要主题，更是音乐与绘画常常表现的对象。我们立刻想到杜布西的交响诗《海》（*La Mer*）和林姆斯基·科沙克夫的交响曲《喜哈刺雪德》（*Scheherazade*）。至于画海景的大师，则应推英国的窦纳（J. M. W. Turner）。中国文化里似乎提不出如此多彩多姿的海洋美感。儒家哲学认为“仁者乐山，智者乐水”。难道海洋在我们的文艺中久受冷落，真是由于华夏子孙欠缺智慧？我们如果不服气，就应写出更多、更好、更宏大的海洋诗来。

——二○○二年一月于港都高雄

中文世界的巍巍重镇

——序《中华现代文学大系：台湾，一九八九—二〇〇三》

1

三十年来，我为自己担任总编辑的文学大系先后撰写三篇总序：第一次是为巨人版的《中国现代文学大系》，第二次是为九歌版的《中华现代文学大系：台湾，一九七〇至一九八九》，这一次已是第三次了。前两部大系取材的时间各为二十年，眼前这第三部大系涵盖的时间只有十五年，正接上前一部大系，像是续集；但在另一方面，虽然踏进了新的世纪，却刚过门槛而已，未能深入，所以又像是世纪末的骊歌。

三部大系涵盖了五十年，恰为二十世纪的后半。这样的总序，我觉得越来越难写，因为这世界越来越混乱，越来越复杂，说得乐观些就是越来越多元，所以矛盾的价值观越来越令人难以适从。尤其是近十年来的剧变，更令人感到世纪的窄门难以过关。

2

上一部大系有诗两册、散文四册、小说五册、戏剧两册、评论两册，合为洋洋十五大册，不愧文学史的盛事。新出的这一部则有诗两册、散文四册、小说三册、戏剧一册、评论两册，共十二册，规模似乎缩小了，但因时间只有十五年，其实反而选得更密。相比之下，新大系的诗卷、散文卷、评论卷篇幅未减，而是小说减了两册，戏剧减了一册。结果在新大系中，散文变成了最大的文类。这是中文文坛与英文文坛在文类学上的一大差异。

在英美的现代文学里，最受瞩目的文类依次是小说、诗、戏剧；在批评家的眼中，散文，尤其是台湾盛行的抒情散文，简直可有可无。prose 在英文里可以泛指诗以外的一般作品，有时甚至包括小说。一位美国学者看见我的英文简介说有十多种的 prose 作品，问我写的是什么样的小说。只要查一查二十年来诺贝尔文学奖得主的名单，就会发现，除了保加利亚的卡内蒂写过自传、游记、论述之类的散文外，其他全是诗人、小说家、戏剧家。

阿根廷作家博而好思（J. L.Borges，即波尔赫斯）在英美文坛以小说与诗闻名，但在国内，甚至在整个拉丁美洲，却是他的散文最受推崇。一九九九年，企鹅丛书出版英文译本的博而好思《非小说文选》(Jorge Luis Borges: *Selected Non-Fictions*),编者兼译者温伯格(Eliot Weinberger)在序言里即指出:“二十世纪的英文文学里,散文只是次要的角色,这情形不见于别的许多语文。散文(在英语世界)几乎没有人来评论,而除了述及其内容之外,散文究竟该如何解读,既无公论,亦无纷争。目前(在英语世界),散文大致上是以其次属的文类呈现——回忆录、游记、报刊杂文、书评、论文——至于博而好思笔下这种左右逢源的逍遥散文,除了同仁小刊物之外,在一般期刊几已绝迹。但在非英语的世界,散文的风格变化无穷,日日刊登在报纸的副刊或是有销路又有水平的期刊上面。”

散文不但在中国的古典文学是主流文类,“五四”以来,也一直盛行不衰,今日更成为台湾文学的一大支柱,不但作家辈出,而且读者众多,近年更广受大陆读者欢迎。然而奇怪的是,尽管如此,散文在台湾的受评量,却远远落后于小说与诗。例如新大系的评论卷,在六十六篇文章里,论散文的只得八篇,但是论小说与诗的,却各为二十三篇与十九篇。

究其原因,也许是散文比较平实,不像小说与诗那么仰仗技巧,有各种主义、各种派别之类的术语可供运用。以中国的美学来看,诗与小说可以在虚实之间自由出入,相互印证,散文则实多于虚,较少虚实相生之巧。评论家面对本色天真的散文,似乎无“技”可施,甚至觉得不值得细究。何况学府出身的评论家大半师承西方评论的当红显学,西方既然漠视散文,则学徒的工具箱里恐怕也难找到应付散文的工具吧。

3

新大系的小说卷由以前的五册减为三册，篇幅上似乎是缩小了，但在文类上却更变化多姿。以前的小说卷，在二十世纪七十与八十年代的二十年间选出了一百一十八篇小说，原则上都是短篇，最长也不过近于中篇。其实尔雅出版了三十一年的年度小说选，所收也都是短篇。小说的天地非常广阔，能在其间成为大师，像狄更斯、托尔斯泰、乔伊斯、福克纳者，想必是因为有长篇的扛鼎力作。尽管鲁迅的庞大背影笼罩着中国文坛，论者认为他提不出长篇小说，毕竟遗憾。毕竟我们还出过曹雪芹这样的巨匠，不让中国的文学史大幅留白。马森召集的编辑小组，不惜投注心血，能在十五年来的鸿篇巨制里选出可供观赏的段落，独成一册，多少可以展示我们的小说家里有哪几位对生命与社会有更持续的宏观。这种更多元、更立体的呈现方式，当令读者视野一宽。这样的摘取，以前的小说卷也曾偶尔做过，例如李永平的《好一片春雨》等两篇，其实都摘自他的长篇《吉林春秋》。不过这一次马森在目录中特别标明，遂觉别有气象。

马森在小说卷的序言里对编选的标准、作者的背景、作品的主题与风格，都有清晰而详尽的交代，论述的视野兼顾了宏观与微观。作者的身分从宽认定：只要能用中文写出佳作，经常或首先在台发表，读者印象颇深，评家经常注意，甚至得过大奖，即使非台籍，也不常在台湾，仍能得到认定。因此来自大陆的严歌苓，来自香港的西西、黄碧云，甚至来自马来西亚而从未在台湾生活的黎紫书，都入了小说卷。但其他各卷就没有如此“好客”，否则同样在台出书也受到肯定的作家如余秋雨、北岛等的作品，也许亦能纳入散文卷与诗卷。

马森的序言把二十世纪九十年代的小说依风格与发展顺序分为写实路线、现代主义、后现代主义三种，并各举出若干代表人物；结果前两种风格各约十位，后一种风格独占二十位左右。但是小说卷入选的作者共有六十六位，可见难以归类的中间分子仍在三分之一以上。马森自己也立刻声明：“如此分类仅指入选的作品而言，并非说以上作家其他的作品皆系如此。同一作家写出不同美学风格的作品不足为奇，而同一篇作品也可能含容不同的美学倾向。”

台湾的浅碟文化与进口理论的流行交替，令许多英雄豪杰幻觉今是而昨非。新批评、存在主义、比较文学、失落的一代、嬉皮文化……一波又一波此起彼落。所谓“全球化”，不过是美国化加上西欧化而已。“后之视今，亦犹今之视昔。”然则今日以为至善之真理，未来未必如此。马森说得好：“荒谬得煞有介事也就是后现代的一种态度。”但这件事情在中国文学里也不见得没有先知，《红楼梦》第一回就说了：“满纸荒唐言，一把辛酸泪。都云作者痴，谁解其中味？”从卡夫卡的变形到博而好思的迷宫，不都是中国成语的“痴人说梦”吗？林明谦的《挂钟、小羊与父亲》说到兴头上，忽然打岔说：“小说才进行了一半左右，请耐心阅读。”我们不会立刻想到中国的章回小说里，说书人早就站到前台来说“欲知后事如何，且听下回分解”吗？

荒谬的主题或是反主题，当然还有满纸的空间可供梦游。另一方面，虚无之舟也不妨落现实之锚。艺术之虚实相生，犹如自然之阴阳互替。如果没有阳间，则阴间未免单调：奥菲厄斯去下界抢救爱妻的故事，必须到阴阳交界才有高潮。因此写实的小说也不可缺席，否则失去了人间，满天神佛似乎也有点空洞吧。所以朱西宁、黄春明等写实重镇之入选，也颇具“镇纸”（满纸荒唐言）之功。我们不免想到在主题上，写实的天地也还有不少经验似乎可以开发。根据马森序中的分析，小说卷中处理同性恋与其相关主题的作品，至少有六篇，而且“文墨华彩，炫人眼目，堪称一代精华”。令人想起《孽子》一书近日在台湾文坛的风光，不禁叹息先烈王尔德早生百年的遗恨。同性恋曾是弱势的边缘经验，但台湾经验之中，同为弱势的目前就有外劳，而同为边缘的还有台商，两者各牵涉数十万人口，值得我们的作家关切。我曾戏言自己近年在大陆出书，版税不多，却超过台湾萎缩书市之所得，也可以算是隔海兜售的“台商”了。台湾文友在对岸出书的不少，听吾此言，当发一苦笑。商场与业界的兴衰故事，说得好一样动听，茅盾的《子夜》在这方面可惜没有写好，高阳的《红顶商人》却引人入胜。

4

白灵为新大系诗卷所写的序言，指出这十多年来台湾诗人进入了“不确定”的困境，一方面因多元开放而增加许多“可乘之机”，一方面却因此承担更多的焦灼、分割与迷惑。本土化与全球化的压力都无可避免：意识正确要你走“一条诗路通人心”；全球大势要你走“条条诗路无不通人心”。前一条路导向写实，后一条路导向后现代。白灵的序言充满了危机意识，他认为老一代诗人株守平面，不肯上网；少一代诗人优游网络，不肯下网，苦了他中年的这一代有心人有心牵网而无法牵合。所以他怀抱“极大的隐忧”，担心“印刷路”与“网络桥”终会背道而驰，因为新世代诗人只相信鼠标，并不在乎词句冗长、回行处处，却耽于咒语、口语、浅语，把修辞当作儿戏。他更指出：“后现代社会‘去中心化’‘消解正统化’后的表现模式：由本质走向现象、从真实走向虚拟、自深层走向表层、弃所指而追求能指、讽真理而寻文本的种种特质……与前现代之着重历史感、价值感、意义性、象征性的形式化表现有所不同。”

总而言之，所谓后现代的这一切想法、做法，都是要颠覆、架空、丑化所有传统的价值与秩序，“唯恐天下不乱”。但是它只有消极的拆台，没有积极的目标，无可无不可，破而不立，只留下共存杂交的残局，并无革命的兴奋。也许革命啦、恢复秩序啦等都已成了过时的价值、可笑的陋习。然而后现代之含混，也正在它与现代主义之暧昧难分：例如要颠覆传统之一切价值，早在第一次世界大战时就已有达达主义了；要在虚实之间出入无阻，乃是步超现实之后尘。只是达达与超现实毕竟还是画家与诗人凭自身的潜意识来创造，而新世代的诗却可随科技的精灵，那鼠标的诱引，扶乩一般地向虚拟的空间去寻求。

白灵说网络诗之盛如潮，“诗之平民化”当下即可实现。在民主的时代，科技提供了全民参与创作及表演的机会，当然很公平。但机会只是起点而非终点，任何艺术，包括诗，有了星星之火的一点创意，如果未经勤修苦练，至于熟能生巧，则只能算是游戏，还够不上艺术。游戏不失为有益健康的发泄，却不能径称艺术，正如卡拉 OK 的伴唱设备，对于歌喉发痒的顾客不失为可以助兴的发泄，却不能保证他成为够格的歌手。所以《台湾诗学季刊》半年张网而得诗三千，还有劳苏绍连效孔子之删诗，才能去芜存菁，像平面刊物那样。

从前普罗文学的理想，不但要求为普罗大众写作，甚至提倡由普罗大众自己来写。如今网络大开，诗门不闭，在苏绍连与须文蔚的细心培养下，希望真能出现一些青年新秀。据说上网诗人的年龄很快就降到十二三岁，他们不去飙车，却来网上飙诗，还是可爱的。不过今日少年开始做许多令人不安的事，年龄也都提早了。

网诗正盛，而前现代的平面诗人竟有不少半途而退，也令白灵深感不安。他在序言中指出：“诗卷续编出版时，才历经十五年，一九八九年（前大系）版的九十九位诗人竟然已有四十二人不在二〇〇三年（新大系）版的名单上，‘折耗率’高达百分之四十二点四。”

我倒要安慰白灵说，到了新大系，前大系入选的散文家九十位中，有五十八位未再续选；小说家七十位中，四十五位退席；评论家五十九位中，四十二位不留；至于剧作家十位，则全部换了：其“折耗率”依次为百分之六十四、百分之六十四、百分之七十一、百分之一百。可见诗人还是比较敬业或是经老，或是转行不易，缪斯的香火算是稳定的了。白灵序中又说，诗人上网之后，女性的比例激增，例如二〇〇一年出版的《九十年代诗选》，八十位作者中女性仅十三位，但同年出版的《诗路二〇〇一网络诗选》，五十四位作者女性即占二十五位。可是在新大系中，他所主编的诗卷，一〇一位作者里仅有二十位女诗人，占五分之一。这比例在新大系各文类之中仍是最低，因为散文卷七十四位作者，女性占三十二位；小说卷六十六位作者，女性占二十六位；评论卷六十二位作者，女性占二十二位：依次各占二分之一弱、三分之一强、恰好三分之一。剧作家六位，全无女性。与前大系的情况一样，女作家在台湾文坛，表现最出色的文类仍在散文与小说。但是女学者在评论上的成长值得注意，因为前大系的评论卷共有五十九位学者，女性仅八位。

5

散文的半边天不但有赖女作家来顶住，即连巨人版（一九五〇——一九七〇）与九歌版（一九七〇——一九八九，一九八九—二〇〇三）一脉相承的三部大系，其丰美的散文卷也一直由女作家来主编。九歌版这部新大系亦即续大系的编辑之中，只有张晓风和我是三朝遗老。身为散文家，她把这篇散文卷的序言写成了一篇寓知性于感性的散文，是再自然不过的事了。当年她参与巨人版的编务，还未满三十，却已夙慧早熟，今日遽称之为“遗老”，也未免太“早熟”了，不过在这篇序言里她俯仰的竟是迟暮，世纪的迟暮，指点的竟是沧桑，文坛的沧桑。一路读来，我舌底似乎留下了《离骚》的苦涩。

张晓风指出：“这本选集是在台湾大环境十分低迷之际选成的。”她所谓的“低迷”，该是由许多因素造成：或因政治正确的本土化，加上接轨的全球化，有意无意将中间的民族文化架空，且在中文程度日降的今天反而要强调全面学英文。或因文学书市萧条，反而轻薄短小媚俗求销的出版品当道，不少新进避重就轻，随机乘势，上下排行，商业挂帅，广告与评论难分。或因科技方便，网络畅通，在泛民主的机会均等之下，人人得而为作家，谁肯耐心苦炼呢。于是别字何必计较，不通反成“异化”，简洁、结构、意象、音调等不过是传统的包袱。日记与作品不分，练琴室且当演奏厅，游戏啦，何必当真。张晓风担忧地说：“如果没有书写，如果不爱阅读，如果书本成为二十世纪的古董，如果年轻的一代只知图像而不知书香，我们只好招来仓颉，请他把这些美丽的文字元素送到别个星球上去吧！”

科技进步超前，终于会结束或至少削弱平面阅读与创作的传统吗？麦克鲁亨早就预言："什么样的媒体就传来什么样的消息。"方式与内容，法与道，是不可分的。张晓风的担忧正是白灵的警告，但白灵的苦谏似乎带一点威胁："年轻一辈诗人……更浓烈呛鼻式的后现代气息，如果不把脑瓜子准备好，则只有挨闷棍子的份。"似乎言重了吧，风格与美学的演变毕竟不是政治。两岸都可以交流，印刷平面与网络幻境难道要战争吗？

6

平面印刷的散文、小说、诗，面临网络的挑战，但立体的剧场本身也是一个虚拟的空间，施法的对象不是读者而是观众，倒不怕鼠标入侵。微妙的是，剧本却是平面印刷，是书，是通向剧场幻境的隧道而已。其关系好像乐谱与现场演奏。所以鸿鸿在戏剧卷的序言里说："剧场脱文学之钩，向视听艺术靠拢，已成事实。"足见戏剧的创意无论如何微妙，它仍然得下凡来，来剧场与观众之间完成其表演艺术的任务，所以也必须借助科技之神功魅力。

胡耀恒指出："正因为主要的要求对象比较年轻，近年来的演出愈来愈趋向综艺……西方两千五百年的戏剧，每代都运用着当时最先进的科技制造演出效果，却未曾影响它的思维深度……我们需要诚诚恳恳地想想，是综艺打扰了深度，或是综艺只在掩盖肤浅。"

纪蔚然的序言井井有条，抉出台湾剧场面临的困境。首先，它被淹于世纪末“众声喧哗”的嚣张噪声，面对全球化挟势凌人的消费文化与文化商品化，一时无所适从。于是剧场借力使力以求寓雅于俗，结果却是“从俗、媚俗”：剧团老去而观众青春不改，“为了迎合年轻观众的口味，剧团的走向愈趋反智，愈趋综艺”。

所幸戏剧卷的编辑小组仍能选出各具创意且又“脱俗”的六部剧本。胡耀恒这样结束他的序言：“要改变这种情势，第一是整体经济好转，第二是政治挂帅变成文化挂帅。”

7

胡耀恒以“两厅院”主任的阅历发此感慨，该是郁卒多年的“行话”。综观诗、散文、小说、戏剧四大文类的序言，虽然隔行隔山，各说各话，事先不可能“串供”，但是所道的“瓜苦”，竟然颇有相通。马森报导后浪之来，比较温柔敦厚，但也忍不住如此进谏：“不管语言的特殊风格来自方言，抑或来自外语，如果使用得当，的确可以形成个人的风格，增加文字的魅力。但使用翻译体的负面影响是作品失去民族风味，读来像是翻译的小说。设若连人物的行动与社会背景都西化到难分中西之境，那真使创作与译文难辨了。”

马森之言，没有谁比我更赞成的了。记得曾在某新锐小说家的作品里见过这么一句话：“他为自己倒了一杯咖啡。”我只想提醒马森：一位够格的译者绝对不会译出这样的句子。至少我不会，杨绛、乔志高、思果更不会。

最有趣的或者（用一个流行的形容术语）最吊诡的是，评论卷的序言却不言“瓜苦”。在台湾的评论家尤其是文学史家之中，实在罕见李瑞腾这么博览、包容而又井然的了。这种三合一的美德，也见于他所推崇的另两位评论家，陈芳明与王德威。这样的评论家手握文学宝库的金钥匙，里面有多少珍宝他们都晓得，只要是真品都不会不管，要拿的时候手到“取”来，因为早就整理好了。

李瑞腾就是这样：再复杂的文坛、再两极的意识、再敏感的时代、再交错的史料，他都能耐下心来，探索到坐标与重心，整理出一个各方都能接受，至少都能忍受的秩序来。他所召集的评论卷编辑小组，要在表面限于十五年而其实来龙去脉牵涉深广的断代之中，搭出一个鹰架，一条龙骨，好把文学史、文体论、主题论、作家论等的论文，各就其位而又互相呼应地列上架去。其结果便是井然有序的这两册评论卷，六十六篇文章分属总类、小说、散文、诗四组，其论题则从姜贵的《重阳》到白先勇的《孽子》，从闽南语文学到女性诗学，从散文地图到副刊大业，从台湾少数民族文学到眷村小说，如此的众声喧哗竟然鸡兔同笼，不，对位又和声地包容在世纪末的交响曲里。正好说明，台湾文学之多元多姿，成为中文世界的巍巍重镇，端在其不让土壤，不择细流，有容乃大。如果把这两册评论卷，甚至整十二册的这部新大系里，非土生土长的作家与作品一概除去，留下的恐怕无此壮观。

8

这部新大系编选得如此精当，而又能及时推出，全要归功于五个分卷编辑小组的十五位编辑委员，尤其是五位写序的召集人。比较特别的是戏剧卷，这文类的评论未列于评论卷中，但其三位编辑——胡耀恒、鸿鸿、纪蔚然却各写了一篇序言，可补评论卷中之缺席。

当然我们还得感谢，新大系有此充实华美的阵容，全靠五种文类三百零九位作家与学者来鼎力赞助。三百零九乃计人次，一人而入数卷者亦有若干，但仅仅计人亦当在两百以上，离三百不远。另一方面，也有不少杰出的作家原应列入，却为了客观的或是主观的原因成为遗珠，令人怅憾。有选必然有遗，完美的选集世上罕见。《唐诗三百首》竟漏了李贺、张若虚、陆龟蒙，但是我们无奈漏掉了的作家，英文所谓“缺席如在”（present in absence），对汉语文学而言，其分量当犹胜李贺。

至于对选入的这两百多位作家，这部世纪末的大系是否真成了永恒之门、不朽之阶，则犹待岁月之考验。新大系的十五位编辑和我，乐于将这些作品送到各位读者的面前，并献给漫漫的二十一世纪。原则上，这些作品恐怕都只能算是“备取”，至于未来，究竟其中的哪些能终于“正取”，就只有取决于悠悠的时光了。

——二〇〇三年七月于高雄西子湾

图书在版编目（CIP）数据

举杯向天笑 / 余光中著. — 北京：中国友谊出版公司，2019.6

ISBN 978-7-5057-4683-1

Ⅰ. ①举… Ⅱ. ①余… Ⅲ. ①散文集—中国—当代 Ⅳ. ①I267

中国版本图书馆CIP数据核字（2019）第067819号

书名 举杯向天笑

作者 余光中

出版 中国友谊出版公司

发行 中国友谊出版公司

经销 新华书店

印刷 天津旭丰源印刷有限公司

规格 880×1230毫米 32开

10. 5印张 222千字

版次 2019年8月第1版

印次 2019年8月第1次印刷

书号 ISBN 978-7-5057-4683-1

定价 45. 00元

地址 北京市朝阳区西坝河南里17号楼

邮编 100028

电话 （010）64678009